ENFERS ET DÉLIVRANCE

Irène MAINGUY

Enfers et délivrance

Vérone éditions

Illustration de couverture :
« Vytis. Prélude » de Mikalojus Konstantinas Čiurlionis, 1909.
Kaunas, Musée national des Beaux-Arts
Le chevalier blanc avec un glaive sur son cheval mène le combat pour la victoire du bien.

Envois de manuscrits :
Vérone éditions – 75 boulevard Haussmann – 75008 Paris

À tous les déracinés

de la terre

Chapitre I
Réception au palais présidentiel de Vilnius

Vilnius, située au confluent des fleuves Neris et Vilna, est un carrefour culturel enrichi des nombreuses influences des pays qui l'entourent, liées aux différentes occupations durant son histoire : russe, allemande et polonaise avant qu'elle ait pu retrouver son identité singulière forgée par ses luttes et résistances à l'envahisseur.

Tatiana est impressionnée par la prédominance de son architecture religieuse massive et somptueuse à caractère baroque et coloré. Certains bâtiments d'un jaune vif ou d'un rose intense évoquent un gâteau d'anniversaire. Les corniches blanches de ses édifices font penser à la couche de crème qui décore un dessert. De cet ensemble de bâtiments naît un sentiment de gaîté qui fait oublier les souffrances des oppressions subies par la ville. Vilnius, tel est un livre d'histoire ouvert, dominé par sa vielle ville, abrite des ruelles traversant des cours fleuries et des jardins privatifs.

En dépit des vestiges qui témoignent encore de l'austérité communiste, cette cité qui a depuis un quart de siècle retrouvé son autonomie politique et culturelle, offre un aspect sympathique et attrayant. Malgré les vicissitudes de son histoire, elle conserve quelques restes aristocratiques grâce à l'ornement de ses belles demeures dont celle du palais du gouverneur devenue aujourd'hui le palais présidentiel. En 1812, Napoléon lors de sa conquête du territoire avait été hébergé dans cette prestigieuse résidence.

Vilnius, 10 heures, un matin de septembre.

Dans la cour du palais présidentiel des groupes de personnes passent au détecteur de métaux après avoir présenté leur précieuse invitation. Quelques jours plus tôt, Dalia Grybauskaité, la présidente de la République, a signé le décret qui honore pour « Juste parmi les nations » cinquante Lituaniens, dont quarante-sept à titre posthume. À l'occasion de la Journée consacrée à la mémoire des victimes du génocide juif, la Présidente de la République de Lituanie s'apprête à remettre la Croix des sauveteurs de vies à des personnes qui sauvèrent des juifs du génocide nazi pendant la Seconde Guerre mondiale. Les familles invitées à cette cérémonie officielle vont recevoir la médaille du Juste pour honorer un de leur parent qui a eu le courage de prendre la défense ou de cacher des juifs pendant la sinistre période de dénonciation et de terreur de la dernière guerre. La plupart des assistants ne connaissent leur ancêtre que de nom pour avoir vu le jour après guerre, bien des années plus tard. Ces familles endimanchées émues et recueillies représentent toutes les tranches d'âge de la société. Les contrôles de sécurité passés, elles montent dans un profond silence solennel les marches rouges qui conduisent à la salle de réception présidentielle. Elles sont entourées de part et d'autre d'une haie d'honneur des gardes républicains, tous de même taille, alignés dans un ordre et une harmonie parfaits. La salle est vaste, sans dorure, majestueuse de simplicité. La gravité des gestes protocolaires de ses officiants rend cette réception digne et imposante.

À 11 heures précise, la présidente fait une entrée solennelle. Son visage rayonnant de bienveillance est éclairé par la blondeur de ses cheveux et par la clarté de ses yeux d'un bleu intense. Avec le plus grand respect, toutes les familles se lèvent simultanément. Dalia Grybauskaité dans un tailleur azur, en harmonie avec la couleur de ses yeux, prononce un court discours rappelant les heures noires du pays, éclairées du courage de ses Justes :

« *Aujourd'hui nous rendons hommage à un humanisme qui dépassait les régimes et les guerres. Nous nous inclinons devant ceux pour qui la vie d'un voisin, d'un proche ou d'une personne complètement inconnue était plus importante que leur propre sécurité.*

Aider les personnes persécutées par les nazis était une mission extraordinairement noble pour les Lituaniens qui ont sauvé des juifs pendant la Seconde Guerre mondiale. C'était l'une des preuves les plus dignes de l'amitié entre les Lituaniens et les juifs qui avaient vécu les uns à côté des autres.

Même si plusieurs des personnes récompensées ne sont plus parmi nous, grâce à leur acte héroïque, ils survivent pour toujours dans le cœur de chacun. Ceci devrait inspirer et donner de la force pour défendre toujours et partout notre liberté, protéger l'être humain et comprendre à quel point la démocratie est précieuse.

Dans l'histoire tragique de la Seconde Guerre mondiale, les sauveteurs des juifs, qui ont sauvé des vies partout en Lituanie, sont un rayon clair du soleil.

Ces hommes et ces femmes courageux auraient pu éviter le risque, privilégier la sécurité : observer silencieusement ou tout simplement faire semblant de ne pas voir, ni entendre ce qui se passait autour. Toutefois, ces sauveteurs voyaient la seule voie possible : ouvrir la porte de leur maison, partager leur toit, leur pain, la chaleur de leur cœur. Et tout ceci dans les conditions les plus cruelles de la guerre. Le plus important pour eux a été l'humanisme, la compassion traduite en actions concrètes et pas seulement en mots. »

Elle termine son discours en souhaitant à tous : « *de garder dans leurs cœurs la mémoire de la noblesse de ces gens, comme une promesse que l'humanisme restera la plus grande valeur et que l'exemple des Justes soit une source d'inspiration dans la vie d'aujourd'hui aussi.* »

Le discours de Dalia Grybauskaitė terminé, un membre de chaque famille est appelé en suivant l'ordre alphabétique. La Présidente s'entretient deux minutes avec lui puis une photo est prise avec l'ensemble de sa famille.

Vient alors le tour de Tatiana qui représente son grand-père Arcady Mikhaïlovitch Lavrestsy, soixante-dix ans après son exécution dans la forêt de Ponar. Cet homme controversé et rejeté des siens, au destin tragique, privé de ses trois filles, avait été prisonnier de la Tcheka à Petrograd, détenu à la prison de Spandau à Berlin et peu avant son exécution dans celle de Lukiskiu à Vilnius. Tatiana, sa petite fille, après une quête de vingt-cinq ans savoure ces instants inespérés. En 1936, Arcady a eu la bonne idée d'imprimer ses mémoires à compte d'auteur et de les faire parvenir à ses trois filles. Grâce à son autobiographie, Tatiana a découvert un grand-père aventurier généreux et courageux. Enfant, elle aurait aimé sauter sur ses genoux, bénéficier de ses câlins et de ses baisers.

La veille, Tatiana, accompagnée de sa fille Stella, est arrivée de France à Vilnius. Sa tante Diana maintenant nonagénaire, victime de la dégénérescence maculaire n'a pas pu faire le voyage de New York. Elle a dépêché son petit-fils Henry comme ambassadeur. Il avait échangé son jean basket contre un costume cravate avec des souliers vernis comme elle lui a recommandé. La dernière fille survivante d'Arcady peut s'affranchir désormais de la chape de silence imposée sur son père. Elle peut maintenant parler de lui avec fierté. Les interdits ont disparu. Elle oublie les horreurs et abominations de sa grand-mère Josèpha contre son père. Des souvenirs refoulés de son enfance surgissent, affluent à sa mémoire. Diana peut enfin se libérer des peurs et des interdits d'antan.

Les lointains cousins de Pologne et de Lituanie sont présents ainsi que Karolina, la franco-lituanienne qui a fait de longues et fastidieuses recherches dans les milliers d'archives des victimes du nazisme. Si le dossier de la détention et de l'exécution d'Arcady n'avait pas été retrouvé, rien ne se serait passé. Pour cette raison, Karolina est maintenant adoptée par la famille d'Arcady, cette famille cosmopolite et hétéroclite dispersée par la Révolution bolchevique.

Lorsque la présidente de la République prononce le nom d'Arcady, Tatiana, aux aguets, se lève prestement et va au-devant de la présidente, très émue. À sa grande surprise, Dalia Grybauskaitė s'adresse à elle en français. Les mots de la présidente résonnent comme le chant mélodieux et consolateur d'un oiseau. Une photo est prise avec elle, après quoi Tatiana fait signe à toute sa famille de venir pour une autre photo.

La cérémonie de remise des distinctions achevée, le palais présidentiel est généreusement mis à la disposition des invités jusqu'à la fin de la matinée. Un cocktail les attend.

L'histoire de la famille de Tatiana est si singulière qu'un journaliste souhaite interviewer et filmer la Française. Avec égard et respect, il demande à Tatiana de raconter l'histoire de sa famille. La petite fille d'Arcady accepte, Karolina lui sert d'interprète.

Remise de la médaille du Juste à la famille d'Arcady par la présidente de Lituanie, Dalia Grybauskaité, au palais présidentiel de Vilnius, septembre 2011. Photo de Dzoja Gunda Barysaites.

Chapitre II
Découverte de Trakaï en Lituanie

Conduite par Karolina, Tatiana et sa fille découvrent le lendemain le village de leurs ancêtres, à vingt-huit kilomètres de Vilnius. Depuis plus de six cents ans, ils y avaient vécu et bon nombre d'entre eux y demeuraient encore. Ils s'y étaient illustrés jadis par leur bravoure et leur courage de combattants. Arcady y avait vu le jour avec sa sœur jumelle, le 1er février 1883.

Après avoir stationné la voiture, Karolina en compagnie de Tatiana et de Stella déambulent maintenant en devisant amicalement au bord du lac Galvé de Trakaï.

Une journée ensoleillée au bord du lac. Une foule de promeneurs en cette matinée de fin de semaine : des familles avec et sans enfant ; des jeunes avec ou sans ballon ; des personnes âgées avec et sans canne ; des mangeurs de glace aux grands coups de langue, des pêcheurs à la ligne silencieux recueillis et attentifs ; une babouchka en tablier avec un fichu fleuri derrière des chaussons à la viande appelés « kibinaï », à proximité d'autres vendeurs de pain noir ; un aveugle joueur d'orgue de barbarie accompagné d'un chien ; le balancement délicat des roseaux dans le léger souffle du vent ; un berger allemand endormi sous un pin ; quelques écureuils espiègles à l'assaut des chênes ; des canards gloutons de miettes de pain ; de mélodieux gazouillis d'oiseaux ; des escouades de cygnes blancs en glissades mutines sur l'eau ; des rameurs énergiques assis dans des barques multicolores ; des voiliers à grands mâts blancs et pointus ; des pédalos jaunes en randonnée sur le lac ; un château en vieilles briques rouges, massif et puissant, orné de plusieurs tours et d'un donjon au centre d'une l'île posée sur une eau paisible ; d'étroites cabanes vert émeraude chargées d'ambre de toutes les nuances des plus répandues aux plus subtiles ; une passerelle en bois bondée de passants bavards et bruyants entre lac et château.

Les trois femmes sont dans l'attente d'un rendez-vous décisif. Elles meublent le laps de temps qui les sépare de ce moment si attendu par un bavardage qui distrait leur impatience partagée. Leur rencontre est fixée à 14 heures. Encore trois heures d'attente et de suspens ! pense Tatiana.

Pour elle, ce premier voyage en Lituanie était toute une aventure dans le but de résoudre un vieux mystère de près de soixante-dix ans.

La veille, une belle femme blonde, d'âge mûr, distinguée, grande et avenante, évoquant l'actrice Marina Vlady, est venue les accueillir à l'aéroport de Vilnius. Elle leur réserve un accueil chaleureux, puis les emmène dîner en ville pour qu'elles puissent découvrir quelques spécialités culinaires locales. Après cet échange convivial Karolina héberge Tatiana et sa fille chez elle.

Une de leurs amies communes les a mises en contact depuis plusieurs mois mais elles n'ont jusqu'ici échangé que par courriels. Curieusement, ces deux femmes se sont trouvées comme si elles avaient toujours été amies. Karolina était actrice de théâtre. Lorsqu'elle vivait à Paris, elle faisait partie du petit théâtre de Philippe Bouvard. Elle a vécu en France jusqu'à ce que la Lituanie retrouve son indépendance. Depuis vingt ans, avec son mari, également lituanien, dont la famille s'est expatriée aussi en raison du communisme, ils sont venus vivre dans le pays de leurs ancêtres, inconnu pour eux, mais dont la nostalgie transmise par leurs parents avait bercé leur enfance. Depuis l'indépendance du pays, un grand nombre de Lituaniens ont quitté le chemin de l'exil, heureux de retrouver le berceau ancestral, bien que beaucoup d'entre eux n'y aient jamais vécu. Ils peuvent ainsi réaliser le rêve inaccessible de leurs parents et grands-parents, expatriés, celui de vivre dans un pays libre, de pouvoir perpétuer la langue de leurs ancêtres et de transmettre leur culture nationale. Il s'agit d'un retour vers une terre promise idéalisée, tant espérée…

Comme la plupart des Lituaniens, Karolina est remplie de compassion pour tout ce qui a trait aux souffrances, aux épreuves et aux chagrins individuels de la dernière guerre. Le peuple lituanien a été si cruellement éprouvé et martyrisé autant par les exactions et les atrocités des Soviétiques que par celles des nazis. Dans chaque famille, au moins une personne a été victime de la torture, de la déportation ou d'une exécution au XXe siècle. L'ensemble des Lituaniens se sentent toujours concernés dans leur chair par tous les drames individuels et les souffrances liées à cette sinistre période, ce qui leur donne une oreille attentive, remplie d'une douce compassion cordiale qui fait particulièrement chaud au cœur. Les conflits de l'histoire récente du XXe siècle ont endeuillé et profondément meurtri chaque famille.

Cette découverte est inattendue et inespérée pour la petite Française. Dans son pays, tout ce qui a trait à la dernière guerre fait partie de l'Histoire avec un H majuscule. La dimension dramatique des souffrances humaines de cette période suscite en France un intérêt poli sans que les auditeurs se sentent viscéralement concernés. Les historiens dissèquent de leurs doigts aseptisés les faits en prenant une certaine distance. Ils ne cherchent pas particulièrement à approfondir les souffrances des tragédies familiales, ni l'étendue des détresses et calvaires personnels comme si leurs conséquences n'étaient qu'anecdotiques.

Sa famille est venue s'établir sur la terre de Lituanie à la fin du XVe siècle lorsque Vytautas fit venir 380 familles de Karaïmes originaires de Crimée qu'il installa à Trakaï, dans la capitale du Grand-duché de Lituanie. Ils avaient pour fonction la garde et la défense personnelle du Grand Duc. Celui-ci ne pouvait pas accorder sa confiance aux nobles lituaniens toujours en luttes intestines pour le pouvoir. Les Karaïmes lui étaient entièrement dévoués et de son côté, le Grand Duc leur accordait confiance et protection. Les Karaïmes travaillaient comme artisans, éleveurs, cultivateurs de concombres, certains furent médecins et d'autres philosophes. La communauté karaïme bénéficiait d'un statut particulier, elle avait une chancellerie, celle du bourgmestre des Karaïmes, un lieu de culte nommé Kenessa et une école. En souvenir de cette glorieuse époque, la rue principale du village de Trakaï se nomme « rue des Karaïmes ». Elle est bordée de part et d'autre de maisons en bois de couleurs différentes : jaunes, vertes, bleues, roses, etc. Dans cette diversité colorée leur unité réside en ce qu'elles ont toutes trois fenêtres en façade. La première fenêtre est dédiée à Dieu, la deuxième au : Grand Duc et la troisième à la famille. La porte d'accès de ces maisons est généralement située à l'arrière, discrète, voire cachée permettant jadis aux guerriers Karaïmes de surgir arme en main pour se défendre contre toute attaque inopinée.

Trakaï, Rue principale nommée Rue des Karaïmes

Par son grand-père, Tatiana était une des descendantes des familles installées à Trakaï depuis six cents ans. Elle pouvait désormais être fière de son ascendance que sa mère, par ignorance, avait portée comme le fardeau de la honte.

En Lituanie, la petite minorité des Karaïmes, très amoindries en nombre par les pertes humaines de la dernière guerre, continue de bénéficier d'une grande estime des habitants, au point que l'année 2022 fut décrétée par l'État lituanien « année des Karaïmes ». À cette occasion de nombreuses commémorations et manifestations culturelles furent organisées.

Bien que Tatiana ne soit née que douze ans après la mort de son grand-père, Arcady, elle se sent inconsciemment mandatée familialement pour trouver la raison et les circonstances de sa fin tragique. Sa mère, Regina, parlait fréquemment de son père pour lequel elle ressentait beaucoup d'affection et d'admiration. Elle se souvenait des promenades en sa compagnie au Jardin d'Été de Petrograd. Elle le dépeignait en héros généreux, doté d'une remarquable intelligence. Il aimait gâter ses enfants. Tatiana qui n'avait connu aucun de ses grands-parents voyait en Arcady le grand-père idéal.

Peu avant la guerre, sa mère Regina reçut, dans un courrier provenant de Vilnius, le livre des mémoires de son père dédicacé à son attention. Ayant oublié en grande partie sa langue maternelle, le russe, Regina était incapable d'en prendre connaissance. C'est à plus de cinquante ans qu'elle avait appris à écrire cette langue, découvrant les secrets de l'alphabet cyrillique, encouragée par sa fille.

Tatiana, après plusieurs années d'apprentissage du russe, avait pu lire les mémoires de son grand-père. Elle avait ainsi découvert sa personnalité avec ses traits de caractère et sa part d'idéalisme confronté à de cruelles épreuves.

Le personnage, avec la force de son altruisme et de sa bienveillance, subtil et clairvoyant comme l'ambre, a alors commencé à prendre vie sous ses yeux, lui faisant partager ses aventures incroyables, dignes du comte de Monte-Cristo, le célèbre héros d'Alexandre Dumas.

Arcady avait pris des risques invraisemblables pour sauver sa famille de la famine, du froid et de la misère durant la Révolution russe. L'authenticité de son témoignage émouvant avait donné à Tatiana un motif supplémentaire de rechercher la raison de son exécution par les nazis.

Durant la soirée de leur première rencontre Tatiana et Karolina firent plus ample connaissance. Leur enfance, à l'une comme à l'autre, avait été sinistre et malheureuse, car leurs parents meurtris par les difficultés de leur vie avaient été durs avec leurs enfants, trop préoccupés par leurs soucis personnels pour vraiment s'intéresser à eux. Ils les avaient mutilés involontairement du poids de leurs souffrances et de leurs épreuves. Les conséquences de la Révolution russe et l'occupation de la Lituanie avaient chargé leur histoire personnelle d'un fardeau pesant, légué par leurs parents et leurs grands-parents. L'une et l'autre avaient cherché à s'en libérer tout en restant fidèles à la mémoire de leurs ancêtres.

De plus, Tatiana a souffert d'un déni d'origine et d'identité. Sa mère Regina, fille d'un Karaïme de Lituanie, a été confrontée au mépris de son mari, Richard, concernant son ascendance paternelle. Ainsi, Regina s'est sentie contrainte de dissimuler ses origines comme une maladie honteuse, tel un secret inavouable. Pourtant personne ne choisit de naître juif, druze, yezidi ou karaïme ! Comment peut-on charger d'opprobre une personne qui subit un sort dont elle n'est pas responsable ?

Tatiana a été confrontée aux étroites œillères de parents profondément racistes et xénophobes, pour lesquels la peur fut le principal moteur de leur comportement. Peur de l'autre, peur d'avoir faim à la suite des restrictions de la guerre, peur de ne pas avoir suffisamment d'argent. La somme de ces peurs a amené les parents de Tatiana sur un terrain commun, celui de la fermeture du cœur :

Ils ne sont pas économes, mais avares ;

Ils ne sont pas compréhensifs, mais systématiquement répressifs ;

Ils ne sont pas ouverts, mais repliés sur eux-mêmes ;

Ils ne sont pas généreux, mais pingres et étriqués.

Le nationalisme exacerbé du père de Tatiana ne manque pas de saveur. Richard est né à Saint-Pétersbourg. Il est arrivé en France au début de la Première Guerre mondiale, âgé de cinq ans. Il n'a été naturalisé français qu'à l'âge de treize ans lorsque son père put prendre la nationalité française. Ses premières années d'école ont été marquées par le rejet de l'enfant de réfugié qu'il était. Après être passé de l'autre côté de la frontière, il ne veut surtout pas se souvenir qu'il est lui-même fils d'un migrant.

Tout était bon à Richard pour écraser son épouse Regina de sa supériorité. Il se considérait comme son bienfaiteur puisqu'il avait donné un nom français et une nationalité à Regina qui, comble d'infortune, était apatride. À l'âge de deux ans, Regina avait fui la Révolution russe avec sa mère et sa petite sœur dans le dernier convoi parti de Petrograd pour Paris. Définitivement exilée en France, Regina avait perdu de ce fait sa nationalité de naissance. Elle était une Russe blanche, mais en réalité elle était apatride. Ce statut, qui lui faisait être de nulle part, lui rendit la recherche d'un travail particulièrement difficile jusqu'à son mariage.

Fille de réfugiés, naturalisés français, Tatiana songe à l'importance du rôle de la mémoire ancestrale et à son influence au cours d'une vie. Avoir un aïeul fusillé, sans en connaître la raison, interpelle fortement la conscience et pèse en soi d'un poids psychologique considérable. Souvent Tatiana fait un cauchemar, elle se voit les mains liées, attachée contre un arbre dans l'attente de son exécution.

Par à une chance providentielle, Karolina est très déterminée et motivée à apporter son aide à Tatiana. Elle est parvenue à franchir beaucoup d'obstacles pour contacter plusieurs personnes avant d'entrer en contact avec le Sage de la communauté karaïme. Ces difficultés aplanies, la défiance fait progressivement place à une certaine curiosité.

Une première rencontre familiale se déroule dans la bibliothèque de l'école attenante à la Kenessa, leur lieu de culte. Construite au

XVe siècle dans le village de Trakaï cet édifice religieux est le plus ancien de toute la Lituanie. Le bâtiment est demeuré en bois, de forme carrée, surmonté d'une coupole. Ce lieu de réunion est chargé des mémoires passées et présentes du village. Tatiana et Karolina reçoivent un accueil sympathique, chaleureux mais réservé.

Tatiana résume son histoire dans les grandes lignes. Depuis de nombreuses années, elle cherche à connaître la raison de la mort de son grand-père Arcady Mikhaïlovitch Lavretsky, fusillé durant la dernière guerre. Sa dernière preuve de vie date de 1939 : il avait adressé un télégramme à Regina, la mère de Tatiana, pour la féliciter de son mariage. Plus tard, la famille de Regina apprit la nouvelle de la mort d'Arcady, mais personne ne savait en cette période particulièrement troublée ni la raison, ni la date, ni le lieu exact de son exécution.

En dehors du Sage Karaïme, accompagné de sa femme Alena et de sa fille Diana, la plus ancienne mémoire vivante du village, une vieille dame nonagénaire est aussi conviée à cette rencontre « familiale ». Elle prétend n'avoir jamais entendu le nom de Lavretsky. Elle dit avec certitude que si l'un des membres originaires du village avait été exécuté, elle l'aurait su. Personne n'avait rien vu, ni entendu à ce sujet.

Plusieurs années se sont écoulées depuis l'indépendance du pays. Pourquoi Tatiana ne vient que maintenant s'inquiéter sur place de la fin de son grand-père ? Cette démarche si tardive étonne et est sujette à suspicion. Elle explique que l'obstacle de la langue l'avait empêché de venir jusqu'ici. Ne connaissant personne, elle ne savait pas comment entrer en contact avec la communauté karaïme. Le fait d'avoir pu nouer providentiellement une relation avec Karolina, qui est bilingue, l'a encouragée à poursuivre sa recherche et à entreprendre ce voyage.

Kenessa de Trakaï, un des lieux de culte de la communauté karaïme de Lituanie.

Devant le scepticisme de ses interlocuteurs et leur incapacité à lui répondre, Tatiana voit une porte définitivement se fermer. Elle ne parviendra jamais à l'ouvrir, pourtant elle s'y est évertuée depuis tant années. Déçue, après toutes ses recherches et ses efforts qui ne mènent à rien, elle est convaincue maintenant qu'elle ne saura jamais la vérité. Elle se souvient de n'avoir reculé devant aucun sacrifice. En 1993, alors que sa famille avait du mal à subvenir à son quotidien, elle avait envoyé un mandat postal de 70 $ à Vilnius pour acheter une copie de l'acte de naissance d'Arcady, puis un second mandat tout aussi exorbitant pour obtenir l'acte de décès de son arrière-grand-père Mikhaël Abrahamovitch.

Profondément désappointées, Karolina, Tatiana et sa fille laissent le petit village de Trakaï en fin de journée à son paisible assoupissement et repartent à Vilnius. Tatiana s'en va déçue, convaincue de quitter définitivement ce village qui conserve et tait le secret de la fin de son grand-père, depuis si longtemps.

Chapitre III
Déracinement

De retour à Vilnius, après avoir fait le bilan de leur échec lors d'un dîner en compagnie de Karolina, Tatiana va se coucher dans la chambre généreusement mise à sa disposition par son hôte. Sa nouvelle amie a aimablement proposé à Tatiana et Stella de visiter Vilnius le lendemain avant leur retour à Paris. La jeune femme accepte et s'en réjouit. Sa mission étant achevée, un peu de tourisme leur ferait oublier leur cruelle déception.

Tatiana se retourne dans son lit cherchant vainement à trouver le sommeil. Des souvenirs de son enfance la submergent, l'envahissent, lui reviennent en force, séquences après séquences.

L'histoire de ma famille se résume en un mot « DÉRACINEMENT ! » pense-t-elle. Ce mot signifie avoir vu le jour dans un pays, y avoir vécu ses premières années puis avoir été contraint de le quitter sans jamais avoir pu y revenir pour y retrouver, entre autres, les senteurs caractéristiques de son enfance.

Si un arbre est déplacé d'une région à une autre, nous constatons qu'il faut beaucoup de temps pour que ce végétal s'adapte et fasse souche en développant de nouvelles racines. La bonne réussite de sa transplantation dépend essentiellement de son âge. Si le sujet est âgé, beaucoup de difficultés font obstacle à la réussite de sa nouvelle acclimatation. Les soins apportés après un déracinement permettent de favoriser ses chances de reprise. Les jardiniers disent qu'un arrosage régulier et abondant est indispensable. Il en est de même des réfugiés, de la qualité de l'accueil qui leur est fait, de la bienveillance et de l'attention qui leur est prodiguée. Si leurs enfants s'enracinent culturellement dans le pays d'accueil, ils gardent à leur insu, dans leur mémoire ancestrale, les cicatrices douloureuses et la nostalgie d'une sorte de paradis perdu de leurs aînés.

Les parents de Tatiana étaient nés tous les deux à neuf ans d'écart, dans la même ville de Saint-Pétersbourg. Ils furent baptisés dans la même église et par le même prêtre. Les désastres, la terreur et les privations de la Révolution avaient amené les deux familles paternelles et maternelles à choisir le chemin de l'exil vers la France pour survivre. Si la mère de Richard était française, originaire de Limoge, son père Rupert était prussien, de la région des Sudètes. Son nom de Lutske, à consonance germanique, le désignait immédiatement comme suspect alors que les Français étaient en guerre contre les Prussiens. Arrivé à Paris au début de la Première Guerre mondiale, pour ne pas être inquiété, il se faisait passer pour belge. Son fils Richard, avant d'aller à l'école, devait se lever à 4 heures du matin pour aider ses parents qui tenaient une librairie, faisant office de point de vente des journaux. Selon les usages de l'époque, l'enfant devait plier tous les quotidiens, en quatre, puis en huit, avant de se rendre à l'école. Durant les mois de grand froid, sa corvée terminée, il se gelait sur les marches de l'établissement dans l'interminable attente de l'ouverture du portail. N'étant pas français, le garçonnet fréquentait une école privée. Lorsque son père obtint la naturalisation française son nom de famille « Lutske » s'orthographia dès lors « Loutské ». Cette étrange francisation qui avait conservé un « k » sur la dernière syllabe en faisait toujours un nom étranger. Le père Lutske était très sévère et même brutal avec son fils. Un jour il lui cassa ses lunettes pour ne pas avoir plié les journaux assez rapidement. L'enfant était handicapé par sa mauvaise vue. Très myope, sans lunettes, Richard qui ne voyait plus rien dut attendre plusieurs semaines avant d'obtenir une nouvelle paire. À l'inverse, sa mère Hortense idolâtrait son fils unique. Rien n'était trop beau pour lui. Elle en avait fait un enfant roi, lui donnant par-là un fort sentiment de supériorité sur ses semblables, ce qui le rendait de surcroît, particulièrement macho et imbu de lui-même. Rupert, l'époux d'Hortense, était un grand séducteur au point qu'une veuve de guerre des tranchées trouva si bien grâce à ses yeux qu'il délaissa définitivement le logis conjugal pour aller vivre avec elle. Hortense resta seule à élever son fils unique après la faillite du magasin de journaux. Elle obtint un emploi de guichetière dans une succursale de banque parisienne. Très dépensière, son salaire ne suffisait pas pour subvenir à tous ses besoins mais elle s'évertuait à financer difficilement les études d'ingénieur de son fils. Richard. De son côté, il vivait mal l'humiliation de sa mère délaissée. Les relations entre le père et le fils oscillaient d'inexistantes à orageuses. Le qualificatif « d'avare » caractérisait le comportement pathogène de Rupert. Le moindre de ses frais était noté sur un petit carnet et détaillé jusqu'à la dépense d'un petit pain ou encore le soutien-gorge de la marque « Lou », acheté exceptionnellement un jour à Hortense.

Lors de l'Épiphanie, lorsque la famille était réunie pour partager la galette des rois, selon la coutume, celui qui trouvait la fève dans sa part devait payer la prochaine galette. Lorsque Rupert la trouvait, il la cachait dans son palais pour éviter la contrainte de cette dépense. Toute la famille s'étonnait alors qu'il n'y ait pas de fève. Hortense qui connaissait bien le travers caricatural de son époux, truffait de fèves des années précédentes la part de galette qu'elle lui destinait. À la fin, ne pouvant plus toutes les conserver dans sa bouche sous peine de s'étouffer, il finissait par en cracher une à son grand désespoir.

Il oubliait d'aider financièrement sa femme, dont il s'était séparé sans en divorcer, notamment concernant la charge des études de son fils. Lorsqu'Hortense mourut de maladie et de misère à l'hôpital, Rupert ayant retrouvé sa liberté matrimoniale, légalisa dès qu'il le put son union avec Cécile, sa compagne de 40 ans. Richard, qui avait l'art de manier l'ironie, félicita son père pour « sa bonne mine de jeune marié ». Rupert, devenu veuf d'Hortense, devait régler la succession de son épouse. Il dut se rendre au domicile de Richard pour convaincre son fils de renoncer à la succession au prétexte que sa mère n'avait plus ni bien, ni argent car elle vivait au-dessus de ses moyens. Rupert autorisait généreusement Richard à s'occuper de la tombe de sa mère à condition de rien avoir à débourser des frais d'obsèques. Séparé depuis des dizaines d'années de sa femme Hortense il ne voulait pas débourser le moindre centime pour elle.

À cette occasion, il vit pour la première fois ses deux petits enfants auxquels il ne s'était jamais intéressés : Rodolphe, âgé de neuf ans et Tatiana de quatre ans. Il observa Tatiana avec une profonde hostilité, car l'enfant ressemblait beaucoup à sa grand-mère Hortense. Treize ans plus tard, Tatiana se rendit à son enterrement comme on assiste à celui d'un étranger auquel il est de bon ton d'assister. Son unique souvenir de lui était ce regard de détestation qui l'avait jaugée avec antipathie du haut de sa stature d'adulte.

Du côté de Regina, les inimitiés familiales liées à l'exil demeuraient insurmontables. Lina s'était retrouvée seule parce que son mari Arcady avait été arrêté sur la dénonciation de son propre frère Georges. Elle arrivait en France sans ressource avec ses deux bébés Regina et Diana. Sa mère Josepha revenue depuis peu vivre en France s'occupait activement de ses petites filles. Née à Marseille, Josepha était fille d'émigrés italiens. Ses parents avaient fui la misère de leur pays ensoleillé. Ils étaient d'abord venus s'établir dans le sud de la France à la fin du XIXe siècle, le père était cocher et la mère couturière. Un nouvel exil les avait amené à chercher fortune à Saint-Pétersbourg où ils bénéficièrent d'une certaine aisance jusqu'à la fin de leurs jours avant la Révolution. Avant de quitter la France, le père de Josepha avait autoritairement marié sa fille à un jockey britannique qui gagnait fréquemment des courses, ce qui lui permettait de vivre à l'abri du besoin. Il pensait avoir bien casé sa fille mais par malchance, son gendre John, à peine marié, non seulement ne gagna plus aucune course mais après avoir eu quatre enfants, il fit une chute de cheval sur la tête. Cet accident l'amena à être trépané et enfermé dans un asile où il resta interné un quart de siècle.

Les trois filles d'Arcady

Josepha élevait ses petites filles à la dure. Depuis le retour de son gendre Arcady de déportation, sa fille avait accouché d'un troisième enfant prénommée Veronica Chacune avait un caractère différent : L'aînée était soumise, la cadette était révoltée et la benjamine suicidaire.

Regina était docile et obéissante au point de se lever en pleine nuit, sans se plaindre, sur les injonctions de sa grand-mère. Elle devait réciter de pieuses litanies afin de préserver la famille de tout danger lorsqu'un orage éclatait.

Josepha ne se comportait en grand-mère que pour l'aînée de ses petites filles. Elle n'avait d'affection que pour Regina qui, en apparence avait endossé le costume de la petite fille modèle et appliquée. Elle considérait les deux autres fillettes comme deux bouches supplémentaires à nourrir assorties de soucis en plus. Elle était particulièrement sévère et répressive vis-à-vis d'elles.

Diana, la cadette était la rebelle. Elle choquait souvent sa grand-mère qui du coup la maltraitait. Un jour qu'elle était contrainte de rester à table, alors qu'elle voulait en sortir pour aller jouer, elle fit pipi sur sa chaise pour protester. Sa grand-mère courroucée épongea l'urine de l'enfant avec un chiffon et lui en lava le visage.

Une autre fois, Diana âgée d'une dizaine d'années, assise sur un banc babillait aux côtés d'un petit garçon de son âge. Lorsque Josepha l'aperçut, elle la saisit par l'oreille et l'enferma sans manger durant une semaine pour qu'elle fasse pénitence de son « péché mortel ». Diana sanglota très fort, mais rien ne put infléchir le cœur de sa redoutable aïeule. Ses sœurs Regina et Veronica, apitoyées tentèrent de la secourir en lui envoyant quelques nourritures dans un panier tenu à l'extrémité d'une ficelle. Sous-alimentée, l'enfant confinée à l'isolement tomba gravement malade. Josepha finit par s'en inquiéter et appela un médecin. Diana parvint à se remettre de ce traumatisme.

Arcady avec son épouse Lina, leurs trois filles et sa belle-mère à Paris.

Lorsque la grand-mère emmenait en promenade ses trois petites filles, elle leur donnait un ballon avec une ficelle qu'elles devaient serrer très fort dans leur main pour éviter de le perdre sous peine d'être réprimandées. Chaque fois, Diana laissait exprès échapper son ballon pour qu'il aille rejoindre Émile au ciel, son frère aîné, décédé d'une méningite à peine âgé de deux ans.

Quand Émile fut enterré au cimetière de Saint-Pétersbourg, voici qu'Arcady et Lina virent une petite fille qui pleurait près de la tombe de leur bébé. Émus, ils lui demandèrent son prénom. Ils décidèrent que s'ils avaient un jour une petite fille, ils lui donneraient le même que celui de cette enfant, à savoir Regina, présente à cet endroit comme une messagère du ciel. Deux ans plus tard, Regina la mère de Tatiana vit le jour.

Lina, débordée, n'avait pas le temps de s'occuper de ses trois filles. Bien que dépourvue de sens pratique et d'organisation, elle ouvrit un salon de pédicure dans lequel s'activaient trois personnes. Ses employées n'en faisaient qu'à leur tête et ne la respectaient pas. Dépassée par la gestion de son entreprise, elle dut déposer son bilan et hypothéquer la maison qu'Arcady avait acquise pour ses filles.

Sa troisième fille Veronica, née dans le Midi deux ans après sa sœur Diana, était souvent malade, dépressive et souffreteuse. La moindre contrariété la faisait pleurer. Adulte, elle fumait nerveusement cigarettes sur cigarettes. Suicidaire, elle voulait toujours ouvrir le robinet du gaz. Ses parents avaient divorcé alors qu'elle avait trois ans. Elle n'avait aucun souvenir de son père. Adolescente, elle connut un jeune homme polonais, bien de sa personne, prénommé Yourik. Il avait le vice caché d'être un flambeur au jeu, au point d'aller jouer jusqu'à sa chemise et même un jour sa femme. Pour une fois, il ne perdit pas tout puisqu'il conserva son épouse Veronica.

Lina, bien que très souvent dans le besoin, vivait très au-dessus de ses moyens, en se donnant des airs de grande dame dans l'aisance.

Yourik en se mariant avec Veronica pensait avoir épousé une riche héritière jusqu'au jour où il déchanta. Désormais convaincu du contraire, il s'exclama de sa charmante intonation slave : « Qu'est-ce que j'apprends : Maman Lina n'a pas d'argent ! »

Les trois sœurs privées de la présence et de l'affection de leur père vivaient sous la férule autoritaire de leur grand-mère bigote et de leur bellâtre d'oncle Georges. Celui-ci assurait une présence masculine considérée comme paternelle alors qu'il était à l'origine des terribles épreuves qui privaient ses nièces de leur père Arcady et provoqué le divorce de sa sœur Lina avec son époux.

Les trois jeunes filles, l'une après l'autre, n'aspiraient qu'à trouver le moyen de prendre leur indépendance en se mettant à l'abri des aléas de la précarité familiale. En se mariant, elles espéraient fuir la misère. À cette loterie du hasard, elles ne trouvèrent ni joie, ni bonheur. Regina, bien qu'apatride, avait pu obtenir un emploi de standardiste grâce à un des flirts de l'oncle Georges. C'est ainsi qu'elle fit la connaissance de Richard qui l'avait repérée comme une oie blanche susceptible d'être l'épouse docile idéale. Bien qu'elle ait eu peur de lui et qu'elle ne l'aimait pas, Regina consentit à l'épouser pour échapper à son sort pensant que grâce à sa situation d'ingénieur elle vivrait définitivement à l'abri du besoin. Dès lors, la jeune femme dut cesser de travailler, passant de la domination autoritaire de son aïeule à celle de son époux.

En tant que descendante de déracinés sur deux générations le contexte familial éclaté de Tatiana l'amenait à se sentir plus européenne que française. Elle était bien consciente que ses parents et ses grands-parents avaient projeté aveuglément leurs souffrances sur leur descendance, leur léguant les traumatismes des peurs de la guerre ainsi que leurs frustrations. Dans son cœur, le sentiment de l'exil était permanent et avait un caractère indicible. Elle avait la perception d'un arrachement irrémédiable et la nostalgie d'un éden inaccessible dont ses ancêtres avaient bénéficié.

Elle se revendiquait comme citoyenne de la terre. Elle avait tellement souffert des peurs, des mesquineries et de l'avarice liées aux angoisses de manquer de tout et aux bouleversements de la guerre subis par ses parents qu'elle se faisait un point d'honneur à se comporter naturellement avec générosité.

Chapitre IV
« C'est Mozart qu'on assassine »

Dès sa naissance, Tatiana avait contrarié l'impériale volonté de son père Richard. Celui-ci avait décrété qu'il ne pouvait avoir que des fils, nés sous le signe du Lion.

Son fils aîné, Rodolphe, était né fin août, avec du retard, donc sous le signe de la Vierge. Il était bien un garçon mais pas né au moment où il aurait dû selon la volonté paternelle. Rodolphe, lui, avait hérité d'un caractère renfermé, dissimulé et introverti. La peur le rendait sournois, calculateur et apparemment timoré. C'était probablement le moyen le plus adapté qu'il avait trouvé pour se protéger de ce père coléreux et imprévisible, sujet à de redoutables accès de violence dès qu'il était contrarié. Il fallait d'ailleurs bien peu de chose pour l'irriter, un grain de poussière oublié, une statuette légèrement changée de place, un morceau de viande pas à son goût ou des légumes trop cuits par exemple, pour que ce despote tyrannique de père explose en éclairs orageux et terrifiants. Il avait réduit sa femme Regina en une domestique servile terrorisée qui appréhendait ses moindres accès de colère. La peur de mal faire la rendait particulièrement maladroite. Son statut de femme au foyer la réduisait complètement à la merci de cet époux irascible et exigeant. Tatiana souffrait silencieusement des fréquentes humiliations subies par sa mère. Lorsque son père hurlait sur sa mère à cause de quelques grains de poussière oubliés sur un meuble, elle la voyait réduite à l'état de serpillière sur laquelle son mari s'essuyait les pieds.

Tatiana était bien née sous le signe du Lion, mais fait aggravant, contrairement à son frère Rodolphe, elle n'était pas un garçon, mais une fille, comble du déshonneur. Ce père autoritaire qui voulait que tout se plie à sa volonté vivait très mal cet affront fait à sa virilité. Cette « infirmité » d'être née dans la peau d'une fille était presque quotidiennement reprochée à Tatiana. Elle grandissait dans la culpabilité de ne pas être un garçon. Petit à petit, inconsciemment pour plaire à ses parents, elle se transforma en garçon manqué au point de se battre fréquemment au lycée dès que sa scolarité fut vécue en mixité. Mal dans sa peau, en surpoids, elle était rejetée par ses parents et la risée de ses camarades de classe. Lorsque les insultes dont elle était gratifiée étaient trop grossières ou trop méchantes, Tatiana se défendait violemment de ses poings. Petit à petit, Tatiana s'enfermait, emprisonnée dans un personnage bagarreur et belliqueux qui devenait caricatural, l'obligeant à renier toute sa féminité.

Son frère Rodolphe, de cinq ans son aîné, n'était pas plus heureux. Étant un garçon, ses parents nourrissaient à son sujet les plus hautes ambitions. Bien qu'habitant en banlieue, ils décidèrent de le scolariser dans un lycée parisien, plus prestigieux à leurs yeux. Afin de lui éviter la consommation des nourritures de la cantine, du tout-venant, sa mère ou son père le conduisait et le recherchait à Paris, quatre fois par jour. Il était hors de question qu'il les déçoive. Dès le petit lycée, il avait dû se plier à la contrainte des études de latin et de grec renforcés. Doté d'une constitution délicate, il était fréquemment malade couvé par Regina qui le fragilisait par un excès de protection.

Durant ses sept premières années, Tatiana était régulièrement laissée toute seule dans l'appartement de ses parents pendant le temps où ils accompagnaient son frère au lycée Condorcet. Pendant la durée de leurs allers et retours en train, afin d'éviter tout accident ménager, son père ou sa mère attachait Tatiana matin, midi et soir dans son lit avec des sangles. Cette opération était devenue rituelle, à heures fixes. Ainsi, toute la semaine ses parents faisaient l'économie de la présence d'une garde d'enfant. Durant ces périodes de captivité, le temps paraissait interminable à la fillette. À force de détailler la chambre où elle était séquestrée à heures régulières, elle en connaissait le moindre détail par cœur, la couleur du rideau, les objets sur le bureau de son père, le contour spécifique des armoires, tout comme la machine à coudre de sa mère de la marque « Singer ». Elle s'était rendu compte que sa mère l'attachait sans trop serrer ses liens ce qui lui donna un jour l'idée de s'en affranchir sans que cela se voie. Elle en profita pour fureter dans l'appartement. La corbeille à papier de son père absorbait son attention. Il s'y trouvait des enveloppes déchirées sur lesquelles étaient collés de petites images. Tatiana découvrit ainsi une activité intéressante : la collection de timbres. Dès qu'elle entendait du bruit dans l'escalier, elle se recouchait habilement, faisant croire qu'elle n'avait pas bougé. Tatiana fit rapidement appel à la puissance du rêve et à l'art de se raconter des histoires merveilleuses pour tromper ces longues attentes à répétition. Ce moyen lui permettait d'oublier cet immobilisme contraint et forcé. Elle se réjouissait toujours d'entendre la clé dans la serrure et la porte s'ouvrir annonciatrice du début de sa délivrance. Sa mère continua à être bernée jusqu'au jour où Tatiana crut bon de lui faire une surprise et d'ouvrir la porte d'entrée en entendant ses pas. Le résultat fut calamiteux, non seulement elle reçut une raclée, mais ses parents décidèrent désormais de l'immobiliser complètement dans le lit à l'aide de sangles serrées pour qu'elle ne puisse plus en bouger.

Tatiana ne pouvait jouer avec son frère qu'à de rares moments car il était soit souffreteux, soit absorbé par d'interminables devoirs. Ses parents furent moins exigeants avec elle pour sa scolarité. Persuadés que leur fille pourrait se trouver un mari avec une belle situation, il était inutile de se donner la peine de la scolariser dans un lycée parisien. Elle n'avait pas besoin de fréquenter un établissement renommé, un lycée de banlieue suffisait.

Tatiana revoyait la maison de son enfance entourée d'un jardin avec des murs imposants de plus de deux mètres de haut. La grille était entourée de fils de fer barbelé pour dissuader les chats du quartier de pénétrer dans le jardin. Tout visiteur était un intrus, voire un ennemi. Lorsqu'une personne faisait retentir la cloche du portail, le père de Tatiana allait ouvrir un judas agrémenté de deux barreaux et hurlait : « qu'est-ce que c'est ? » d'une voix tonitruante qui ne souffrait pas de réplique. C'était la maison du repli sur soi, de la peur de l'étranger alors que ses occupants l'avaient été eux-mêmes dans leurs jeunes années.

L'enfance de Tatiana l'avait profondément meurtrie, victime de l'idéologie fortement machiste de son père. Elle vécut dans le climat d'après-guerre du début des années 50, caractérisé par un esprit d'économie, qui s'apparentait chez ses parents à de la radinerie et de l'avarice, tellement ils craignaient de devoir vivre un jour une situation de manque, de précarité et de disette. Richard, le père de Tatiana, bénéficiait d'une situation aisée, celle de cadre, en tant que directeur d'usine. Rien dans le train de vie de la famille ne témoignait pourtant réellement de la moindre aisance financière. Bien au contraire, ses parents allaient à la fin du marché acheter les fruits et légumes blets, bradés à bas prix, ceux réservés aux indigents. En bourgeois, le père de Tatiana se vêtait toujours d'un costume trois pièces, d'un gilet en façade orné de deux décorations à la boutonnière, un chapeau vissé sur son crâne chauve. Il paraissait trop bien habillé pour s'intéresser réellement aux restes de primeurs des cageots, en fin de marché. Les maraîchers méfiants, sur leurs gardes, étaient persuadés d'avoir affaire à un inspecteur des fraudes. Par crainte d'éventuelles chicaneries, les maraîchers donnaient gracieusement au père de Tatiana tout ce qu'il voulait. Celui-ci s'amusait beaucoup de la peur qu'il inspirait aux commerçants. Il en profitait pour ramener chez lui des fruits fatigués qui avaient fait plus que leur temps et des légumes à moitié pourris. Tatiana et son frère se moquaient toujours de ces vieux restes avariés qu'ils devaient malgré tout consommer sans envie.

Suivant la même démarche de pingrerie, Regina s'occupait de confectionner elle-même la garde-robe de Tatiana. Si ses parents achetaient des habits neufs à son frère, elle était pour sa part gratifiée d'habits retaillés et recousus pris dans les vêtements usagés de ses parents, surtout de son père. La dernière trouvaille de Regina avait été de lui confectionner un imperméable de couleur caca d'oie pour la rentrée scolaire.

L'enfant détestait se vêtir car son apparence singulière l'amenait à être la risée de ses camarades d'école et fréquemment la victime de leurs cruels quolibets. Tatiana était contrainte de porter ces vêtements malhabilement fabriqués. Elle souffrait quotidiennement de son accoutrement ridicule, source de moqueries. « Ah, si nous portions toutes un vêtement identique, le même uniforme ! » rêvait-elle, je ne subirais plus les moqueries des autres et j'aurai peut-être de vraies amies.

Un jour, la naïve Tatiana reçut de nombreux compliments d'une de ses camarades de classe au sujet de son bel imperméable. Celle-ci s'extasiait sur sa coupe, son style et sur son chic en lui disant qu'elle aimerait bien en avoir un pareil. La gamine devenait de plus en plus insistante pour savoir où elle pourrait se procurer le même vêtement qu'elle trouvait si élégant. Tatiana, finalement mise en confiance, lui avoua la vérité avec une pointe de fierté : « C'est ma mère qui l'a taillé d'un imperméable de mon père » À peine, Tatiana avait-elle livré son secret que sa camarade de classe, sa prétendue amie, partit très excitée, allant de groupe en groupe dans la cour de récréation, virevoltant partout pour colporter l'information sur la fabrication de cette gabardine. Rapidement, autour de la petite fille, une ronde endiablée se forma pour fredonner : « Vive le caca d'oie. Oh la belle couleur ! C'est ma mère qui me coud mes vêtements dans ceux de mon père… » Tatiana éclata en sanglots, détestant encore plus violemment son affreux accoutrement qui la rendait si ridicule et si seule. Elle découvrit ainsi la perfidie humaine, comment sa confiance avait été trahie et trompée par une chipie qui s'était fait passer pour son amie. La fin de la récréation écourta son humiliation.

Une voisine qui avait remarqué l'aspect misérable de la fillette s'apitoya sur elle au point de lui donner des vêtements de sa nièce. Les parents de Tatiana en furent vexés car la voisine était de condition modeste, une simple vendeuse de grande surface, métisse de surcroît. Ils interdirent à l'enfant de les porter estimant ce cadeau humiliant.

Ses parents voulaient éviter d'avoir avec Tatiana les mêmes soucis des maladies infantiles attrapés à l'école par Rodolphe. Ils décidèrent de ne scolariser la fillette qu'à l'âge de sept ans. Tatiana n'était jamais malade. Elle avait une constitution robuste, mais ses parents étaient convaincus que tous les enfants étaient semblables. Elle fut ainsi victime de leur manque de discernement et de leurs réflexions simplistes.

À l'aide de larges et brutales claques prodiguées par les grandes et lourdes mains de Regina, semblables à des battoirs à linge, Tatiana apprit rapidement à lire, dès l'âge de quatre ans. Cet accès prématuré à la lecture lui apporta un grand bonheur, car elle n'avait plus besoin de supplier sa mère ou son frère pour qu'ils lui lisent une histoire. Désormais, elle était autonome pour découvrir toute seule les récits qui l'intéressaient, ce dont elle ne se privait pas au point de terminer la lecture d'un livre la nuit sous ses draps ou ses couvertures à l'aide d'une lampe de poche. Elle ne parvenait pas à s'endormir tant qu'elle ne connaissait pas la fin de l'aventure commencée. La lecture devint sa passion dévorante car toutes les histoires qu'elle lisait lui permettaient d'oublier la sienne dans la nuit obscure de son enfance, faite de violence, de cris et de dérision.

Après Pâques, alors que Tatiana avait déjà l'âge de raison, ses parents l'inscrivirent dans une école privée où les classes étaient meublées de vieux pupitres en bois. Elles étaient semblables à celles de la fin du XIXe siècle, contrairement au bureau du directeur qui était à la pointe de la modernité. Pour rester au siècle passé, il ne manquait dans la classe que le poêle à charbon. À sept ans, Tatiana ne savait que lire et écrire mais pas vraiment compter. Depuis qu'elle savait lire, sa mère ne lui avait plus rien appris laissant ses capacités d'apprentissage à l'abandon comme un jardin en friche. Elle fut admise dans une classe à double niveau. En l'espace d'une demi-heure, après un test rapide de ses connaissances, elle dut déménager ses affaires pour changer de banc afin de rétrograder au niveau du cours élémentaire première année. La maîtresse d'école ne comprenait pas comment Tatiana osait se lever, sans demander la permission, pour aller tailler son crayon. Ces actes d'autonomie se terminaient par un étirement d'oreille musclé ou un coup de règle métallique sur les doigts. Tatiana, élève tardivement scolarisée, méconnaissait les codes qui réglementent la discipline d'une classe. Elle ignorait qu'il fallait obligatoirement demander l'autorisation de bouger ou de se lever et qu'il était interdit de parler à ses voisins ou voisines. Depuis son admission à l'école, elle devait apprendre de longues leçons d'histoire, les tables de multiplication ou des récitations, ce qui l'ennuyait profondément car elle n'en voyait pas l'utilité. Dans une classe composée majoritairement de garçons, elle restait seule dans son coin durant la récréation et ce dans une cour exiguë. Elle s'y cachait pour se protéger derrière un important marronnier afin d'éviter les gros rustauds bagarreurs qui auraient pu lui tomber dessus et l'écraser. Scolarisée en fin d'année, il était trop tard pour qu'elle se fasse des camarades. Elle était le vilain petit canard de la classe.

Rodolphe, son aîné, en tant que garçon, selon le droit d'aînesse, bénéficiait de ce qu'il y avait de meilleur et de plus beau aux yeux de ses parents. Il avait une belle chambre particulière, convenablement meublée, dans chacune des deux maisons de ses parents. Dans la maison principale, Tatiana avait une chambre qui avait une surface d'à peine deux mètres carrés. Dans cette espèce de placard à balais minuscule, son lit, sa table et une chaise occupaient toute la place. Tatiana n'avait aucune intimité pour s'habiller ou se déshabiller car tout ce qu'elle faisait était observable du lit de la chambre de ses parents. À la maison de campagne, elle était reléguée au grenier accessible que par une échelle de meunier. Dans ses premières années, elle avait très peur de tomber dans cet escalier en bois. L'été, elle souffrait terriblement de la chaleur sous les toits et l'hiver elle se blottissait sous un gros édredon pour supporter la température de la soupente sans chauffage. Tatiana était casée dans chacune des deux maisons là où il restait une place dont personne ne voulait. Cette discrimination négative, subie vis-à-vis de son frère, était ressentie comme une profonde injustice. Lorsque la famille se partageait le poulet dominical, son père et son frère avaient droit à une cuisse alors que Tatiana et sa mère devaient se contenter d'une aile. Elle n'avait jamais eu le choix. Devenue adulte, elle préférait toujours manger la cuisse d'un poulet pour compenser toutes celles dont elle avait été privée pendant les interminables repas familiaux de son enfance.

Chaque jour, elle subissait une suite de vexations et de brimades liées à sa condition. Elle n'avait, ne recevait ni ne portait jamais rien de neuf. On lui donnait toujours ce qui avait déjà servi. Ses premières chaussures furent celles déjà usagées de son frère. Celles-ci lui avaient donné une déformation de marche en canard. Les draps défraîchis de son lit n'avaient plus que la trame d'un tissu très affaibli. Un jour que Tatiana fit un trou dans l'un d'eux dont le tissu était profondément usagé, elle eut peur d'être grondée. Du coup, elle alla chercher du fil dans le meuble à ouvrage de sa mère, saisit la première bobine qui lui tombât sous la main. Elle recousit le trou avec du fil rouge. Pour une fois, Regina la gronda modérément car elle connaissait le piteux état du drap, juste bon à faire des torchons. Une année, les parents de Tatiana lui offrirent pour Noël un appareil photo le meilleur marché qu'ils aient pu trouver et le plus bas de gamme. Ils décidèrent de retarder l'achat de l'étui pour son anniversaire, sept mois plus tard, afin qu'elle ne soit pas trop gâtée.

L'année du brevet, désespérée par le rejet de sa famille, autant que par celui de ses camarades de classe, Tatiana ressentit avec acuité l'absurdité de sa vie et de sa condition, vécues comme particulièrement insupportables. Tatiana avait soif de compréhension et de connaissances, mais elle ne savait pas comment faire face au quotidien pour endurer les lourds orages colériques paternels chargés d'électricité. Le système scolaire faisait surtout appel à sa mémoire mais ne lui demandait ni réflexion, ni discernement, ni intelligence. Les matières qu'elle devait emmagasiner lui paraissaient inutiles car elles ne lui apportaient aucune réponse aux grandes questions qu'elle se posait ni ne lui donnaient de solutions pratiques pour remédier aux vicissitudes de ses journées.

Elle vivait continuellement dans la peur, la dissimulation et la violence sous un ciel chargé en permanence de lourds nuages sans l'espérance d'un prochain ciel bleu, ensoleillé. Sa vie subie lui paraissait sans issue. Elle n'était âgée que de quinze ans. La majorité était alors à vingt et un ans. Il lui faudrait encore endurer six ans pour s'affranchir de la tutelle tyrannique de ses parents. Son avenir lui paraissait désespérément absurde. Elle était prisonnière, condamnée à une longue détention familiale sans espoir d'être prochainement libérée. Fuguer aurait pu être une solution. Malheureusement, Tatiana ne connaissait personne qui aurait pu l'accueillir et la cacher. Elle serait rapidement retrouvée et reconduite chez ses parents et eux lui feraient alors chèrement payer cet acte d'indépendance en lui faisant subir les pires mesures de rétorsions. L'unique solution était de fuir là où personne ne pourrait lui faire de reproches ou lui faire subir des sévices.

Plusieurs possibilités permettent de se donner la mort, mais il faut réussir à se supprimer sans souffrir et surtout ne pas rater son coup. La meilleure solution lui parut être celle de se jeter dans la Seine puisqu'elle ne savait pas nager et que ses parents lui interdisaient toutes activités physiques de peur qu'elle ne se casse un membre. Ils ne craignaient pas qu'elle se blesse. Certes cela aurait été ennuyeux mais elle aurait alors reçu une bonne leçon pour apprendre la prudence. En réalité, leur crainte, en cas d'accident était d'être tenus de soigner leur fille. Les frais occasionnés leur auraient coûté de l'argent qu'ils n'auraient pas pu économiser. Pour cette raison, la dernière année d'école primaire, les parents de Tatiana la firent changer autoritairement de classe pour éviter son départ en classe de neige, car à coup sûr, selon leurs pronostics, elle en serait revenue avec une jambe cassée. En raison de cette psychose de l'accident, Tatiana, tout comme Rodolphe, n'avait pu apprendre ni à faire du vélo, ni du patin à roulettes, ni pratiquer aucun sport. Elle ne savait toujours pas nager et ne voulait pas apprendre. Elle avait la phobie de l'eau en raison des séances du maintien de sa tête sous le robinet que Regina lui faisait subir à la moindre de ses colères. Du coup, Tatiana avait peur de plonger et d'avoir la tête sous l'eau. Cela lui rappelait trop la brutalité de sa mère et les crises de suffocations sous le robinet qui s'ensuivaient.

Tatiana choisit de mettre son projet à exécution le premier jour de la rentrée après les vacances de Noël. Elle patienta les deux semaines de vacances en pensant qu'elle pourrait bientôt écrire sur son cahier le mot « fin ». Le jour de l'Épiphanie, un lundi 6 janvier, Tatiana dut reprendre le chemin du lycée. Elle avait minutieusement préparé son projet. Il lui faudrait juste avoir le courage de plonger dans le fleuve. Elle le ferait en pensant à sa délivrance.

Il faisait un froid glacial car il gelait. Tatiana réclama à sa mère ses habits les plus hideux notamment celui qu'elle avait cousu dans une redingote de son père d'un sinistre gris cendre. Regina fut étonnée que sa fille veuille s'habiller des vêtements qu'elle refusait d'habitude obstinément de porter. Tatiana revêtit l'ensemble de ses atours de laideur appelés à devenir son linceul. Elle rêvassa toute la journée en classe sachant qu'elle n'aurait plus jamais la contrainte de devoirs à faire, ni de leçons ennuyeuses à apprendre auxquels elle ne voyait aucune utilité.

C'était son dernier jour de vie. L'idée d'échapper à sa cage donnait à Tatiana une joie et une nostalgie d'un passé qu'elle aurait aimé si différent avec des parents aimants et attentifs, de gentils camarades d'école avec lesquels elle aurait pu jouer… Ce paradis rêvé n'existait pas.

Dernier jour de souffrance, premier jour de vie pensait Tatiana. Elle aurait bien aimé le chanter à son entourage. Elle gardait le silence ayant compris que si elle partageait son secret avec une camarade, celui-ci serait trahi par une indiscrétion et qu'elle ne pourrait donc pas mener à bien son plan. Elle ne devait faire confiance à personne pour réaliser son rendez-vous avec l'Inconnu. Elle ignorait ce qu'elle allait trouver, mais rien ne pourrait être pire que son quotidien. Toute la journée, elle avait pensé à sa sortie de classe du soir et à ce qu'elle devrait faire. Elle abandonnerait son sac d'écolière accroché à un portemanteau avec sa carte d'identité de lycéenne et les clés de la maison de ses parents. Tous ces signes d'appartenance seraient devenus inutiles. Son corps serait retrouvé flottant sur l'eau. Ce serait le corps d'une inconnue à la dérive. Ne plus porter de nom de famille, c'était s'affranchir de toutes attaches, de toutes étiquettes. L'oiseau allait ouvrir la porte de sa cage et s'apprêtait à s'envoler vers les cieux, enfin libéré.

À la sortie du lycée, en fin d'après-midi, Tatiana mit son plan à exécution comme elle l'avait prévu. Elle abandonna son sac de classe au portemanteau avec un petit pincement au cœur pénétrée de la solennité de son geste et de son caractère irréversible. Personne ne connaissait son projet. Il était temps encore d'y renoncer... Il ne lui servirait à rien de poursuivre une vie de mensonges, subie, sans affection, sans amie, sans joie et sans espoir. Elle quitta tranquillement son lycée, elle emprunta une ligne d'autobus inhabituelle qui la conduisit à proximité de la Seine. Il faisait déjà nuit. Le gel décourageait toute envie de promenades. Tatiana avait projeté de se jeter du haut du pont, mais le parapet était trop haut pour elle. Un passant pourrait intervenir et empêcher son escalade au moment de son saut dans le fleuve. Tatiana n'était ni sportive, ni souple et sa peur de l'eau était prégnante. Il lui fallait trouver une autre solution. Elle descendit le grand escalier qui menait à la berge. Les alentours étaient tristes, sombres et déserts à l'exception d'un couple d'amoureux qui se promenait. Tatiana attendit un peu qu'ils se soient suffisamment éloignés. Il était 18 heures. C'est à ce moment-là qu'elle se jeta à l'eau sans regret laissant derrière elle toutes les amertumes, les déceptions et les incompréhensions du passé dont elle avait si profondément soufferts. Tatiana, tel un gros sac de pierre, tomba dans l'eau, se débattit pendant une dizaine de minutes car la volonté de vivre s'accrochait à elle, puis épuisée, exténuée et à bout de souffle elle perdit totalement connaissance.

Chapitre V
Un phénix renaît de ses cendres

La jeune fille était portée par plusieurs personnes et entourée d'un bruissement de voix affairées. Elle se rappela petit à petit être Tatiana.

Était-ce vraiment cela le monde « Inconnu » auquel elle aspirait ? Il ressemblait singulièrement à celui qu'elle venait de quitter. Elle fut posée à terre allongée sur le sol d'une cuisine.

Progressivement, elle sortit de son évanouissement et entrouvrit les yeux. À côté d'elle, une jolie petite fille d'un an environ, assise sur une chaise, la regardait et lui souriait. À cet instant précis, l'enfant symbolisait toute une espérance, celle de la renaissance de Tatiana à une vie nouvelle. La police était arrivée. Les personnes autour d'elle décidèrent de la déshabiller pour lui retirer ses vêtements gorgés d'eau. Dévêtue jusqu'à un seuil de décence, elle fut enveloppée dans une couverture de survie, chargée sur une civière dans un véhicule de police particulièrement inconfortable, surnommé « panier à salades ». Rapidement, la jeune fille fut emmenée à l'hôpital. Elle aurait pu être blessée ou tuée par le passage d'une péniche. De même, elle aurait pu attraper le typhus avec les eaux polluées dans lesquelles elle était restée une vingtaine de minutes.

Les policiers présents avaient pour toute préoccupation de rédiger leur rapport en mentionnant le nom et l'adresse de cette personne mineure repêchée sur la voie publique. Son identité était un secret que Tatiana était bien résolue à garder. Elle ne voulait surtout pas retrouver sa famille de tortionnaires. Pressée de donner son identité, elle finit par lâcher le nom d'une de ses héroïnes de roman de la bibliothèque verte : « Alice Roy » et donner le premier nom de rue qui lui passait par la tête. Tatiana avait tout prévu sauf qu'elle serait retrouvée vivante et qu'elle devrait inévitablement revenir dans sa famille. Elle vivait un cauchemar. Il n'était pas possible qu'elle reprenne sa vie d'hier. Allongée au chaud dans un lit d'hôpital, Tatiana se sentait en sécurité. Elle n'avait plus qu'une envie : DORMIR, cent ans s'il le fallait, comme la Belle au bois dormant pour oublier l'implacable réalité. Lorsqu'elle vit le médecin de garde, elle lui demanda un cachet pour dormir. Accablée par le constat de son échec, elle voulait tout oublier. Pour le moment, elle n'était pas en état de faire face à cette situation inattendue. Ah, si elle avait pu ne plus se réveiller… ! Avant qu'elle ne s'enfuie dans le fleuve du sommeil et de l'oubli, un policier se rendit à son chevet pour obtenir son vrai nom et la véritable adresse de ses parents. Doucement paternel et persuasif, le policier chercha à la convaincre qu'elle n'avait pas d'autre issue que de dire la vérité. Pour le moment, c'était encore le secret de Tatiana, mais personne ne la laisserait tranquille tant qu'elle n'aurait pas dit qui elle était. Elle finit par donner le nom et l'adresse de ses parents. Le policier lui demanda la profession de son père. Le métier d'ingénieur était honorable. Cette jeune fille provenait d'un milieu respectable. Comment pouvait-elle ainsi causer de tels soucis à ses parents et faire une chose pareille ? Le policier lui fit un peu la morale. C'était normal, cela faisait partie de son métier. Sa détresse et ses souffrances personnelles n'existaient pas. Seule la situation sociale de sa famille était prise en compte. Pourtant parmi les ingénieurs, il existait aussi des psychopathes, là comme ailleurs.

Le lendemain matin, Regina survint à l'hôpital profondément bouleversée. Non seulement elle avait failli perdre sa fille mais Tatiana avait osé faire ce qu'elle-même avait maintes fois tenté, tout en y renonçant au dernier moment. Bien plus tard Rodolphe, son frère, confia à Tatiana qu'avant sa naissance, leur mère Regina l'emmenait régulièrement faire une promenade au bord de la Seine, avec la même intention funeste. Elle ne supportait plus les accès colériques, les brutalités et les humiliations de son mari. Au dernier moment, le courage lui manquait. Elle se ravisait et rentrait à la maison avec son fils pour le goûter.

Malgré ce bain glacial dans les eaux troubles du fleuve où se déversait un égout, Tatiana resta en bonne santé. Elle avait une constitution robuste et la Providence veillait sur elle. Sa mère signa une décharge à l'hôpital pour qu'elle puisse rentrer à la maison. Le père de Tatiana les attendait dans le jardin. Lorsqu'il vit Tatiana, son exclamation égocentrique fut significative : « Comment as-tu pu oser me faire cela, à MOI ? » Il lui réclama sa montre, une Kelton, achetée 2 francs 15 centimes dans un débit de tabac pour vérifier son état de marche. Alors qu'il avait failli perdre définitivement sa fille, seul le bon fonctionnement de la montre l'obsédait. La montre, très bas de gamme, n'avait pas supporté l'eau. Ses aiguilles étaient fixées pour l'éternité à 18 heures, instant décisif du saut dans la Seine. Son père était très contrarié que la montre n'ait pas résisté au bain forcé. Il devrait en acheter une nouvelle, très mécontent de cette dépense imprévue.

Quelques jours plus tard, il fut convoqué au commissariat pour apporter son témoignage et expliquer le geste désespéré de sa fille. Geste incompréhensible pour ce père qui assurait le gîte et le couvert à l'enfant. Il mit en avant sa respectabilité, ses décorations et conclut que sa fille était dépressive, mais qu'il ne s'agissait pas d'un chagrin d'amour contrairement à l'hypothèse policière. Le commissaire compatissant le gratifia d'un « mon pauvre monsieur » et l'affaire fut classée. Tatiana dut signer une déposition qui confortait les affirmations de son père. Personne ne s'interrogeait sur la réalité des causes du geste désespéré de l'adolescente ni sur la nature des abysses de sa détresse.

La voix des enfants est rarement entendue, leur souffrance est ignorée du monde écrasant des adultes qui se protègent par une complicité hypocrite de façade et de fausse respectabilité.

Le surlendemain la rescapée dut retourner au lycée, muni d'un mot d'excuses pour son absence expliquée en raison d'une indisposition.

Ce vague motif était bien choisi. Cela faisait quinze ans que la jeune fille était indisposée de vivre avec ses « bourreaux ».

La lycéenne retrouva son sac de classe avec toutes ses affaires. Elle reprit, contrainte et forcée, son quotidien fait d'écoute de cours ennuyeux, de camarades malveillants et de parents répressifs. Une seule chose la soutenait dans cette épreuve, une passion dévorante, la peinture. Elle était décidée à se raccrocher à cette bouée salvatrice. Depuis que Tatiana avait fait une tentative malheureuse pour échapper à sa destinée, elle se sentait désormais obligée de prendre sa vie en main, d'avoir un comportement responsable de survie puisque Dame la Mort l'avait rejetée par l'échec de sa noyade.

Enfant, elle était la plus mauvaise élève du cours de dessin et de peinture de sa classe. Durant toutes ses études primaires, elle paraissait particulièrement inapte à cette activité au point que tous les exercices de gouache se terminaient par un énorme gâchis de couleur et d'eau répandus involontairement de ses mains jusqu'aux coudes, ainsi que sur ses habits. Son institutrice, fâchée, voyant l'étendue de la catastrophe la traînait souvent devant toute la classe. Elle lui faisait lever les bras, elle était alors copieusement huée par toutes ses « gentilles » camarades. Poursuivant sa scolarité en sixième au collège, elle avait toujours les mêmes difficultés à peindre et à rendre un travail propre jusqu'au jour où son professeur de dessin fut sans qu'il le sache le déclencheur de sa vocation.

Serge Martin était un personnage distant qui savait se faire respecter de ses élèves. Il tenait sa classe avec une sévérité qui la préservait d'être le défouloir des agités comme cela se passe généralement dans cette activité.

À présent, Tatiana était devenue une enfant sage, se conformant à la discipline scolaire, appliquée et consciencieuse bien que peu douée. En dépit de ses difficultés, sa bonne volonté lui attirait généralement la sympathie de ses professeurs. Cet enseignant, doté de flegme et d'une apparence austère, l'impressionnait profondément.

Un jour, Serge Martin demanda à ses élèves de réaliser une femme vêtue du costume régional d'une province française.

Rapidement une image et un costume s'imposèrent à Tatiana. Tous les mois, avec son frère et ses parents, elle devait partager un repas mortellement ennuyeux et particulièrement copieux dans une brasserie alsacienne. Pendant cette occupation masticatoire, la principale distraction de Tatiana, était d'observer les serveuses habillées en costume régional. Son choix s'arrêta donc sur la représentation d'une alsacienne. L'enfant, consciencieuse, se donna beaucoup de peine pour en faire la meilleure reproduction possible. Elle était parvenue à un résultat satisfaisant, mais le visage était un affreux barbouillage aux traits grossiers. De l'eau avait dégouliné sur la figure. Une fois de plus l'élève était impitoyablement confrontée à ses limites.

Deux semaines plus tard, le professeur distribua toutes les peintures terminées et notées. Lorsque Tatiana récupéra son travail, elle fut profondément surprise de découvrir que son alsacienne avait un beau visage souriant et qu'exceptionnellement son devoir obtenait une note très satisfaisante.

Elle ne comprenait pas comment un tel prodige avait pu se produire. Elle se souvenait pourtant bien avoir complètement raté le visage peint à la gouache. Un bon ange avait sans doute œuvré en secret pour pallier ses déficiences. C'était inespéré. Elle ne pouvait pas faire comme si rien ne s'était passé. Bien que très intimidée, en fin de cours elle s'arma de courage et alla trouver son professeur. Elle lui fit part de son heureuse surprise en découvrant la transformation du visage de son alsacienne. Serge Martin lui expliqua qu'il l'avait retouché pour l'encourager en voyant sa bonne volonté et son application.

C'est à partir de ce moment précis, que Tatiana prit confiance en elle au point qu'elle fit des progrès tellement spectaculaires qu'elle prit bientôt la tête de sa classe en dessin. Terminées les huées, finies les moqueries, maintenant ses camarades admiraient ses réalisations jusqu'à les lui envier. La roue de fortune avait enfin tourné en sa faveur.

Durant la suite de sa scolarité, l'élève perdit de vue ce professeur qui l'avait révélée à elle-même jusqu'au jour où elle le retrouva à une fête du lycée. À l'occasion du centenaire de l'établissement, le proviseur avait décidé de réunir tous les enseignants qui y avaient été en activité ainsi que l'ensemble des élèves.

Tatiana se préparait à passer son brevet élémentaire. Elle espérait passer ensuite le concours d'admission à l'École Nationale Supérieure des Beaux-Arts de Paris. Lors de cette fête, elle aperçut son ancien professeur de dessin, égal à lui-même, d'un aspect toujours aussi flegmatique, froid et distant.

Lui arrivait-il parfois de sourire et de quitter son sépulcral sérieux ? Elle mourait d'envie d'aller le trouver pour lui faire-part de sa détermination. Grâce à lui, elle avait trouvé sa voie, elle deviendrait artiste peintre. Elle se dirigea finalement vers lui.

« Bonjour, dit Tatiana timidement. Vous avez été mon professeur en classe de sixième. »

« Oui, c'est possible, répondit-il, chaque année j'ai beaucoup de classes et d'élèves auxquels j'enseigne deux heures deux fois par mois. Je ne peux pas me souvenir de tous. »

« Mais moi, je me souviens de vous, balbutia Tatiana. Vous m'avez donné envie de faire les Beaux-arts. »

« Ah bon ! fit-il surpris. Sachez qu'il est particulièrement difficile de réussir le concours de cette école, vous avez peu de chance de réussir » répliqua-t-il, mettant fin à leur conversation.

Tatiana le vit s'éloigner, désemparée, mais désormais elle croyait en elle, elle ferait tout ce qui était en son pouvoir pour tenter l'impossible. Elle voyait le visage de « leur alsacienne » lui sourire et l'encourager.

Libération par la peinture

À 15 ans, Tatiana obtint de ses parents d'être inscrite dans un cours de peinture à l'huile. Celui-ci était fréquenté par des adultes qui avaient l'âge d'être ses parents et même ses grands-parents. Tatiana se sentait enfin vivre. Elle ressentit une indéfinissable ivresse provoquée par le maniement des couleurs, l'empâtement de la matière sur la toile et les vapeurs envoûtantes des divers diluants notamment par l'essence de térébenthine. L'ensemble de ses sensations provoquait en elle une joie libératrice accompagnée d'une espérance jubilatoire. Tatiana s'incarnait de tout son être en se projetant avec une sensualité sauvage dans son tableau. Armée de sa palette et de ses pinceaux, la prudence recommandait à quiconque d'éviter de lui prodiguer le moindre conseil. Il ne fallait pas lui parler, il fallait être diplomate pour la conseiller sans qu'elle se rebiffe. La moindre remarque était ressentie par la jeune fille comme une agression sur sa personne. Se sentant remise fondamentalement en question elle se défendait, tel un animal blessé, par un coup de griffe où en mordant par une réplique cinglante et acerbe. Le professeur avait compris avec beaucoup de tact comment aider l'animal sauvage et blessé qu'était Tatiana. Cet artiste peintre espagnol, réfugié du franquisme, avait l'art de faire rouler si fortement les « r » que toutes les ocres prenaient une forte saveur et que les rouges et les oranges vibraient d'une profonde intensité. L'apprentie peintre réalisa comme premier tableau une nature morte où elle fit chanter le rouge des pommes, danser la brillance des oranges, donner une amplitude au bleu profond des raisins posés devant un plat rond dans une symphonie d'ocres. Le tout semblait en lévitation sur une nappe blanche. En dépit de maladresses du dessin, ce tableau prometteur exprimait une force et une intensité méritant d'être encouragées.

Samedi après samedi, les réalisations picturales de Tatiana se succédaient les unes après les autres. Elle peignait vite, trouvant intuitivement la nuance colorée appropriée. Ces séances de peinture lui faisaient oublier la grisaille déprimante de son quotidien. Elles étaient providentielles car elles lui donnaient une raison de vivre, un ancrage d'espérance dans sa vie.

Rodolphe, son frère, qui n'avait pas trouvé une telle bouée de secours fut soudain brusquement pris de l'envie de faire de la peinture. Il s'inscrivit au même cours et à chaque séance il était le trublion qui s'amusait à tout tourner en dérision. Comme diraient certains, il faisait du « moderne » ne faisant en réalité que du grand « n'importe quoi ». Tatiana avait une profonde admiration pour ce grand frère qui la dominait intellectuellement de cinq ans. Le fait qu'il prenne un malin plaisir à tourner en dérision tous les sujets à peindre la perturbait et la déstabilisait tout en faisant écho à sa propre révolte d'adolescente. Depuis peu, Tatiana avait été admise, à l'âge de 17 ans, à l'École Nationale Supérieure des Beaux-Arts de Paris dès sa première présentation au concours. Elle rêvait d'entrer dans l'atelier d'un Maître qui lui révélerait progressivement les arcanes de la peinture. La réalité détruisit rapidement son rêve. Le prétendu maître, M. Fafouin, dont l'œuvre personnelle était étrangère à la maestria d'un Titien ou d'un Rembrandt, passait deux matinées par semaine dans son atelier. Les yeux bleuâtres perdus dans le lointain, il regardait d'un air distrait, les réalisations de ses élèves. Il redressait une mèche rebelle et lâchait avec un demi-sourire mystérieux un sempiternel « c'est chouette » ou « c'est marrant ». Tatiana ne se contentait plus de ces deux petites phrases lapidaires. Elle voulait en savoir davantage. À chaque séance, elle apportait de gros carnets de croquis sur le contenu desquels elle attendait des critiques pertinentes qui lui auraient donné le moyen de progresser, de s'améliorer, de se perfectionner. Agacée, elle dit un jour à son professeur, piètre pédagogue : « vous pourriez préciser davantage ». Elle en demandait trop. À partir de cet instant, il la prit en grippe. La plupart des élèves étaient beaucoup plus âgés que Tatiana. Rapidement, il lui apparut que cet atelier était une illustration du bal des ego. Beaucoup peignaient leurs fantasmes, parfois sinistres, avec pour finalité de se voir devenir un artiste consacré, persuadés que leurs « croûtes » seraient à coup sûr admises dans quelques décennies au musée d'Art moderne. Cette ambiance peu motivante déprimait profondément Tatiana. Elle était venue chercher la Beauté, elle ne trouvait que laideur et faux-semblants sans même bénéficier d'un enseignement technique. Petit à petit la jeune fille désapprenait et perdait confiance en elle… Rodolphe, en jouant les peintres de la dérision, venait lui donner le coup de grâce. Ce redoutable poison commençait à la ronger. Rodolphe jouissait du pouvoir qu'il exerçait sur sa petite sœur. Il piétinait son cœur et ses aspirations élevées, faute d'en avoir lui-même.

Lors d'un cours du samedi, le professeur espagnol, très contrarié, à la fois de l'attitude de Rodolphe qui se moquait avec arrogance de toute l'assistance et influençait négativement le comportement de sa sœur, proposa à Tatiana d'aller au café du coin pour avoir un entretien particulier avec elle. Cette proposition inattendue était insolite. Il lui dit combien il était mécontent de l'attitude irrespectueuse de Rodolphe. Manifestement il considérait qu'il n'avait pas d'aptitudes artistiques. Par ailleurs, il était désolé de voir Tatiana changer sa manière de peindre sous son influence. Par cette évolution négative, elle perdait la fougue enthousiaste de ses débuts. Elle ne faisait plus de ces étonnants tableaux plein d'énergie. Elle ne parvenait plus à faire chanter les couleurs. Il fallait qu'elle se reprenne car elle était douée. Il croyait en elle car elle avait un véritable potentiel. Cet entretien providentiel fit beaucoup de bien à Tatiana et lui redonna confiance. Malgré son attachement fraternel, elle prit conscience après cette conversation que Rodolphe avait un comportement qui lui était nuisible. Ce n'était que le commencement…

Vingt années se sont écoulées. Tatiana est devenue une artiste peintre originale qui fait des expositions thématiques à succès. Cinq années plus tard, sa sortie de l'École des Beaux-arts fut suivie d'un passage à vide lié à la déception du contenu de ses études. Elle était dégoûtée jusqu'à ne plus vouloir toucher un pinceau. Cette période dura plusieurs années avant qu'elle ne soit en mesure de se remettre à peindre avec acharnement. Depuis, des galeries de peinture s'intéressent à son œuvre et lui demandent de faire des expositions.

Songeant à certaines séquences de ces années picturales de travail intense, Tatiana se revoit un après-midi lors de l'inauguration d'une de ses expositions à la galerie Tretiakoff. Elle y termine l'accrochage de ses tableaux. Comme souvent, elle a sous-évalué le temps qu'il lui fallait pour tout préparer. Elle s'imagine que le temps est élastique alors qu'elle doit terminer l'agencement des derniers tableaux dans la précipitation. Elle connaît pourtant l'attention et la minutie indispensables qui favorisent la réussite de telles manifestations. Et puis, il y a aussi une part d'inspiration nécessaire pour parvenir à harmoniser les thèmes et les couleurs selon les volumes d'espace disponibles.

Tatiana est au premier étage. Elle regarde distraitement par la fenêtre. « Zut, il pleut ! » Elle aperçoit une femme qui traverse la rue entourée d'enfants. Une petite fille, à la traîne, saute gaiement de flaque en flaque provoquant de grandes éclaboussures. Sa mère, très énervée, la saisit brutalement par la nuque pour la faire avancer et lui donne une fessée accompagnée d'une grande claque. Tatiana, retrouve là dans ces gestes toute la brutalité de sa mère. Elle en a particulièrement souffert, notamment dans la salle à manger aux sinistres murs gris, meublée d'un grand buffet à quatre portes aux lourds motifs végétaux, d'un canapé usagé en fin de course, de deux fauteuils de cuir défraîchis et d'une grande table rectangulaire recouverte d'une nappe blanche, brodée. Au centre de celle-ci trône un grand plat de petits gâteaux et six chaises en bois entourant la table. Âgée de trois ans, la fillette, vêtue d'une robe à carreaux rouges et jaunes, se met à tirer à elle une des lourdes chaises. Elle y grimpe lestement, avec un sourire malicieux, déterminée à découvrir le goût de chaque petit four. Tous les dimanches, l'enfant est embarrassée lorsque son père lui demande sur quelle rangée de petits fours porte son choix. Comment se décider ? Elle ignore quels sont ceux qu'elle aimerait le plus. Pour pouvoir répondre, il faut les avoir tous goûtés. Elle est maintenant en partie couchée sur la nappe et tire à elle le large plat où les petits fours sont ordonnés telle une armée disposée en rectangle attendant les ordres. Tatiana se met à goûter avec application un petit morceau de tous ceux qui sont mous, un grignotage de souris. L'ananas est meilleur que la fraise. Certains sont collants et durs, et là, sa tâche devient difficile. Elle peine à croquer une petite bouchée d'un qui est trop dur et qui lui fait mal aux dents. Des miettes se répandent sur la nappe et le parquet. Non, c'est trop difficile, encore un petit effort. Elle parvient tout de même à y goûter, mais ce n'est pas celui qu'elle préfère. Il porte un mimosa jaune sur son sommet, elle s'en souviendra. Ah ! Décidément celui-là, elle ne l'aime pas. En voilà un beau, mais il lui échappe des mains et tombe sur la nappe. Malheur, cela va se voir s'il y a une tache. Elle se met à rougir de peur pensant : « si maman s'en aperçoit, je vais encore me faire gronder, battre et fesser. » Elle est parvenue à ce stade avancé de sa séance de dégustation lorsque sa mère Regina surgit dans la pièce, étonnée de ne plus entendre l'enfant depuis un certain temps. Furieuse de voir la petite fille dans cette situation, d'une lourde main, Regina la claque et la fesse violemment, lui criant : « Nous avons invité ton parrain et ta marraine à déjeuner. Ils vont s'imaginer qu'une souris cavale dans l'appartement et grignote tous les gâteaux. Qu'est-ce qui te prend ? » Sous la douleur, Tatiana fait une horrible grimace et se met aussitôt à pleurer très fort et à hurler. Elle était pourtant fière d'elle. Elle avait juste pris une petite bouchée de chaque gâteau pour que toute la famille puisse aussi en profiter. Elle n'avait pourtant pas tout mangé, il était injuste qu'elle soit grondée. Mais sa mère attrape l'enfant par la nuque et la traîne jusqu'à la salle de bains pour, dit-elle, la calmer. Elle ouvre largement le robinet d'eau froide et dès qu'il coule à gros débit, elle maintient la tête de la petite fille sous l'eau durant plusieurs minutes. Le supplice terminé, Tatiana hoquette bruyamment avant de parvenir difficilement à reprendre son souffle. C'est ainsi que chaque fois que Tatiana était maltraitée, elle croyait qu'elle allait mourir étouffée ou noyée.

Après son court séjour dans la Seine où elle avait échappé à la noyade, Tatiana avait appris à nager, mais elle continuait toujours à craindre de mettre la tête sous l'eau. Ce traumatisme s'était inscrit au plus profond de sa mémoire.

La pluie avait cessé de tomber. Il restait encore une dizaine de tableaux à suspendre à leur clou. Il n'y avait plus de temps à perdre dans les sordides cauchemars de l'enfance. Pour le moment, c'était un jour de réjouissance avec de bons gâteaux.

Tatiana accueillit ses amis mais aussi des amateurs d'art venus soit l'encourager, soit pour éventuellement acquérir une de ses œuvres. Un homme mince, distingué, aux tempes grisonnantes et à l'aspect austère attira son attention. Tatiana ressentit une profonde émotion. Lui ! Il était venu, mais par quel miracle ! Il ne pouvait avoir de sosie. Elle le reconnut, à peine vieilli, elle en était sûre, c'était bien lui. Elle retrouvait enfin le professeur qui avait suscité en elle sa belle vocation artistique. Il était l'une des très rares personnes qui l'avait encouragée et lui avait donné confiance en elle.

Cette fois-ci, Tatiana s'était affranchie de sa réserve de jeune fille bien élevée, inhibée. Elle se dirigea vers cet homme pour lequel elle ressentait une profonde gratitude et lui offrit un rafraîchissement en lui disant aimablement :

« Je suis très honorée que le professeur à qui je dois une grande partie de mon succès soit venu ce soir à mon exposition. »

Étonné, l'homme la regarda et lui répondit :

« Vous faites erreur. »

« Vous êtes bien Serge Martin ? »

« Non, vous vous méprenez » répondit l'homme surpris en se détournant d'elle.

Tatiana consternée de sa méprise, rêvait tellement de faire connaître sa réussite artistique au professeur qui avait été son révélateur grâce au visage retouché de la petite alsacienne.

Durant toute son enfance et son adolescence, les parents de Tatiana, son frère Rodolphe et ses camarades de classe l'avaient rabaissée systématiquement en se moquant ou en tournant en dérision tout ce qu'elle faisait. En revanche, ce geste attentionné si exceptionnel d'un être humain vis-à-vis d'elle, avait eu du coup des conséquences étonnamment positives dans sa vie. Comme elle aurait aimé qu'un jour il le sache !

Tatiana songeait aux valeurs que ses parents lui avaient transmises. Je suis la fille d'un père qui incarnait une force surtout lorsqu'il brûlait les mauvaises herbes du jardin, il domptait le feu, pensait-elle. La senteur de ces feux de broussailles évoque encore aujourd'hui chez la jeune femme l'image rassurante et protectrice du père. Au cours de son enfance, lorsqu'elle humait la fumée d'un feu de jardin, elle sentait cette odeur liée à son père et le revoyait se battre contre les éléments. Avec bienveillance, elle pensait à ce père qui aimait bricoler et faisait de petits travaux d'entretien à la maison. Elle le suivait dans toutes ses activités manuelles au point qu'elle connaissait le nom et l'usage du moindre de ses outils. Cette subtile imprégnation l'amena un jour à écrire un livre sur : *La Symbolique des outils et la glorification du métier.* Elle était consciente d'avoir hérité de ce père l'amour de l'Allemagne avec la volonté de parler allemand pour rester fidèle à leur mémoire ancestrale. Elle avait également hérité de lui le parler vrai qui n'a pas de frontières et l'horreur des faux-semblants hypocrites. Elle se souvenait qu'il était capable de déclarer de manière péremptoire et brutale à une bourgeoise qui gloussait et se pâmait en faisant semblant de déguster le mauvais thé de sa mère, que c'était de « la pisse d'âne ».

De sa mère, Tatiana avait hérité la nostalgie d'un paradis perdu, très loin là-bas, cette Russie mythifiée dans laquelle Regina n'avait vécu que deux ans, la volonté d'apprendre la langue maternelle de ses ancêtres mais aussi de parvenir à élucider le mystère de la mort de son grand-père, fusillé au début de la dernière guerre. Elle avait surtout su rejeter de sa mère avec force la soumission, la lâcheté, la fourberie et la compromission.

Sa mère, tyrannisée, se comportait avec elle en petit adjudant répressif. Ses grands battoirs faisaient fréquemment pleuvoir sur sa fille gifles, taloches et fessées qui dansaient allégrement sur son corps meurtri. En dehors de se poudrer les joues, de se tartiner une couche de rouge à lèvres et de porter des talons hauts, sa mère n'avait pas réellement de sensibilité féminine. Lorsqu'elle peignait les longs cheveux de sa fille, elle lui en arrachait sauvagement de grandes touffes emmêlées. Les cris de douleur de Tatiana se transformaient en pleurs de révolte. Après l'avoir étrillée par un coiffage musclé, sa mère lui flanquait une gifle pour réprimer ses sanglots importuns. Son père, qui ne supportait pas les cris, intervenait à son tour pour la faire taire. Il utilisait alors le même peigne pour coiffer Tatiana, et cela avec une douceur inattendue, se montrant capable de délicatesse contrairement à sa mère.

Regina était manifestement incapable de donner à ses enfants un geste de tendresse voire même une caresse. Privée de la présence de ses parents, elle n'en avait probablement pas elle-même bénéficiée. Dès lors, comment aurait-elle pu prodiguer cette douce rosée bienfaisante inconnue à ses enfants ?

Le comportement excessif des parents de Tatiana avait transformé la jeune fille en une adolescente qui s'insurgeait contre l'injustice au point de réclamer son émancipation à l'âge de 18 ans, le jour même de son anniversaire. À la fin du repas de midi, lorsqu'elle s'enhardit à faire sa demande, elle tremblait intérieurement comme une feuille. En vérité, son père lui avait tant de fois répété que si elle n'était pas satisfaite de sa vie à la maison, elle n'aurait qu'à se faire émanciper le jour de ses dix-huit ans. L'après-midi de ce jour tant attendu, elle se rendit avec ses parents au tribunal pour signer son acte officiel de libération. Dès le lendemain, elle partit vivre à Paris dans une chambre de bonne au 7e étage d'un immeuble cossu et bourgeois auquel elle accédait par un escalier de service étroit et sale. Chaque jour, Tatiana était présente à la sortie de l'école pour faire la répétitrice des devoirs de quatre garnements d'une famille aisée.

Tatiana s'était ainsi construite progressivement en prenant le contre-pied de son enfance contre les valeurs parentales de racisme, d'antisémitisme, d'enfermement, de machisme, d'injustice, de discrimination, d'avarice et d'obsession de la poussière. Elle avait horreur de la brutalité et de la violence qui avaient assombri le quotidien de son enfance au point d'avoir souhaité secrètement que ses parents se séparent.

Dans sa maison, elle se refusait à voir les grains de poussière qui ornaient ses livres et ses meubles, la cause de tant de scènes de ménage suscitées par un prétexte aussi futile.

Après avoir été malgré elle un garçon manqué, Tatiana avait découvert les vertus de la féminité et combien il est infiniment précieux d'être une femme, alors que la plupart des hommes dédaignant le cadeau de la vie acceptent d'aller se battre et s'entretuer à la guerre aussi stupidement qu'inutilement.

L'aube naissante et ses premiers rayons de soleil éveillèrent Tatiana. La mémoire toujours encombrée de souvenirs, elle prit progressivement conscience qu'elle se trouvait là, à Vilnius, pour découvrir la raison de l'exécution de son grand-père.

Chapitre VI
Retour à Trakaï

Durant la nuit, une succession d'images fortes, de souvenirs avaient assaillis Tatiana. Ils lui rappelaient le chemin difficile qui l'avait amenée à rechercher la raison de la mort de son grand-père. Le lendemain matin, au petit déjeuner, avec Stella, elle alla retrouver Karolina.

Celle-ci apparut joyeuse, impatiente de lui apprendre une nouvelle inespérée. Un coup de théâtre inattendu était survenu. La veille au soir après le souper et après qu'elles se soient souhaitées une bonne nuit, le Sage de la communauté karaïme l'avait contactée par téléphone. Il leur proposait un rendez-vous pour le lendemain afin de les informer de la fin d'Arcady qu'il disait maintenant connaître.

Était-ce possible ? Qu'avait-il bien pu se passer depuis la veille où elles avaient été considérées d'un œil dubitatif voire légèrement suspicieux ? En cette belle journée ensoleillée, le voile du mystère allait-il enfin s'ouvrir et livrer son secret ?

Les deux femmes décidèrent de retourner à Trakaï en fin de matinée. Tatiana commençait à croire au miracle. Elle allait peut-être pouvoir parvenir à l'aboutissement de ses longues années d'investigations et découvrir enfin la clé de l'énigme de la mort tragique de son grand-père. Elle pouvait à peine y croire.

Si la Lituanie n'avait pas retrouvé son indépendance aucune enquête n'aurait été possible. Il était midi, le rendez-vous était à 14 heures. Les trois femmes décidèrent de se promener sur les rives du lac. En cette mi-septembre, le temps est très agréable. Un léger soleil, tempéré d'une douce brise plaisante leur caressait délicatement le visage. Les couleurs de la nature se fondaient en de délicates teintes pastel harmonieusement tamisées dans une de ces atmosphères lumineuses de fin d'été où il fait si bon vivre. Ces instants étaient intemporels. Tatiana avec toute sa sensibilité d'artiste se délectait de ces laps de temps où elle s'infusait de la beauté du paysage.

Par chance Karolina était là pour servir de traductrice en lituanien, car Tatiana ne maîtrisait pas suffisamment le russe pour donner et comprendre toutes les explications nécessaires. Il lui aurait été difficile de communiquer avec précision.

Le lituanien est une langue mélodieuse avec beaucoup de chuintantes, mais complètement incompréhensible si on ne l'a pas étudiée. Elle est différente des autres langues européennes. Elle est considérée comme la plus archaïque de toutes les langues vivantes du groupe indo-européen, et à ce titre, elle est particulièrement prisée comme sujet d'étude des linguistes. Ni l'allemand, ni l'anglais, ni l'italien, ni le russe ne pouvaient aider Tatiana à en comprendre le moindre mot. Elle se sentait maintenant trop âgée pour se lancer dans l'apprentissage d'une langue à cinq déclinaisons et sept cas grammaticaux.

Pour la première fois de sa vie, Tatiana se sentait vraiment étrangère. Elle percevait avec plus d'acuité la détresse des réfugiés perdus dans un pays inconnu, face à l'obstacle de la langue pour comprendre et être compris, confrontés à des codes inconnus et à cette maladie que constitue le babélisme. La difficulté à communiquer produit un sentiment d'infériorité. La personne quelle que soit sa situation antérieure, qu'elle fût médecin, ingénieur ou juriste dans son pays, n'a plus de statut social. Elle n'est plus qu'une ombre dans une société où elle n'est pas en mesure de s'exprimer pour être comprise. À l'épreuve de l'exil et du déracinement s'ajoute la perte des repères familiers.

Lorsque nous nous adressons à une personne qui ne peut pas nous comprendre, elle se détourne de nous rapidement avec indifférence, érigeant ainsi une cloison d'incommunicabilité que nous vivons comme un mur de honte. Désorientés par ce rejet généralisé, nous avons le sentiment d'être devenus des intrus emmurés dans notre culture et notre langue globalement dévalorisées, sans aucune considération. Il était éprouvant d'être ainsi impuissant dans le berceau même de sa famille. Tatiana se sentait une étrangère au pays de ses ancêtres.

Arcady, le grand-père de Tatiana, parlait russe et avait la nationalité polonaise. À son époque, la Lituanie fut absorbée par la Pologne et n'avait alors plus aucune autonomie politique ni culturelle. Le lituanien n'était parlé que dans les campagnes, c'est ainsi que cette langue avait pu être préservée.

Dans toute l'histoire des trois pays baltes, le peuple lituanien s'était toujours montré le plus combatif et le plus ardent défenseur de son indépendance et de sa liberté. En 1990, les Lituaniens prirent l'initiative de former une immense chaîne humaine de six cents kilomètres qui rassemblait des centaines de milliers de Baltes se tenant par la main. Elle était partie de Vilnius, la capitale de la Lituanie, puis était passée par Riga, capitale de la Lettonie pour se terminer à Tallinn, capitale de l'Estonie. Cette action aussi spectaculaire qu'inédite d'union et d'unité, sous forme d'une chaîne vivante était une protestation pacifique pour obtenir leur libération. Elle représentait un acte de bravoure aussi exceptionnel qu'extraordinaire demeuré à jamais inscrit dans toutes les mémoires. Cette manifestation physique des trois peuples baltes, épris de liberté, était le plus beau symbole de leur volonté pacifique d'indépendance. Elle témoignait de leur détermination courageuse à toutes épreuves, depuis des générations en bute à toutes formes d'occupation et d'oppression.

Le 11 mars 1990, la Lituanie retrouvait son autonomie et sa souveraineté pour la troisième fois de son histoire. C'est grâce à cet heureux épilogue d'indépendance que Tatiana pouvait être sur le point de dénouer le mystère de la fin tragique de son grand-père karaïme.

Karolina confirma à Tatiana qu'en Lituanie, depuis leur installation les Karaïmes continuaient d'être estimés et respectés autant pour leur grande probité que pour leur éthique morale.

Les trois femmes continuèrent à converser, intriguées et curieuses de connaître la raison qui permettait ce retournement de situation inattendu depuis la veille.

Le lac de Trakaï au début du XX*e siècle.*

Karolina, Tatiana et Stella décidèrent de s'attabler dans un des nombreux restaurants en bordure du lac. Elles commandèrent pour déjeuner un kibinas accompagné d'une soupe froide à la betterave, un plat typique et simple. Les kibinaï sont des chaussons chauds à la viande ou au chou. C'est une spécialité culinaire karaïme, très proche des chaussons russes, appelés pirojki, bien que la pâte des kibinaï soit plus épaisse.

Afin de passer les deux heures d'attente qui les séparaient de leur rendez-vous, Tatiana se mit à raconter à Karolina l'odyssée d'Arcady durant la Révolution bolchevique.

Chapitre VII
Récit d'Arcady : difficile survie au début de la révolution bolchevique

Le grand-père de Tatiana, Arcady, commençait ses mémoires à la fin de la 1re guerre mondiale: En 1918, le célèbre chef de la « tchevitchaïka » de Petrograd, Ouritski fut tué. En représailles, des milliers de « bourgeois » furent fusillés sur des péniches et leurs corps jetés dans le Golfe de Finlande.

Après plusieurs années de prison et d'exil, Moisséi Salomonovitch Ouritski, retourna en Russie dans les premiers jours de la révolution de février. Ce communiste rejoignit le parti bolchevique. Très lié à Trostsky, au VIe Congrès du Parti bolchevique de juillet-août 1917, il en fut élu membre du Comité Central. En octobre, il prit une part très active aux efforts du Comité militaire révolutionnaire du Soviet de Petrograd. Nommé président de la Tcheka de Petrograd, il réprima férocement l'insurrection des socialistes-révolutionnaires (SR) de gauche. Ces derniers en représailles le tuèrent dans un attentat le matin du 30 août 1918. Le même jour, une autre socialiste révolutionnaire de gauche, Fanny Kaplan, blessa Lénine. Dès lors, le gouvernement décréta la Terreur rouge, la Révolution russe prenait un tournant particulier… et une existence de misère, d'atrocité, de détresse, de pénurie, et d'angoisse d'être arrêté sous un prétexte futile faisait vivre les malheureux citoyens dans la terreur.

Les prisons et les casernes regorgeaient de prisonniers retenus là sans aucune espèce d'enregistrement. La faim accompagnée de conditions sanitaires calamiteuses les décimait en masse.

Dans le centre de Saint-Pétersbourg, appelé Petrograd depuis 1917, j'habitais dans un appartement de six pièces avec ma femme Lina, qui était enceinte alors que notre fille Regina était âgée de quatorze mois.

En raison du froid glacial, toute mon énergie et la totalité de mes préoccupations étaient concentrées sur la recherche de nourriture pour ma famille et les moyens de se chauffer.

La faim et la pénurie croissante de denrées alimentaires en ville étaient si dramatiques que je dus même pour obtenir deux livres de farine me résoudre à échanger ma pelisse fourrée de pattes de renard argenté, au col de castor, celle qui m'avait coûté quatre mille roubles.

Afin d'assurer notre survie, je dus particulièrement faire preuve d'astuces et utiliser d'innombrables stratagèmes. Je me déguisais en soldat de l'armée rouge. Je pouvais ainsi me rendre dans des villages éloignés où je troquais des vêtements contre des pommes de terre, du pain et du beurre auprès de paysans.

De tels voyages étaient longs, pénibles et périlleux. Pour trouver et rapporter trois livres de pomme de terre, une livre de farine et quelques livres de beurre, je devais quitter les miens pendant cinq jours. J'effectuais une partie du voyage sur les toits des trains car les wagons étaient pleins à craquer.

Des détachements de la police politique, la « Tcheka », et de l'Armée rouge contrôlaient toutes les circulations de provisions alimentaires. Des bandits se livraient au pillage, avec une audace incroyable, sous l'œil des représentants du nouveau pouvoir. Les stations de chemin de fer étaient remplies de malades mais aussi de cadavres terrassés par le typhus ou le choléra. Des foules faméliques prenaient d'assaut les gares.

Tôt le matin, ma femme et moi allions chercher des denrées alimentaires, munis d'une charrette à bras. J'en échangeais une partie contre du bois que nous conservions dans l'appartement comme un bien particulièrement précieux.

Par souci d'économie, nous vivions dans une seule pièce que nous chauffions grâce à un poêle en fonte, utilisé aussi pour cuisiner nos maigres provisions.

De jour en jour, il devenait de plus en plus difficile de se procurer du combustible. Afin d'éviter de mourir de froid, nous commençâmes à arracher le parquet des pièces vides ainsi que les portes et les appuis de fenêtres et à les brûler à la place du bois de chauffage.

Après l'offensive de l'armée de Youdenitch sur Petrograd, les conditions de vie de la population, déjà à bout de forces, ne firent qu'empirer davantage. Ce général russe fut le commandant en chef des armées du Caucase durant la Première guerre mondiale. Il combattit ensuite les bolcheviques en prenant le commandement des troupes Blanches lors de la dernière offensive qui inquiéta momentanément le pouvoir des Soviets.

Des décrets révolutionnaires extraordinaires étaient promulgués l'un après l'autre, nous paralysant de plus en plus. Il était interdit de sortir de chez soi après six heures du soir, mais les aiguilles des horloges étaient reculées de trois heures. En conséquence dès trois heures de l'après-midi nous ne pouvions plus mettre le pied dehors sans risquer notre vie.

Des troupes et des détachements armés de la Tcheka encerclaient de plus en plus fréquemment des quartiers entiers et perquisitionnaient systématiquement tous les appartements. La Tcheka est cette redoutable police secrète fondée en décembre 1917 sous l'autorité de Félix Dzerjinski pour combattre toutes les personnes considérées comme ennemies du nouveau régime. La Tcheka est aussi la Commission extraordinaire pour la répression de la contre-révolution et du sabotage. Dissoute en 1922, elle fut remplacée par la Guépéou. Le siège central de la Tcheka fut d'abord situé à Petrograd et dirigé par Moïsseï Ouritski. Par la suite, il fut transféré à Moscou dans le bâtiment de la Loubianka où les autorités se livraient à des sévices et des tortures sur leurs prisonniers.

La découverte de denrées alimentaires ou d'objets considérés « superflus » expédiait inévitablement leurs propriétaires en prison sous l'inculpation de « spéculation » ou d'« activité contre-révolutionnaire ». Selon un décret, tous les « excédents » de biens devaient être portés dans les entrepôts du gouvernement. Chaque personne n'avait le droit de posséder qu'un seul costume, trois vêtements de rechange, une chaise, un lit, une armoire, etc.

Durant cette période d'insécurité, le pays était inondé par des mots d'ordre aussi simplistes que ronflants et excessifs :

« Tous égaux sous le soleil. »

« Nous obligerons la nature à travailler pour l'homme, et non plus l'homme à travailler pour l'homme. »

« Pauvres, nous sommes venus pour vous donner la possibilité de vivre de plein droit. »

« La paix aux chaumières, la guerre aux palais. »

« Celui qui ne travaille pas, ne mange pas. »

« Les palais ont été faits de vos mains et vous mourez dans vos masures », etc.

La population fut tout d'abord à l'écoute des voix qui s'élevaient pour prendre sa défense. Le contenu des mots d'ordre lui donnait de l'émotion et le timide espoir de l'amélioration de sa condition de vie, ce qui la rendait endurante aux terribles et redoutables privations qu'elle devait supporter dans tout le pays.

L'analyse des évènements de cette époque me faisait constater objectivement une désorganisation et un chaos inquiétants qui allaient croissant. Désormais, je ne me faisais plus aucune illusion sur les perspectives d'un avenir tranquille et serein. Je cherchais activement une issue pour nous sortir de l'horrible réalité. J'essayais d'imaginer des ripostes aux innombrables décrets qui pleuvaient comme sortis d'une corne d'abondance pour sauvegarder d'une manière ou d'une autre mon indépendance et ma liberté et donner la possibilité à ma famille de partir à l'étranger.

Les deux frères de mon épouse Lina étaient sujets britanniques. Ils logeaient et vivaient avec nous. Par leur intermédiaire, je rentrai en contact avec le président du Comité britannique clandestin de Petrograd auquel j'offris un secours matériel pour un de ses ressortissants en lui prêtant une importante somme d'argent. Je fis ce geste avec l'appui de mon beau-frère Georges Webster dans le but et à la condition que le gouvernement britannique s'acquitte de cette dette à l'étranger en me restituant à moi ou à ma famille la somme prêtée en devises anglaises.

C'était, me semblait-il, le meilleur moyen de mettre ma famille à l'abri du besoin des sinistres jours à venir. Ensuite, je divorçais fictivement de ma femme et ceci en un jour, conformément aux nouvelles lois bolcheviques. Avec le concours du consul de France, mon épouse retrouva sa précédente nationalité, ce qui lui permit par la suite de sortir du pays avec nos enfants dans un convoi étranger.

La découverte d'une série d'organisations contre-révolutionnaires clandestines fit augmenter la terreur et la répression. Tous les étrangers étaient placés sous surveillances. Le Comité anglais et les frères de ma femme furent rapidement arrêtés. Par leurs dépositions aux interrogatoires, on sut que j'avais prêté de l'argent au président du Comité clandestin. Je dus alors me cacher. Six mois plus tard, je fus arrêté alors que j'étais à la gare de Finlande pour rencontrer mon beau-frère. Il venait d'être échangé avec d'autres anglais contre des communistes arrêtés en Angleterre. Tout juste sorti de prison, il s'apprêtait à partir pour la France.

Chapitre VIII
Jugements expéditifs de la Tcheka

Je fus expédié à la Tcheka, rue Goroche. La Tcheka était devenue un État dans l'État. Elle arrêtait en masse les suspects, réglant elle-même leur sort, avec le seul contrôle formel du parti. Son siège était rempli de personnes d'âges et de conditions les plus hétérogènes. Parmi elles se trouvaient des militaires, des fonctionnaires, des prêtres, des savants et des représentants de toutes les professions libérales possibles et imaginables.

Tous étaient réduits à un état pitoyable. Ils étaient totalement paniqués. Ils avaient les yeux hagards, leurs gestes nerveux avaient une impressionnante fébrilité. Chacun était convaincu qu'il serait prochainement fusillé. Ils cherchaient à sauver leur peau, mais ils ne savaient pas comment s'adresser à ce nouveau type de juge révolutionnaire, ignorant tout de sa psychologie. Ces juges improvisés ne sortaient ni de l'école, ni de l'université. Les articles de loi leur étaient complètement inconnus. Leurs décisions n'étaient fondées que sur la subjectivé de leur conviction personnelle. Les condamnés étaient conscients que les juges les méprisaient et les haïssaient avec un tenace, farouche et acharné désir de revanche qu'ils assouvissaient par une vengeance aveugle et irraisonnée. Ils considéraient tous les détenus comme des ennemis de la classe ouvrière. Il était totalement vain et inutile d'espérer de leur part la moindre pitié ou une grâce quelconque.

Je perçus rapidement cet état de chose et compris que j'en serai victime à mon tour. Dans ces funestes instants, je m'efforçais de me convaincre de la vanité de la vie terrestre pensant que ce que j'avais dc plus cher au monde était ma mère. Celle-ci ayant déjà rejoint l'éternité, ma meilleure issue était de disparaître de l'agitation du monde et des souffrances infinies qui l'accompagnent. Cette espèce d'autosuggestion ne m'apportait qu'une tranquillité provisoire, car la peur animale de perdre la vie revenait rapidement et les spasmes torturants du désespoir s'emparaient de tout mon être.

À deux heures du matin, je fus amené menotté devant le juge de la Tcheka.

Il me dit avec brutalité :

« Tu es accusé d'avoir donné de l'argent au Comité anglais clandestin à des fins contre révolutionnaires. Pour cette raison, tu seras fusillé. »

« Camarade juge, répondis-je, avant de rendre un jugement définitif, vous devez m'écouter. »

Le juge m'interrompit sèchement :

« Vous venez tous ici avec pleins de justifications, après quoi je vous expédie dans un lieu sans retour. Vous voulez m'apitoyer, m'embrouiller la cervelle, mais vous ne savez pas que là où vous avez un cœur, moi j'ai pour vous une pierre. Vous ne m'avez pas écouté lorsque étant ouvrier, je souffrais au bagne pour avoir défendu ma survie et avoir voulu par mon travail pénible donner des conditions de vie décente à mes enfants. Maintenant vous venez pleurnicher devant moi et geindre sur vos malheurs et vos familles abandonnées à leur sort. Tiens, regarde mes mains. Le juge les avança vers moi d'un geste rapide et les retourna, paume vers le haut. Il poursuivit : ces mains m'ont nourri moi et mes enfants, qui sont morts de misère après mon arrestation. Ni toi, ni personne n'est intervenu pour les sauver. Eh bien ! Ces mains vont t'arracher sans pitié à la vie. Toi et les tiens ne sont pas habitués à travailler, vous aimez que d'autres travaillent pour vous. Nous apportons une vie nouvelle avec un ordre nouveau. Il est préférable que vous mouriez, car vous êtes tous des parasites. »

« Vos paroles ne me font pas peur, répondis-je, mais je peux me justifier de votre accusation. Je ne veux pas que mon nom porte une auréole de martyr politique. Je ne donnerai pas un cheveu de ma tête ni pour la révolution, ni pour la contre-révolution. Vous apportez au monde un paradis éternel sur un chemin parsemé de tombes et de désolation. Vous voulez par la violence changer la nature bestiale de l'homme. Tout cela m'indiffère. Si vous avez cru observer des accents lyriques dans ma voix, ce n'est pas parce que je voulais vous apitoyer, mais parce que là où vous avez une pierre, j'ai encore un cœur qui bat. Celui-ci se serre à la pensée que demain personne ne se déguisera plus à ma place en garde rouge, au risque de sa vie, pour procurer à manger à ma famille à laquelle vous ne donnez que de l'avoine.

Votre objectif est de nous rendre tous égaux. Mon devoir est le bonheur de ma famille. Peut-être périrai-je comme des milliers d'autres personnes. Tous mes agissements étaient motivés par la volonté de protéger ma femme et mes enfants. J'ai donné de l'argent au Comité britannique pour que ma famille puisse survivre à l'étranger, car ma femme est française. Avant d'exécuter la sentence que vous avez prononcée d'avance à mon égard, réfléchissez bien à ce que je vous ai dit. Pensez un peu à ces enfants innocents que vous condamnez ».

Le juge leva les yeux vers moi et me regardant attentivement, prononça lentement « Sors ! » L'interrogatoire était terminé.

Chapitre IX
Prison de la Tcheka

Le lendemain je fus transféré dans un établissement de détention préventive. À l'époque du tsarisme, les personnes qui y étaient détenues étaient celles arrêtés avant leur jugement. Durant la Révolution, les condamnés y étaient amenés pour y attendre l'exécution de leur sentence.

J'entrais dans une cellule qui mesurait sept pas de longueur et trois de largeur. Trois personnes s'y trouvaient. Ils me jetèrent un regard tourmenté et inquisiteur dans lequel je lus autant de souffrance que de suspicion. Je tentais de me rapprocher d'eux, mais ils me traitèrent avec méfiance et répondirent à mes questions avec beaucoup de réserve. Il en fut ainsi pendant trois jours jusqu'à ce que me parvienne un colis de ma famille, contenant du pain et des pommes de terre. J'apportais tout ce que j'avais reçu dans la cellule et m'adressai à mes compagnons d'épreuves dans ces termes :

« Amis ! Partageons ces provisions. Comme vous, je suis dans l'attente de l'inconnu qui peut-être m'apportera la mort ! »

Nous devînmes bientôt amis. Mes camarades de prison m'expliquaient que la Tcheka mettait souvent de ses agents dans les cellules sous le couvert de prisonniers et que beaucoup avaient payé de leur vie une franchise excessive. Ils me rendirent aussi familiers avec les usages de la prison. Ils me racontèrent de quelle manière on venait chercher les détenus qui étaient fusillés. Ils m'indiquèrent discrètement les pseudo-prisonniers espions pendant les promenades de la prison. Lorsqu'ils surent les détails de mon inculpation, ils me dirent que je serai très probablement fusillé. À ma question pour savoir quand cela aurait lieu, ils me répondirent que le prochain convoi de « candidats à la mort » interviendrait dans une semaine et que certainement j'en ferais partie. Aucun de mes compagnons d'infortune n'essaya de me réconforter par l'espérance d'une libération. Au contraire, chacun d'eux renchérissait sur l'impossibilité pour moi d'échapper à l'exécution.

Celui qui est condamné à mort ou à la souffrance physique éprouve un soulagement à sa douleur et même une jouissance malgré l'étendue de son désespoir s'il peut encore arracher la plus petite espérance de salut à un compagnon d'infortune.

Les cellules changeaient d'occupants : les uns partaient vers l'éternité, d'autres étaient transférés en prison pour purger leur peine et quelques-uns uns mouraient avant la sentence, de faim, de privations ou de maladie.

Notre ration quotidienne consistait en un huitième de livre de pain, une cuillère à thé de sucre. Le matin et le soir nous recevions de l'eau bouillante et pour le dîner un bouillon de hareng, dénommé pompeusement « potage ». Les prisonniers gonflaient de malnutrition. Personnellement, je me maintenais grâce aux colis que je recevais de ma famille. Ils étaient autorisés deux fois par semaine, déduction faite d'un tiers de la totalité au profit de ceux qui ne recevaient rien.

Mes premiers compagnons de cellule furent un paysan-colon, un ancien vice-directeur de la police et un joaillier. Nous sortions en promenade une heure par jour et passions le reste du temps dans la cellule, serrés comme des harengs en boîte. À l'époque du tsar, la cellule était destinée à une personne, mais maintenant nous étions soit trois, soit quatre et même parfois jusqu'à cinq. Les journées se passaient à converser. Malgré la différence de condition sociale, d'âge et d'instruction, le malheur nous rapprochait et nous nous comprenions très bien. Toutes les barrières sociales d'antan étaient mises en pièces.

Le vice-directeur de la police, nouveau compagnon de cellule

Mon attention se concentrait sur le vice-directeur de la police, qui avait été arrêté en raison de sa position sous l'ancien Régime. C'était un vieillard morose, lymphatique et taciturne. J'essayais d'apprendre de lui si les agents du gouvernement avaient été au courant de la possibilité d'une telle révolution, la raison pour laquelle le pays avait aussi facilement plongé dans le chaos et de connaître son avis sur l'avenir de la Russie. Il éludait toute conversation sur les questions politiques et sur les récits du passé.

Il n'avait évidemment aucune envie de faire émerger de sa mémoire les souvenirs d'antan. Mais finalement mes questions quotidiennes et mes commentaires sur ce thème le sortirent un jour de son silence habituel et il grogna lugubrement :

« Ce sont les juifs qui sont responsables de tous nos malheurs. Après avoir crucifié le Christ, maintenant ils crucifient la Russie. L'antéchrist a pris le pouvoir sur la terre. La seule consolation est de mourir pour ne pas voir l'œuvre du diable. »

Et il plongea à nouveau dans ses pensées après avoir nerveusement fait le signe de croix à plusieurs reprises.

« Comment pouvez-vous, vous, un homme instruit et avec une telle expérience de la vie, répéter cette vieille histoire caricaturale contre les juifs – se récria le joaillier, qui l'était lui-même. Vous êtes des gens faibles et pour cette raison vous cherchez partout des coupables. Si nous, les juifs, pouvions faire, ne serait-ce qu'une petite partie de ce dont vous nous accusez, je serai fier de la grandeur et de la force de mon peuple. Vous soutenez que quelques millions de juifs sans aucun droit ont mené au gouffre l'Empire russe, qui occupe un sixième du monde. Est-ce que vous savez ce que vous dites ? La Russie est ma patrie et je l'aime peut-être plus que vous, bien qu'étant un beau-fils paria. La Révolution est pour vous quelque chose d'inattendu. Elle est pour nous un événement normal. Dès notre naissance nous connaissions notre infortune et notre misère, le mépris dont nous sommes victime ainsi que le pourcentage infime de nos enfants qui peuvent fréquenter les écoles. Nous habitions avec ma famille dans une grande ville c'est grâce à des pots-de-vin, que nous profitions de la protection douteuse de la police. Quand survinrent les jours avec le slogan « Tous égaux ! », vous avez perdu la tête et abandonné vos postes. Nous, en tant que citoyens lettrés, les avons occupés, en prouvant par notre présence activement laborieuse que nous travaillons aussi bien que les autres. Voilà pourquoi vous pouvez voir des juifs dans le nouveau gouvernement. Vous dites que les juifs ont crucifié le Christ qui vous avait donné pour précepte d'aimer votre prochain. Qu'avez-vous fait de son enseignement, vous qui êtes ses héritiers ? Vous nous tourmentez, vous nous assassinez et vous nous persécutez depuis des siècles. Qui donc d'entre vous peut se proclamer chrétien ? Est-ce vous ou nous, les malheureux et les persécutés ?

À l'un des convois suivants de condamnés à mort qui allaient être fusillés, vint le tour du vice-directeur de la police du tsar. Il commença à se signer, à lire des prières et soudain se tourna brusquement vers le joaillier, lui saisit l'épaule et lui cria : « Diable, diable, je vais te briser les cornes ». Il s'effondra par terre et mourut foudroyé sur place d'un arrêt cardiaque.

Il fut remplacé dans la cellule par un ingénieur-technicien qui était accusé d'appartenir au parti socialiste révolutionnaire.

Le joaillier fut transféré dans un autre endroit et nous ignorâmes tout de son sort.

Arthur, le paysan-colon

Un paysan-colon, du nom d'Arthur, âgé de 57 ans qui supportait très mal son incarcération succéda au joaillier. Son seul tort consistait dans le fait qu'il possédait sept isbas (maisons), quelques chevaux et tout ce que nécessite une exploitation modèle.

Le pouvoir le traitait de « koulak », ce qui correspond à bourgeois de village et d'ennemi du peuple, considérant qu'il s'enrichissait grâce au travail des pauvres. Une telle accusation lui était incompréhensible. Il nous racontait sa situation toujours en larmoyant.

Le camarade juge m'a appelé « bourgeois » parce que je possède un peu de bien. Avec ma famille, j'ai travaillé toute ma vie. Je n'ai pas bu l'argent que j'ai amassé. Les ivrognes et les fainéants sont à présent les complices du gouvernement alors que nous sommes déclarés ses ennemis. Maintenant qu'ils ont pris le pouvoir dans les villages, ils veulent nous ruiner. J'ai appris par les lettres qui me sont parvenues que l'on m'a déjà confisqué une partie de mon bétail et tous mes chevaux. Pour labourer maintenant, je vais devoir demander de l'aide à mon voisin. Lorsque j'essayais d'expliquer au juge que l'argent amassé était destiné à mes enfants, il ne faisait que me répéter :

« Tu as sucé le sang des pauvres. »

L'ingénieur tentait de redonner de l'espoir à Arthur et s'efforçait de le rassurer. Le technicien prenait en général un air protecteur pendant nos causeries et nous expliquait, avec une grande autorité et beaucoup d'aplomb, le sens des évènements. Tous les deux essayaient de persuader Arthur qu'il serait bientôt libéré, que le pouvoir arrêtait les paysans aisés avec l'objectif d'en finir avec leur influence dans les villages, car il était fréquent que des éléments contre révolutionnaires se réunissent autour d'eux et lui soient hostiles. La Révolution voulait mettre à même niveau riches et pauvres. Il fallait que les paysans traversent ce processus douloureux, ce serait au profit du bien-être général qui assurément ne ferait que croître. Mais simultanément, le technicien critiquait les actions décidées par les bolcheviques vis-à-vis des paysans et disait que son parti socialiste-révolutionnaire proposait une autre voie pour l'implantation des réformes. C'est sur cette question que s'étaient produits les désaccords entre les bolcheviques et les socialistes-révolutionnaires. Ils organisèrent un soulèvement armé que les bolcheviques réprimèrent en les anéantissant purement et simplement.

Les meneurs du mouvement furent déportés en Sibérie. Plusieurs parmi eux moururent en chemin, dans des circonstances mystérieuses. Les simples membres du parti Socialiste-révolutionnaire, comme l'ingénieur furent emprisonnés.

L'ingénieur était fermement convaincu que les bolcheviques et socialistes-révolutionnaires collaboreraient prochainement ensemble après être parvenus à une entente commune. Il considérait son arrestation comme temporaire, promettant à Arthur que le programme des socialistes-révolutionnaires triompherait et que les paysans pourraient jouir de nouveau de toutes leurs possessions foncières.

Arthur, accablé par tous les malheurs, les souffrances et les épreuves subis, ne réagissait que faiblement à ces promesses, ayant perdu toute foi en l'homme. Aux paroles du socialiste-révolutionnaire, il répondait :

« Vous nous faites tous des merveilleuses promesses, pour ensuite nous duper. Comme nous ne sommes pas instruits, nous vous croyons. Souvenez-vous comment vous veniez dans nos villages, nous poussant à la révolte contre l'ancien pouvoir, nous disant que nous étions les maîtres du pays et que nous vivrions heureux quand nous aurions renversé le pouvoir du tsar. Nous vous avons aidé au point de vous cacher quand vous étiez persécutés. Dès que vous avez atteint votre but, vous nous avez considérés comme vos ennemis. Tout ce que vous trouverez chez moi est le fruit de mon travail. Je ne sais pas à quoi vous aspirez tous et de quelle nature est la société que vous voulez construire. Mais je crois que dans l'ensemble vous êtes pires que des bandits. Le bandit au moins attaque ouvertement ou se défend. Vous ne faites que des promesses, vous lancez de jolis slogans fleuris et pendant ce laps de temps vous nous dépouillez de tout jusqu'à notre dernière chemise ! »

Chapitre X
Gabriel, un des bras armés de Lénine

Gabriel, qui était arrivé dans notre cellule depuis la veille renchérit sur le même ton : « Bien sûr, ils ne font que des promesses, je vais vous en donner la preuve ». Il commença alors un récit terrifiant :

J'étais détenu à la prison d'Orloff où je purgeais une peine de travaux forcés pour vol et meurtre. Un jour, le surveillant de la prison me jeta un coup d'œil à travers le judas et me dit : « J'ai entendu dire que bientôt on vous ouvrira les prisons et on rendra la liberté à tout le monde ». Je pensais « Chante rossignol, tu me mènes en bateau ». Le règlement était strict, aucune espèce de conversation n'était autorisée avec les surveillants. Je pensais qu'il voulait simplement se moquer de moi. Je suis un chat échaudé et il est difficile de me prendre par la ruse. Quelques jours s'écoulèrent et voilà encore le surveillant qui me chuchote à travers le judas : « Tu seras bientôt libre, Lénine va libérer tout le monde ».

Cette même nuit des cris retentirent à travers la prison :

« Camarades, la liberté ! » Et des gens de l'extérieur se mirent à ouvrir les cellules. Nous étreignons et embrassions nos libérateurs. Ils nous dirent : « Lénine vous libère car vous avez souffert ici pour rien. Il vous appelle maintenant dans ses rangs pour l'aider à construire une nouvelle vie meilleure. Lénine vous enjoint de débarrasser de cette terre tous ceux qui le gêneront dans cette construction et tous ceux qui vous ont fait souffrir. Allez où bon vous semble, prenez tout ce dont vous avez besoin, car tout cela vous appartient ».

Après avoir tué tous les surveillants et tous ceux d'entre nous qui n'étaient pas d'accord, nous prîmes les fusils des gardiens et nous sortîmes de la prison. J'avais du mal à croire en la chance dont soudain je bénéficiais : « Qui était ce Lénine ? – Je l'ignorais complètement, mais je supposais que c'était un des bagnards échappés qui avait monté le soulèvement. Qui pourrait avoir pitié de nous et nous libérer, si ce n'est un compagnon de chaînes ? » La nuit était noire. Je m'approchais d'un magasin et frappai à la porte. Une voix sévère me demanda :

« Qu'est-ce qu'il vous faut ? »

« Ouvre, je viens de la part de Lénine » répondis-je.

Le propriétaire se mit à crier hors de lui.

« Comment pouvez-vous oser me déranger ? »

Je tirai à travers la fenêtre, la porte s'ouvrit aussitôt. J'entrais dans la chambre qui se trouvait derrière la boutique et je vis une femme et un bébé dans son berceau.

« Donnez-moi tout ce que vous possédez, vous êtes des vampires, vous nous avez sucé le sang. Lénine a ordonné de ne pas faire de cérémonies avec vous » dis-je.

Ils se mirent à me certifier d'une voix larmoyante qu'ils ne possédaient rien. Ils finirent par m'embêter sérieusement. D'un coup de crosse, je brisai le crâne du bébé. Cela marcha ! Saisis de terreur, ils sortirent quelques bricoles. En voyant le sang du bébé et leur terreur, je me mis à bouillir de haine. Je les tuai d'un coup de revolver, puis je revêtis un costume qui m'allait comme s'il m'avait été fait sur mesure. Après avoir attrapé tout ce qui me tombait sous la main de valeur, je me dirigeais vers la gare avec l'intention de me rendre à Petrograd. Je comptais y rencontrer Lénine dont je ne connaissais pas le nom de famille, mais je le reconnaîtrais certainement car j'avais connu un grand nombre d'endroits mal famés et de prisons. Je m'installais dans le premier train en partance et partout sur la route je pouvais observer de l'agitation et entendre des cris :

« Liberté ! Liberté ! »

Dans la foule, je pouvais à tout moment reconnaître des prisonniers libérés, ce n'est pas difficile de les distinguer. Ils jettent partout des regards perçants afin de dépister le mouchard et très souvent se retournent par habitude, de peur que quelqu'un ne leur mette une arme dans les côtes Je me tenais à l'écart, mon aspect était celui d'une personne distinguée. À ma poitrine pendait une épaisse chaîne de montre que j'avais ramassée chez le boutiquier. Dans le train, je ne parlais à personne. J'étais le siège de pensées agréables. Je décidais de travailler tout seul. C'étaient mes complices qui m'avaient mis au bagne pour quinze ans. Nous avions attaqué une malle-poste, tué le cocher et embarqué la caisse qui contenait l'argent. Je voulais également tuer les deux fonctionnaires qui accompagnaient la malle-poste. Mais l'un de mes camarades fut attendri par leurs larmes et dit :

« À quoi bon les tuer, nous avons l'argent alors qu'ils ont une mère et des enfants. Laissons-les aller ! »

Je leur donnais raison. Et ces fonctionnaires que nous avions épargnés aidèrent la police à nous rechercher. Depuis je me suis juré une chose : si j'attrape quelqu'un et lui prends son argent, je le tue ce salaud, pour ne laisser aucune trace ! Je m'endormis. Je me réveillais car j'avais des fourmis dans les jambes et pour me les dégourdir, je sortis sur la plate-forme du wagon. Tout d'un coup quelqu'un me frappa l'épaule. Je me retournais et faillis m'évanouir. Il me semblait que c'était le boutiquier que j'avais tué. Et il continuait à me taper sur l'épaule en m'adressant la parole :

« Tu ne reconnais pas ton vieil ami Fiedka ? Souviens-toi de Moscou, nous avons fait une étape ensemble ».

Nous nous sommes embrassés et avons commencé à causer. Il parla des derniers évènements, de Lénine, de ce qu'il voulait faire pour les déshérités. Fiedka se rendait à Moscou pour traiter une affaire. Il avait été libéré de prison un an auparavant. Il était cambrioleur de profession. Il pratiquait juste le vol sans assassiner. De fil en aiguille, nous en vînmes à la question de ce que nous allions entreprendre. Je proposais à Fiedka de m'accompagner à Petrograd pour débarrasser les riches de leurs possessions au nom de Lénine. Nous fîmes « tope-là ». Nous nous arrêtâmes deux jours à Moscou pour les affaires de Fiedka. En sortant dc la garc nous vîmes des files de voitures avec des affiches :

« Mort aux bourgeois ! »

« De la main droite enfonce leur la baïonnette dans la poitrine et de la main gauche serre-leur le gosier »

« Anéantissez vos asservisseurs ! »

« Camarades, tout ce qui est dans le pays n'appartient qu'à vous ! »

Je proposais à Fiedka de boire un coup et de casser la croûte mais tout était fermé dans la ville. Il connaissait bien Moscou et nous nous dirigeâmes vers un bouge clandestin aux confins de la ville. Dans un local, en sous-sol, se trouvaient trois individus ivres. Après quelques verres de vodka je sentis en moi un accès inhabituel de courage et me rappelant les conversations avec Fiedka sur mes anciens hauts faits de bravoure, j'eus envie de renouer avec le bon vieux temps.

« Fiedka, on y va », lui dis-je.

Et il me répondit :

« Qu'est-ce que tu as Gabriel ? Ces gars-là ont eux aussi les semelles percées ».

Le sang me monta à la tête. Je sautais sur les ivrognes et les étendis à terre l'un après l'autre avec le revolver.

Fiedka sautant sur ses pieds s'écria :

« Gabriel, Gabriel, tu es fou ! »

Je l'étendis aussitôt à terre d'un coup de revolver. Je lui fouillais les poches, lui arrachais ses montres puis déguerpis du bouge et me dirigeais vers la gare pour attraper le train de Petrograd. Fatigué par toutes ses aventures et assommé par la boisson, je m'assis dans un wagon et dormis jusqu'à l'arrivée à Petrograd.

Aux abords de la gare, une foule de gens entourait des orateurs. Je remarquais un individu de petite taille, avec de longs cheveux et un pince-nez qui criait d'une voix retentissante :

« Camarades, nous sommes des anarchistes, nous nous battons pour une liberté totale. Tout pouvoir est une violence. Nous vous appelons dans nos rangs. Rejoignez-nous. Ensemble nous construirons le paradis sur terre. Inscrivez-vous dans notre parti. Notre quartier général se trouve rue Kolokol ».

Ces paroles me plurent. Je pensais, je vais faire un tour chez eux, peut-être y trouverais-je des cartouches, car ma réserve baissait sérieusement. Me faufilant à travers la foule, je me dirigeais vers la ville. Je trouvais le même tableau qu'à Moscou. Une multitude de gens dans les rues, des foules bruyantes. Autour de moi on ne parlait que du sauveur, de Lénine. Les voitures faisaient la navette d'un côté à l'autre. Sur les voitures des camarades crânaient debout avec leurs mitraillettes et leurs fusils, proclamant aux bourgeois que leur fin était arrivée. D'innombrables affiches appelaient à massacrer sans pitié les bourgeois car ils étaient aussi vivaces que des serpents.

Je me rendis, rue Kolokol, au quartier général des anarchistes et m'adressais à l'un de leurs chefs pour lui demander des cartouches. Il cria à quelqu'un qui se tenait près de là :

« Vassili, donne donc des cartouches au camarade. »

Je descendis à la cave avec le Vassili en question – c'est là que se trouvait le dépôt d'armes – et il me donna un paquet de cartouches.

« Voilà que la chance me sourit, pensais-je. Ici, je trouverai tout ce qui me sera nécessaire pour mes futures entreprises ».

Je sortis de là et marchais dans la rue absorbé dans mes pensées lorsqu'un garçon m'arrêta pour me proposer des petits pains sous le manteau. J'en pris quelques-uns et lui fourrai dans la main la montre avec la chaîne. Il la saisit et disparut en vitesse.

Cette montre ainsi que tous les petits objets étaient encombrants et me pesaient alors que je prévoyais obtenir un butin plus sérieux à Petrograd. En passant devant une belle maison cossue, j'entendis en moi quelque chose qui chuchotait :

« Gabriel, hé ! Gabriel, à quoi bon perdre du temps, vas-y, un peu de nerf, que diable ! »

Je sautai sur le perron, montai les marches et appuyai sur le bouton de la sonnette. Aucune réponse. Je frappai. Une voix sourde demanda :

« Qui est-là ? »

« Ouvrez, dis-je. J'apporte des cadeaux de la part de Lénine ».

La porte s'ouvrit et un vénérable vieillard demanda avec étonnement :

« Des cadeaux de la part de qui ? »

Je fermai la porte à clef et mis la clef dans ma poche. Puis je sortis mon revolver et dis :

« Voilà le cadeau ! Montre-moi donc où est l'entrée de service. »

Le vieillard prit peur et m'amena dans la cuisine. Je m'emparai également de la clef de la porte de service.

Deux femmes apparurent.

« Qui est-ce ? » demandais-je.

« Ma femme et ma fille. »

« J'ai ordre de Lénine de vous prendre vos objets de valeur. Aboule tout ce que tu as. »

Le vieillard murmura :

« Nous n'avons rien. »

Je perdis patience et lui cognais le crâne avec le revolver. Il tomba par terre et la vieille dans les pommes. La fille se mit à me baiser la main et à me supplier.

« Ne tuez pas papa et maman, je vous donnerai tout ce que nous avons. »

Elle me fit passer dans l'autre pièce, me mena au mur, ouvrit une cachette et en sortit un coffret rempli d'objets précieux. Je traînais le vieillard et la vieille dans les cabinets, mis une armoire devant la porte, et ordonnais à la fille de me donner à manger. Elle m'apporta du pain et un petit morceau de viande. Je m'assis et elle se mit à genoux devant moi, pleura et m'embrassa les genoux, tentant de m'amadouer :

« Ne tuez pas Papa et Maman ! »

Je l'assis sur mes genoux et elle très tendrement me murmurait :

« Faites de moi ce que vous voulez, mais épargnez-les ! »

« Il ne fallait pas s'opposer à mes ordres, répondis-je. Lénine en personne m'a dit : Gabriel, bats les bourgeois à mort, s'ils osent te résister ».

Elle se blottit contre ma poitrine comme un bébé contre la poitrine de sa mère. Elle pleurait en disant :

« Je vous aime Gabriel, vous êtes bon. »

Peut-être s'était-elle éprise de moi, mais je n'avais pas assez de temps pour roucouler avec elle. Le bagne apprend à faire tout cela en songe. Je la saisis et l'enfermais également dans les cabinets. Je plaçais d'autres meubles devant la porte et, pour ne pas laisser de traces, je mis le feu dans toutes les pièces et sortis dans la rue. Je m'éloignais rapidement de cet endroit. Le coffret que j'avais sous le bras me donnait de l'inquiétude. Je n'avais aucun ami, aucun parent, aucun endroit où j'aurai pu le déposer en sécurité. En général, je préférais délester mes « clients » de leur argent liquide. L'argent donne respect et considération, tandis qu'avec des objets on est souvent dans la mouise.

Une « jeune fille » croisa mon chemin, s'approcha de moi et me dit :

« Viens chéri, je ne suis pas chère. »

Je lui donnais le bras et nous nous rendîmes dans l'hôtel le plus proche. Je profitais de l'occasion pour me reposer et passer la nuit. Quelques heures passèrent. Je ressentais dans tout mon corps une agréable langueur, et dans mon cœur une espèce de joie. J'ouvris le coffret et lui dis :

« Nadia, prends tout ce que tu voudras en souvenir de Gabriel. »

Dès qu'elle aperçut les petites pierres, ses yeux se mirent à scintiller.

Elle demanda :

« Où avez-vous eu toutes ces richesses ? »

Et moi, je lui répondis :

« C'est Lénine qui m'en a fait cadeau. Nous sommes de vieux amis. Nous nous occupons des pauvres, mais je n'aime pas que quelqu'un me contrarie, je deviens alors très méchant. »

« J'ai tout de suite vu que vous avez un cœur d'or, répondit-elle – et je suis heureuse d'avoir été caressée par quelqu'un comme vous. Je ne veux rien vous prendre Gabriel. Ceci vous sera utile. Si vous voulez me faire plaisir allons manger ».

Nous nous sommes habillés et nous sommes sortis. Elle m'emmena dans un estaminet clandestin où il n'y avait personne. Après trois verres de vodka, je me sentis faible. Je ne conserve aucun souvenir de ce qui s'est passé par la suite. Bien plus tard, je me suis réveillé dans la banlieue de la ville, couché sur un tas d'ordures, le corps endolori, le visage tuméfié, le costume déchiré et plein de sang. Le coffret et le revolver avaient disparu. Longtemps, je restais étendu sans force puis je me levais à grand-peine et me dirigeais à nouveau rue Kolokol, au repère des anarchistes, pour obtenir des armes. Mais quand je leur demandais un revolver et des cartouches, ils exigèrent ma carte de membre. C'est probablement à cause de mon aspect qu'ils me refusèrent des armes. Les vêtements déchirés, affamé et de mauvaise humeur, je parvins quai Dvorets (autrement dit quai des Palais). Je m'appuyais à la balustrade et regardais les palais qui se trouvaient en face. Ils étaient sombres et tranquilles comme des tombes. Très rarement, il y avait un passant. La nuit était humide. Serrant dans la main un pavé, j'attendis longtemps une victime. Finalement un militaire de ma taille s'approcha. Je me laissais dépasser de quelques pas et je le frappais par-derrière avec une telle violence, qu'il s'écroula d'un coup. Je lui pris sa capote et l'argent qui était dans sa poche et j'allais passer la nuit à l'hôtel qui est à côté de la gare de Varsovie.

Les récits de Gabriel nous bouleversèrent, nous perturbèrent et nous écœurèrent profondément. L'ingénieur exigea qu'il mette fin à cette horrible confession insoutenable. Gabriel répondit avec cynisme et la même absence de sentiment, sans se troubler :

« Ce n'est pas moi qui ai demandé quoi que ce soit. Ce sont les communistes qui sont venus dans ma prison me demander de rétablir l'ordre dans le pays. Je ne vais pas aller chez le bourgeois avec des fleurs et des chansons. Mes fleurs, ce sont les coups de revolver et les chansons les gémissements de ceux que je n'ai pas tués sur le coup. Voilà ma profession. »

Je vous rappelle que le surveillant de cette prison m'avait dit :

« Nous vous avons donné la liberté, pour que vous nous aidiez à construire une nouvelle vie alors que vous n'êtes que des vauriens depuis votre naissance. Si vous ne suivez pas nos instructions nous ne vous donnerons pas à manger et vous serez tous exécutés. Nous vous fracasserons la tête ».

« Les agents de la Tcheka m'ont cruellement torturé et maintenant ils vont me fusiller. Je me trouvais quelque part dans un appartement. Quelqu'un est venu me frapper par-derrière alors que j'attrapais le propriétaire par les côtes pour qu'il me dise où il avait caché son argent. Et voilà, vous vous scandalisez de mon récit, vous haussez les épaules de désapprobation, mais sachez qu'au bagne je me sentais beaucoup mieux. J'y ai passé dix ans. Tous les camarades m'aimaient bien, je vivais tranquillement. Lorsque la Révolution est survenue, il nous a été promis des tas de choses. On m'a mis un revolver entre les mains en me disant "Agis", mais moi j'ai décidé de travailler pour mon compte ».

Pour détendre l'atmosphère, devenue lourde et oppressante, j'essayais de détourner les pensées de Gabriel et lui demandais si ses parents étaient encore en vie.

Il répondit : « Mon vieux est mort quand j'avais deux ans et j'ai perdu ma mère lorsque j'avais dix-sept ans. Elle m'aimait beaucoup. J'étais très mignon, j'avais des boucles châtain clair. » Elle me caressait souvent et me disait :

« Tu es mon petit soleil, ma joie. Si ton père était vivant, il aurait été heureux en te regardant. »

« De quoi votre mère est-elle morte ? »

« L'hiver elle travaillait comme blanchisseuse et l'été elle portait la chaux dans les constructions. Avec le surmenage et l'épuisement, elle a fini par mourir de phtisie à l'hôpital. »

« En vérité, Gabriel, dis-je, nous devons avoir de la compassion envers les femmes. Toutes les femmes sont des mères. Elles nous portent dans leur cœur, nous mettent au monde dans la souffrance et toute leur vie est arrosée de larmes jusqu'à ce que leurs yeux bien aimés se ferment pour le sommeil éternel. Chaque ride de leur visage raconte l'histoire de leur vie d'épreuves. Et votre mère aussi, seule et sans protection s'est ruiné la santé dans la lutte pour survivre, attrapant la phtisie ».

Un court instant, de la profondeur obscure des replis du cœur du bagnard s'ébaucha un nouveau Gabriel. Les yeux du criminel remplis de sentiments nostalgiques contradictoires devaient lui rappeler, me sembla-t-il, des images liées à la dureté de son enfance.

D'un ton contrit, il poursuivit :

« Vous êtes un brave garçon, pour chacun de nous vous trouvez une parole de réconfort. Dommage que je ne vous aie pas rencontré plus tôt, j'aurai sans doute vécu d'une autre manière ou bien alors vous seriez devenu le chef de notre bande ».

« Comment avez-vous commencé à tuer ? »

« Jeune soldat, je fus envoyé sur le front du Japon. L'aumônier auquel je fus attaché était un homme courageux. Il était pour moi comme un père. À Lyu Yan, au moment de l'attaque, il se posta en avant, la croix dans une main et le fusil dans l'autre, en criant "Pour Dieu, le Tsar et la patrie !" J'étais toujours à ses côtés. Un japonais sauta sur lui et le transperça de part en part avec une baïonnette. Je tuais le Japonais aussitôt. Une fois que nous étions en reconnaissance, nous encerclâmes une trentaine de Japonais endormis. J'étranglais quinze d'entre eux de mes propres mains. À l'époque, on me récompensa en me donnant trois croix de saint Georges. Le chef de la division me complimentait toujours lorsqu'il me rencontrait : "Très bien, Gabriel !"

Quand je revins chez moi, je trouvais la misère. Les croix de saint Georges, aussi glorieuses qu'elles fussent, ne me servaient à rien. Ce n'est pas elles qui me donnaient mon pain quotidien. Bientôt je me mariais et commençais à tuer, non plus au nom de Dieu, du Tsar et de la Patrie, mais pour moi-même, pour ma femme et mes enfants ».

Quand on vint chercher Gabriel pour l'exécution, il me tendit la main et me dit :

« Adieu, Arcady Mikhaïlovitch, tu m'as permis d'évoquer ma mère. S'il existe une autre vie, comme le disent certains, là-bas, je me souviendrai de toi. »

Il me serra la main, me regarda avec tristesse et me chuchota : « Pense à ma mère ! »

Chapitre XI
Rencontres avec Raspoutine

Arcady poursuit son récit : De mon côté, moi aussi, j'étais toujours dans l'attente du moment de mon exécution. Mon sentiment de peur s'était progressivement émoussé au point que je m'étais forgé un monde imaginaire de l'au-delà qui m'avait progressivement envahi. Et chaque fois que je n'étais pas appelé dans le groupe des personnes qui allait être fusillé, paradoxalement j'étais triste. Le cumul de mes épreuves suscitait souvent des visions de ma mère défunte. C'est ainsi que dans le coin de la cellule, je voyais sa silhouette recroquevillée.

Un jour, il arriva un colis venant de la maison qui contenait un petit billet :

« Cher Arcady, aujourd'hui ce 15 avril 1920, il t'est né une fille, prénommée Diana. Pardonne-moi de ne t'envoyer qu'une livre de pain. Il nous a été impossible de trouver autre chose. Je t'embrasse. Lina. »

Mon cœur se serra d'émotion. Un nouvel être était venu au monde – une petite partie de moi-même. Un être qui aurait à porter les souffrances que je n'aurais pas vécues. Je me représentais mes enfants comme des moineaux tombés du ciel par inattention. Nous, les parents, tournons et tournons au-dessus de l'endroit fatal, pour essayer de les sauver, mais comme nous n'en avons pas les moyens physiquement, nous les confions à la Providence. Je répondis à ma femme :

« Chère Lina, merci pour ton courage. Quand nos filles seront grandes, j'espère qu'elles me pardonneront de les avoir laissées sans défense contre ma volonté. Je t'embrasse Arcady. »

Le Prince K

Une personne âgée de soixante-cinq ans vint occuper la place de Gabriel. C'était un membre du « Soviet Suprême », le prince K. Un être tout à fait charmant, distingué et fin diplomate. D'une façon très amène, il prenait part à des conversations sur toutes sortes de sujets. Il écoutait chacun et ne donnait que très rarement son avis. Jamais, il ne marquait sa supériorité sur les autres. J'avais entendu parler de lui avant la Révolution. Dans son hôtel particulier, situé dans la partie aristocratique de la ville, se déroulaient des séances de spiritisme, auxquelles participait même parfois le tsar. Dans la ville, des potins circulaient selon lesquels il était fréquent, pendant ces séances, que le piano s'élève dans les airs, que la guitare joue toute seule, et que d'autres phénomènes « surnaturels » se produisent. Je rappelais ces faits au prince lors de nos conversations. Il narra ces séances en souriant, mais nia tout ce qui avait trait aux objets en lévitation. Il raconta que plusieurs années auparavant son jeune fils s'était tué d'un coup de revolver à la suite d'un amour malheureux. Ayant perdu son fils et étant très pieux, il trouvait une grande consolation dans la prière. Un jour, il fut invité à une séance spirite où il put entrer en contact avec l'esprit de son fils. Il fut tellement bouleversé qu'à partir de cet incident, il devint un ardent partisan du spiritisme. Le prince savait qu'une telle occupation était contraire à la religion, néanmoins il ne pouvait pas trouver le courage intérieur d'y renoncer. Il affirmait que des esprits supérieurs assistaient aux séances, que le piano et la guitare jouaient touts seuls et que les assistants ressentaient le contact de quelque chose d'immatériel. Une de ses connaissances – un officier de la garde – était excellent médium. Quand il était en transes, les séances pouvaient devenir saisissantes. Je lui demandais s'il arrivait que Raspoutine soit parmi les invités.

Il déclara littéralement ceci :

« Raspoutine venait me rendre visite, mais je n'ai jamais osé même le convier aux séances de spiritisme, car c'était un être surnaturel.

Raspoutine nous a été envoyé d'en haut et ceux qui ont accompli l'horrible forfait de l'assassiner ont plongé le pays dans l'abîme. "Si je meurs" – avait-il dit – "vous périrez tous." Vous voyez comment s'est accomplie sa prophétie. »

Confidences sur Raspoutine

Après cet exposé, Arcady lui répliqua :

« Prince, j'ai un avis complètement divergent du vôtre concernant Raspoutine. J'ai eu affaire à lui à une époque et si vous le permettez, je vais vous exposer les faits. »

« Je vous en prie, faites, répondit le prince K. Tout incident de la vie du starets m'intéresse et m'émeut au plus haut point, c'est pourquoi je serai très heureux de vous écouter. »

« Pendant la guerre, commençais-je, il était interdit de sortir de l'or à l'étranger sous peine de prison et de confiscation de tous les biens. Une famille de ma connaissance, ayant peur des désordres dans le pays avait décidé d'envoyer ses capitaux en Suède. Mais à la frontière, la personne qui détenait l'or fut arrêtée. L'or fut confisqué et elle-même fut menacée de prison. On vint me trouver pour prendre conseil. Je m'adressais à Manoussevitch Manouïlov – un ami de Raspoutine – que je connaissais depuis sa disgrâce. Il conservait avec lui des rapports semblables à ceux du temps de sa prospérité, à l'époque où il était secrétaire particulier du Premier Ministre Schtürmer. Il me promit de parler à Raspoutine et de m'organiser une entrevue avec lui. Le jour convenu, je l'attendais dans la salle commune au restaurant dénommé "Cuba". »

Manoussevitch Manouïlov me conduisit dans un cabinet particulier et s'adressa à Raspoutine en ces termes :

« Grigori Efimovitch, voici la personne dont je vous ai parlé. »

Raspoutine me jeta un regard pénétrant et m'interrogea :

« Qu'as-tu à dire, jeune homme ? »

« Saint-Père, je me rends près de vous pour chercher protection. Une femme a enfreint les lois par faiblesse et crédulité. Par sa faute, elle a perdu tous ses biens et a également été condamnée à six mois de prison. Vous qui êtes l'ami des opprimés, aidez-la. »

« Donne-lui un billet » dit-il en s'adressant à Manoussevitch Manouïlov et il me dit à moi :

« Elle n'a qu'à venir me voir demain matin à dix heures. »

Le lendemain, nous attendîmes son retour de la visite de chez le starets. Bouleversée, elle nous raconta que Raspoutine avait promis de lui épargner la prison contre cinq mille roubles et trois nuits passées en sa compagnie. Inutile de préciser que cette dame était très jolie.

Raspoutine était à cette époque-là en grande faveur à la cour du Tsar. C'est lui qui faisait nommer les métropolites et les ministres.

Voici le deuxième fait : il s'agit d'un jeune officier grièvement blessé, soigné à l'hôpital de Petrograd. Les horreurs de la guerre avaient fait de lui un vieillard. Quand arriva le jour de retourner au front, il déclara à ses parents qu'il préférait mettre fin à ses jours. Comme j'avais de l'amitié pour lui, je téléphonais à Raspoutine et lui dis :

« Grigori Efinovitch ! Celui qui s'adresse à vous est la personne qui vous a une fois déjà sollicité concernant une certaine dame. Vous vous souvenez des cinq mille roubles et de trois nuits ? »

« Viens demain à trois heures » m'interrompit-il d'une manière brusque. Le lendemain, je me rendis chez lui. Il me demanda avec sévérité :

« Comment se fait-il que tu saches tout cela? Lors de notre précédente rencontre, je pensais que tu étais différent ». Je lui répondis :

« Grigori Efinovitch, nous sommes des vôtres. Je suis vendeur, vous êtes acheteur. Si je vous ai appelé "Saint-Père", c'est seulement parce que Manoussevitch Manouïlov assistait à notre entretien. La fin justifie les moyens. Devant vous il faut s'incliner. Vous êtes une personne tout simplement géniale ».

« Tu es vraiment habile, s'exclama le starets et il se mit à rire. Et moi qui te prenais pour un simplet. De quoi s'agit-il ? »

« J'ai un ami officier dans l'armée qui, après avoir été soigné de ses blessures à l'hôpital, est maintenant guéri. Il doit retourner se battre au front. La tuerie fratricide de la guerre l'a profondément déprimé. Il préfère se tirer une balle dans la tête plutôt que de retourner sur le champ de bataille. Combien cela coûterait-il de le transférer dans son état-major ? »

« Tu proposes un pot-de-vin à ce qu'il me semble ? » demanda le starets surpris.

« Grigori Efimovitch, j'ai l'habitude de dédommager des services rendus. N'entrons pas dans des détails oiseux. Le temps c'est de l'argent. Combien cela coûtera-t-il ? »

Raspoutine sourit :

« Tu vas droit au but toi ! Apporte son formulaire demain avec trois mille roubles. Si je suis absent, laisse-les dans une enveloppe. »

Il me raccompagna à la porte et sourit encore en répétant :

« Je croyais que tu étais différent, vraiment ! »

L'officier fut donc transféré dans son état-major, mais il devint fou trois mois plus tard.

« Voilà prince, peut-être est-ce la première fois que vous entendez parler des talents financiers de Raspoutine. Je connais aussi un peu son passé. C'est très important car beaucoup pensent qu'il a contribué à faire sombrer la Russie, ce en quoi je suis complètement en désaccord. »

Raspoutine est un paysan de la province de Tobol. Alors qu'il n'était que simple laboureur déjà, il avait reçu le surnom de « Raspoutni » qui signifie « débauché ». Ce sobriquet remplaça avec le temps son nom de famille. Fainéant et dépravé, il abandonna le travail des champs pour devenir vagabond, ce qui était alors très en vogue. Des milliers d'individus de ce type parcouraient le pays de long en large, frappant aux isbas dans les villages, et demandant de quoi manger et passer la nuit, au nom du Christ. Personne ne leur refusait. Sur le chemin, ils trouvaient également des monastères qui leur donnaient l'hospitalité. Bon nombre d'entre eux se présentaient au nom des saintes Écritures et sous l'habit de pèlerins. Ils poursuivaient leur voyage en exploitant les sentiments religieux des gens simples. Raspoutine allait aussi de ville en ville. Audacieux et rusé, il parvenait à s'infiltrer auprès des plus hauts dignitaires de l'Église qui croyaient en sa pureté spirituelle et pensaient qu'il semait la parole de Dieu dans le simple langage du peuple. Ses relations avec le clergé le rendaient populaire. Il tissait sa toile dans les grandes villes de province, auprès des femmes riches et seules. Sous l'apparence d'un vénérable « starets », il arrivait rapidement à faire leur conquête. Si la femme en question était veuve et honorait la mémoire de son mari, il priait pour celui-ci et donnait de lui des nouvelles brumeuses provenant, disait-il, de l'au-delà. Il lui racontait que son mari lui préparait également une place au paradis. Il paralysait la faible volonté de la veuve et nouait avec elle une liaison physique en la persuadant que de cette manière, il déposait en elle une petite partie de l'Esprit Saint. Si une femme avait divorcé, Raspoutine usait d'autres procédés pour parvenir à ses fins. Si elle était vierge, il la persuadait que par ordre de Dieu, il avait été envoyé pour qu'elle continue la perpétuation du genre humain par son intermédiaire.

La femme russe a conservé en elle les traces du joug tartare. Ses principes moraux sont très forts. Mais dans la manière dont Raspoutine détruisait ces traditions beaucoup de femmes ne voyaient pas de dépravation. Des relations avec un homme fort avaient aussi leur importance. Voilà pourquoi la rumeur en faisait un guérisseur.

Favorisé par son honorable réputation, il se rapprochait petit à petit de la capitale, s'étant muni des recommandations auprès du recteur de la faculté de théologie de Petrograd, le père Théophane. Celui-ci était un théologien érudit, véritable disciple du Christ, il prit Raspoutine sous sa protection, le faisant entrer au salon spirituel de la comtesse Iguatiev. Raspoutine eut la bonne fortune d'y rencontrer de hauts personnages. Le chemin du palais du tsar lui fut ainsi accessible. Le fils du Tsar était atteint d'un mal incurable. Raspoutine fut reçu chez le tsar en qualité de guérisseur.

La tsarine a-t-elle vécu avec lui ? C'est un ignoble ragot dont se régale la populace. Elle est une femme, une mère. J'ai vu de par le monde, les larmes désarmantes des mères qui pleurent sur leurs enfants. Elles donneraient leur vie, si elles avaient la certitude que cela allégerait leurs souffrances. On a tué la tsarine et après sa mort on continue à traîner sa réputation dans la boue. Quelle horrible époque ! Comment Raspoutine tout seul aurait-il pu se frayer ses entrées au palais ? Le chemin lui fut facilité et favorisé par des gens qui poursuivaient leurs objectifs personnels. Des espions faisaient leur triste besogne dans son dos, à son insu.

Raspoutine fut un de ces insectes qui éclôt sur les immondices. Le drame qui se déroule dans le pays résulte des injustices, des oppressions et de la misère passée.

Les bolcheviques n'ont pas débarqué d'une autre planète. Ce sont nos frères de sang. Lorsque les mêmes soldats qui sont maintenant des rouges, remportaient des victoires sur les Allemands, nous criions :

« Victoire ! »

Maintenant nous devons avoir le courage de dire :

« Nous avons tué la tsarine avec beaucoup d'autres femmes et d'enfants. Nous avons surpassé Attila en cruauté ! »

« Voyez-vous prince, vous et moi avons suivi des chemins différents ; nous nous sommes rencontrés ici dans cette cellule et nous sommes égaux dans l'attente du fossoyeur. Nous aurons également la même demeure après son passage. »

Le Prince se taisait mais des larmes roulaient sur son visage. Le prince K. était très populaire dans la prison. Quelques-uns connaissaient son visage et beaucoup son nom de famille. Certains avançaient qu'il avait accepté le travail de secrétaire à la Tcheka pour sauver sa vie. Il était difficile de percevoir la psychologie de cet honorable vieillard qui avait accepté un travail secondaire.

La Tcheka proposait à chaque bourgeois, qui par sa position sociale bénéficiait d'amis et de relations, d'entrer dans les rangs de ses collaborateurs secrets s'il voulait sauver sa vie. Cette forme de collaboration consistait à indiquer quelle personne possédait de l'argent, des valeurs ou qui, d'une manière générale présentait par son influence un quelconque danger pour le pouvoir soviétique. Les bolcheviques avaient une excellente compréhension de la nature humaine. Ils savaient qu'après avoir enlevé à leurs adversaires tous leurs biens matériels, il était très facile d'obtenir leur soumission.

Le poète composera des hymnes à la miette de pain tombée de la table des nouveaux seigneurs. Les anciens hommes du pouvoir donneront leurs plus anciens amis pour une bouchée de pain. Les masses populaires iront, sans état d'âme, tuer sur n'importe quel front pour être rassasiées.

Les bolcheviques savaient pertinemment que ce n'était pas pour rien que le patriotisme, l'idéologie et autres concepts de haut vol prenaient le plus souvent naissance parmi les personnes bien nourries et à l'abri du besoin.

Chapitre XII
Souvenirs de détention

Après trois mois d'incarcération, Arthur fut libéré. Il promit de me donner asile si je parvenais à échapper à l'exécution et à me sauver.

De toutes les épreuves humaines dont j'ai été témoin, ce sont les souffrances de cet homme simple qui m'ont le plus ému. Son souvenir reste profondément ancré dans ma mémoire. Au cours de mes pérégrinations, lorsque je me trouve devant un champ de fleurs, il me semble voir Arthur dans chacune d'elles.

Sa place fut occupée par un jeune homme de vingt-deux ans, le fils d'un général tué pendant la guerre. Il avait une mère et deux sœurs. En raison de leur origine « bourgeoise », ils étaient privés de cartes d'approvisionnement. Avec deux amis, ce jeune homme perpétra une attaque armée contre une coopérative, mais elle échoua, alors qu'il se défendait, il fut blessé. Ses deux complices furent tués.

« C'est uniquement la faim qui m'a poussé à ce geste insensé » dit-il plus tard en se repentant amèrement.

Quand on l'appela pour l'exécution, il se mit à répéter d'une voix pleine d'émotion :

« Ma petite maman, on va me tuer, ma petite maman, je ne te verrai plus. Ma petite maman, ma petite maman… »

L'ouvrier Semen prit la place du jeune homme. Il était membre du parti Communiste. Il était arrivé en prison après avoir été arrêté pour vol d'objets dans le bureau de son usine. Il répondit à nos questions qu'il était la victime des bourgeois qui s'étaient infiltrés dans le Comité de l'usine. Sous l'apparence de membres du parti, ils essayaient de miner les fondations du nouveau pouvoir.

L'usine travaillait par intermittence faute de matières premières et ne payait presque plus ses employés. Semen considérait que le vol d'objets dans le bureau, se justifiait comme une compensation normale.

C'était un ouvrier typique de l'époque tsariste. Ses raisonnements étaient brumeux et son entendement primaire était très limité. Il mettait tout le monde en accusation. Toute personne qui lui déplaisait était à ses yeux un « bourgeois caché », c'est-à-dire un ennemi. C'est ainsi qu'il jugeait le monde entier. Il prenait une part marquante à nos conversations et à nos controverses en fournissant sur toutes questions des réponses simplistes, pleines d'aplomb.

« Semen, lui dis-je, vous accusez le comité de l'usine de vous avoir arrêté. Vous affirmez que des bourgeois masqués s'y sont infiltrés, se vengeant de vous, en tant qu'ennemi de classe. Je pense qu'il y a là-bas des communistes honnêtes qui cependant ne partagent pas le même point de vue que vous sur la société. Vous, les travailleurs, avez pris le pays en main, mais ce n'est pas pour dilapider les biens du peuple, c'est pour rassembler tout le monde. Ce sont les personnes à votre image qui ont anéanti le pays et pillé ses richesses. À présent, ces individus sans foi ni loi cherchent à s'approprier tout ce qu'ils peuvent. Vous avez détruit et désorganisé la société parce que tout appartenait à vos ennemis et à présent vous continuez de le faire parce que beaucoup parmi vous sont des voleurs par nature. Mais souvenez-vous que ce que vous avez démoli, c'est de vos mains que vous devrez le reconstruire. Chacun d'entre vous devra travailler comme un bœuf pour que les générations suivantes se souviennent de vous comme de communistes exemplaires. Vous pensiez que la Révolution serait un rêve agréable sous les édredons des bourgeois, que vous avez fait crever de faim ou tués. Non ! En vérité, la Révolution est une souffrance subie par tout le monde. Je ne nie pas combien votre vie était dure, qu'il existait une grande injustice sociale, mais le chemin que vous avez emprunté pour arriver à votre objectif, n'apportera aucune satisfaction à personne. »

« Quand nous vous aurons tous anéantis, tout ira mieux, répondit Semen. Vous êtes comme des taupes qui creusent des réseaux souterrains à notre insu, pour nous nuire. Vous dîtes une chose alors que vous en pensez une autre. Vous avez appris depuis l'enfance à nous chevaucher comme si nous étions des ânes. Maintenant nous avons mûri. Bien sûr le comité de notre usine se compose pour moitié de bourgeois déguisés. Il est indispensable de tous vous fusiller sans aucune pitié. Quand vous ne parvenez pas à nous embrouiller la cervelle, c'est par le truchement des popes auprès nos femmes que vous parvenez à vos fins. Ils leur tournent la tête, leur font croire que des diables feront bouillir en enfer les pécheurs dans la poix fondue. Le comble, pour endormir leur cerveau, ils traînent ces imbéciles de bonnes femmes dans les griffes de toutes sortes de charlatans censés opérer des guérisons. Ils leur font des tours de passe-passe et en profitent pour les soulager de leurs économies. Une femme demeure toujours une femme. Lorsqu'elle s'attendrit, ils en profitent pour la convaincre de miracles par toutes sortes de sornettes. Les êtres qui sont faibles n'ont qu'à aller chez les popes et quant à ceux qui sont plus forts, leur devoir est de fracasser leur crâne pour leur retourner la cervelle. Regardez ces ventripotents, tout leur courage réside dans leurs gros ventres. Ils ne font que nous parler de Dieu alors qu'eux-mêmes plongent la main dans nos poches. »

« Semen, ne jugez pas les gens, répliquais-je. Vous n'arrivez pas à vous en sortir dans votre propre vie et vous vous permettez de juger les autres. Vous êtes un homme égaré, vous n'êtes ni un paysan, ni un citadin. Vous êtes issus des premiers et vous n'êtes pas parvenus à prendre l'habit des seconds. Vous vous complaisez dans la colère, l'exaspération et la haine car vous ne trouvez de satisfaction nulle part. Le prêtre est notre soutien moral et notre pasteur. Avec bienveillance, il nous apaise par ses paroles de réconfort et nous aide à maîtriser nos instincts primaires. Il nous indique la voie qui conduit vers le bien. Nous lui faisons part de nos tristesses et de nos chagrins. Avec son humanité, il nous écoute partageant nos faiblesses, nos épreuves, en parallèle à ses soucis personnels. Je respecte les prêtres de toutes les religions. Lorsque je vois de quelle manière ils sont persécutés, j'ai pitié d'eux. Vous criez : "la religion c'est l'opium du peuple !". Mais qu'avez-vous donc à nous proposer à la place ? La religion embellit notre pauvre vie, car elle soutient en nous l'espoir et la croyance en un monde dans l'au-delà. Pas plus Marx que Lénine ne nous ont dévoilé les mystères de la vie. L'un est mort et l'autre mourra inévitablement dans la même ignorance que nous. Vous tournez en dérision la foi. La foi est donnée aux personnes qui ont vécu une vie juste. Le passé de chacun d'entre nous montre avec quel amour certains se sacrifient avec dévouement pour leurs frères humains, mettant tout leur cheminement terrestre au service de leur prochain. Ils doivent nous servir d'exemple et non d'objet de raillerie. Si le pouvoir tsariste ne poursuivait finalement que ses intérêts, pouvons-nous aussi en rendre responsable tout le clergé qui au fond, était dans la position de fonctionnaires religieux du gouvernement ? Ils sont aussi peu coupables de leurs actes que l'était le paysan Arthur – qui était là avant vous – parce qu'il possédait sept isbas (maisons). »

Semen demeurait sourd et hostile à mes arguments. Il affirmait une chose : « Les popes sont tous des fripons, ils asservissent le peuple et le rendent hébété pour le maintenir en esclavage. Nous n'avions pas d'école pour nous instruire mais dans chaque village il y avait une église et une caserne à proximité. Ces deux compagnons inséparables se retrouvaient dans toute la Russie. Le tsar Nicolas, ce bigot, a tiré du ciel pour se divertir autant que pour l'amusement de ses sujets, un fameux "saint", Grichka Raspoutine. Nous connaissons très bien votre religion bourgeoise. Simultanément, d'une main vous faites le signe de croix et de l'autre vous tirez le nœud coulant qui enserre notre cou. Nous construisons notre nouvelle religion prolétarienne. Nous montrerons nos dieux à ceux d'entre vous qui parviendront à échapper à l'exécution. Lorsque je rencontre un pope c'est comme si je rencontrais un chat noir. Tous ceux qui se sont dissimulés dans nos rangs sous l'apparence de communistes, pour attendre le bon moment et nous frapper dans le dos, nous les aurons. Il y aura de la place pour tous dans l'autre monde. »

Jour après jour, le temps passait. Des gens, de toute sorte, allaient et venaient. Chacun écrasé et meurtri de son lot de souffrances qu'il déballait devant nous, spectateurs de hasard. Si parfois je me laissais aller à la querelle, c'est que je disais toujours le fond de ma pensée, refusant de me conformer aux inclinations et aux humeurs de mon interlocuteur. Malgré ma captivité, je demeurais un homme libre.

Retrouvailles familiales

Peu après, je reçus la notification de ma condamnation non pour être exécuté, mais pour les travaux forcés à Vologda. Je devais y être déporté par le prochain convoi.

Malgré cette nouvelle inattendue et bien que je restais en vie, je n'en ressentis aucune satisfaction. Le monde m'était devenu indifférent et tout ce qui avait habité ma vie auparavant me paraissait futile. Nous étions trois cents personnes condamnées à la déportation, parmi lesquelles nous dénombrions même des femmes. Tous les prisonniers furent amenés à la gare Nicolas, appelée depuis peu « gare de Moscou ». Trois rangées de soldats, armés jusqu'aux dents, nous escortaient. Le trafic ferroviaire habituel était à cette époque extrêmement perturbé et les trains arrivaient avec beaucoup de retard. Nous attendîmes plusieurs heures le départ de notre train dans la cour de la gare.

J'avais réussi à prévenir ma femme de mon départ et lui avais demandé de venir avec les enfants pour que je puisse leur faire mes adieux. À peu de distance de notre groupe de prisonniers, je l'aperçus parmi la foule qui nous regardait. Elle portait dans ses bras Regina, notre fille aînée, et dans le landau se trouvait notre dernière-née, Diana. Je m'adressais au chef du convoi et lui demandais qu'il autorise ma femme et mes enfants à se rapprocher de moi. Il fit un signe d'acquiescement de la main et je pus les étreindre. Je m'assis par terre et je serrais très fort mes enfants contre mon cœur ému, en proie aux plus cruels tourments. Ce que j'avais de plus cher au monde était auprès de moi en cet instant. Il me semblait que ce n'était qu'un rêve.

Les membres du convoi étaient manifestement attendris par cette scène. Lorsque les déportés furent répartis dans les wagons, je compris, à la manière dont les soldats me traitaient, qu'ils compatissaient secrètement à mon chagrin, alors qu'ils faisaient partie du détachement spécial des exécutions.

J'étais profondément bouleversé d'avoir vu mes enfants. À cet instant précis, je perçus le monde sous un jour magnifique. Une nouvelle énergie et le désir de combattre l'adversité s'emparèrent de moi avec force.

Je me promis de vivre pour mes enfants. J'essayerai de bâtir l'édifice de leur futur bonheur, et de le cimenter tant par mes souffrances que par mon énergie. Déterminé, je me représentais l'ampleur de ma satisfaction si j'y parvenais.

Ému par la candeur et la fragilité de mes enfants, je leur murmurai : « Chers petits, vos petits yeux sont semblables au ciel bleu. Vos petites dents scintillent comme des étoiles et vos sourires sont des petits soleils qui nous réchauffent le cœur. Mon Dieu, quelle consolation tu as donné au genre humain lorsque nous étreignons nos chers petits ! »

Chapitre XIII
Quotidien des déportés de Vologda

Vingt-quatre heures plus tard, nous accédions enfin à la gare de Vologda située à plus de 500 km de Saint-Pétersbourg. Elle servit d'abord de lieu de déportation sous le régime tsariste, puis les bolcheviques continuèrent à l'utiliser.

Après une pénible journée de voyage, l'escorte militaire chargée de nous encadrer tout au long du transport, nous conduisit à la prison locale pour purger notre peine. Au moment de l'enregistrement, chacun devait déclarer sa profession pour faire un travail correspondant à sa qualification. Je ne pouvais décemment pas dire que j'étais un fils de famille aisée qui n'avait jamais travaillé manuellement. Tous ceux qui le pouvaient essayaient de cacher leur passé pour éviter de donner prise à d'autres châtiments. C'est ainsi que je me déclarais comme employé de bureau estimant que cette activité me serait une des moins pénible.

Je fus assigné avec huit autres déportés à des travaux de bureau au « Conseil populaire de la flottille fluviale soviétique. » Chaque matin, trois gardes rouges venaient nous chercher à la prison pour nous amener sur le lieu de travail. Ils nous y surveillaient jusqu'à la fin du service.

Parmi mes compagnons d'infortune, on dénombrait un président d'une compagnie d'assurances, un directeur de banque, deux propriétaires terriens, trois marchands et un notaire. Je m'entendais très peu aux travaux de bureau, car je n'avais jamais exercé cette activité. En réalité, j'ai davantage de compétences pour exercer une activité où je suis en relations avec d'autres personnes dans le mouvement et l'effervescence.

Le président de la compagnie d'assurances, le directeur de banque et le notaire comblaient mes lacunes avec succès à l'aide de leurs connaissances et de leurs compétences professionnelles.

Le plus âgé de nos surveillants s'appelait Pierre. Il était sévère mais juste dans ses rapports avec nous. Grâce à nos conversations quotidiennes, il connut notre passé et finit petit à petit par nous témoigner une grande bienveillance. Malgré sa sévérité apparente, j'observais dans ses yeux une profonde tristesse. Chaque fois que ce garde rouge s'entretenait avec moi, il s'animait, probablement parce que fréquemment j'évoquais des sujets généraux allant à d'autres plus intimes. Pierre me confia qu'il était père d'une petite fille. Il l'aimait d'une façon attendrissante. Toutes les fois que je lui parlais de mes enfants, il m'écoutait toujours avec beaucoup d'attention. Inconsciemment, ce souci partagé de nos enfants nous rapprochait.

Je décrivais ces échanges et nos rapports amicaux dans mes lettres adressées à ma femme. Lina envoya pour la fille de Pierre, de la part de ma petite Regina, une jolie poupée, rescapée par miracle des splendeurs passées. Ce cadeau émut Pierre et l'amena à être plus proche de moi. Il m'apportait de temps en temps de la nourriture, à vrai dire j'évitais de l'accepter. Il s'informait toujours si j'avais besoin de quelque chose.

Un jour je lui dis :

« Pierre, vos attentions personnelles me vont droit au cœur, mais je vous serai reconnaissant de ne plus rien m'apporter. Tout ceci est comme un petit nuage sur nos rapports amicaux. Je n'accepte d'ailleurs vos cadeaux que pour ne pas vous désobliger. »

Il partagea mon point de vue et rien ne changea dans nos rapports respectifs. Pour ne plus être sous sa surveillance continuelle, je demandais à Pierre de ne venir nous chercher que lorsque notre travail était fini. Il accepta me faisant entièrement confiance. De cette façon, il lui incombait l'entière responsabilité de nos personnes. Ayant déclaré à la prison que nous restions pour un travail supplémentaire,

Pierre venait nous chercher en ville à dix-neuf heures dans un lieu convenu d'avance entre nous.

En dehors des heures du travail obligatoire, je pouvais passer mon temps en ville et m'y promener. J'en profitais alors pour rechercher de la nourriture destinée à ma famille de Petrograd. À Vologda, il était encore possible de trouver des denrées chez les grossistes auprès de ceux que l'on appelait les marchés « volants ». Ils poursuivaient encore leur négoce alors qu'ils étaient pratiquement arrivés aux termes de leur survie. Il m'arrivait aussi souvent de profiter de mes heures de liberté en dehors de la ville pour deviser avec Pierre. Il rêvait d'un jour où il n'y aurait plus aucune barrière sociale entre les êtres et, qui plus est, le fusil qu'il portait serait remplacé par des outils de construction. La peur aurait déserté le monde. Tous les enfants seraient joyeux et danseraient en ronde. Pierre était un idéaliste qui avait une âme de poète et une foi inébranlable dans l'avenir de l'humanité. Il rêvait d'une vie heureuse et sans souci. Mes rencontres et mes conversations avec Pierre constituaient une agréable détente.

L'administration du Conseil populaire de la flottille fluviale, appelé « Sournaflot » avait une police spécifique. Elle pouvait nous sortir de prison et nous engager sous contrat. Cette éventualité n'était réalisable qu'à la condition de trouver obligatoirement un logement indépendant de la prison. Malheureusement aucun lieu du Sournaflot ne s'y prêtait.

Un jour, où je me suis rendu au jardin public, après le travail je vis un homme assis sur banc. Je m'assis auprès de lui et pour lier conversation je lui demandais quel était le nom de ce jardin.

« C'est le jardin Alexandre. Et vous, d'où êtes-vous ? »

« De Petrograd "sous surveillance". » C'était le nom donné à ceux qui étaient envoyés aux travaux forcés.

Tout le pays connaissait bien ce terme et chacun pouvait se trouver à tout moment dans cette situation.

Cette personne me fit très bonne impression. Je lui racontais que j'étais déporté et pour qui je travaillais mais que j'aurais la possibilité de sortir de prison à condition de trouver un logement individuel.

« Pourriez-vous me rendre service lui demandais-je, et me dire où je pourrais trouver une chambre. Tous les logements de la ville sont occupés par les autorités pour leurs besoins personnels. Les hôtels et les chambres meublées sont nationalisés et se trouvent aux mains de la sécurité nationale qui en dispose pour les employés soviétiques nouvellement arrivés. »

L'inconnu me répondit :

« Je connais très bien votre établissement et son organisation. Vos chefs sont tous d'anciens bourgeois. Si vous vous trouvez un logement, vous serez très certainement embauché. La garde deviendra une fiction et vous vous sentirez complètement libre. Allez donc rue Volodar où vous trouverez un hôtel. À présent, il est nationalisé. L'ancien propriétaire a réussi à se caser en tant que gérant. Parlez avec lui. Peut-être vous louera-t-il une chambre. Il s'agit de quelqu'un d'habile qui entretient son hôtel, dans l'espoir qu'un jour ou l'autre les biens confisqués seront rendus à leur propriétaire. Il le conserve en très bon état. Il y fait toutes les réparations nécessaires qu'il facture à la Sécurité nationale. Ce qui n'était pas possible auparavant lorsque l'hôtel lui appartenait. Avant la Révolution, cet hôtel avait très mauvaise réputation. Avec le concours de son propriétaire, on y dépouillait les voyageurs aux jeux de cartes et toutes sortes d'affaires louches s'y tramaient. »

Chapitre XIV
À la recherche d'un hôtel

Je me rendis à l'hôtel indiqué pour y rencontrer le gérant. Il avait toute l'apparence d'un chef de bande de l'ancien régime. Je lui demandais :

« Pourriez-vous louer trois chambres à neuf personnes ? Nous sommes « sous surveillance » et nous travaillons pour le compte du Sournaflot. L'administration pourrait nous garder mais elle n'a pas de logement en ville pour nous. »

« Je sais, je connais tout cela très bien. Je regrette, mais je n'ai aucune chambre de libre. Notre hôtel est sous le contrôle de la Sécurité nationale. Je n'ai le droit de fournir des chambres qu'aux voyageurs communistes venus pour affaires. »

« Oui, c'est une façon de parler, mais la réalité est tout autre, l'interrompis-je. Vous allez nous louer trois chambres, je n'en doute pas. Vous ne voudriez tout de même pas qu'un ami de Loutovinoff se présente à vous pour chercher de l'aide et qu'il essuie un refus. »

« Comment, vous êtes un ami de Loutovinoff ? » Il me saisit par la main, me fit rentrer dans la pièce et cria à sa femme :

« Olia, c'est un ami de Valodia Loutovinoff ! »

Une femme d'environ trente-cinq ans avec des yeux pleins d'entrain et un petit nez retroussé sourit malicieusement et s'adressant à moi comme à une vieille connaissance, me demanda :

« D'où êtes-vous ? »

« Olia, nous parlerons après, va donc plutôt préparer la vodka et les hors-d'œuvre. Selon la coutume russe, nous allons bavarder en buvant du thé. En ce qui concerne les chambres, ne vous faites pas de soucis, tout va s'arranger. »

Loutovinoff était très connu parmi les joueurs, comme tricheur mondain. Personne en Russie parmi les joueurs de cartes ne pouvait ignorer cet homme de grande taille, aux larges épaules, dont les exploits étaient célèbres. Grâce à une liste de souscription de l'administration de l'impératrice Maria Feodorovna, il amassait des dons au profit d'œuvres de bienfaisance à travers toute la Russie. Avec l'aide de la police locale, il était introduit dans les clubs. Personne ne soupçonnait un tricheur professionnel dans ce monsieur respectable à l'apparence distinguée, élégante et sérieuse. Il parvenait même à s'introduire auprès des gouverneurs et à en faire ses victimes.

Je ne le connaissais pas personnellement, mais j'étais décidé à utiliser son nom pour obtenir des chambres. J'agissais à coup sûr, sachant que tout filou est flatté de voir son nom associé à celui d'une personne qui a une notoriété encore plus importante que lui dans le milieu de la clandestinité.

Il m'invita cordialement à partager un repas. Le patron de l'hôtel se vanta de son amitié avec Loutovinoff, de leurs exploits communs et s'extasia sur sa « virtuosité » :

« Un aigle, il menait tout le monde par le bout du nez. Les gouverneurs le mettaient à la place d'honneur à leur table. Je l'aime, c'est mon meilleur ami. Vous êtes un de ses « rabatteurs » ? Vous lui ameniez certainement des gens riches ? »

« Oui, continuais-je à inventer. Je fréquentais le monde de la finance et des affaires et je lui faisais faire la connaissance de riches « personnages ». Ils vont arriver de Petrograd avec le prochain convoi de prisonniers, avec tous mes amis, anciens millionnaires, qui ont réussi à sauvegarder leur fortune. Si vous savez jouer habilement, ce seront de bonnes proies. »

Ses yeux brillèrent. Un sourire agréable se répandit sur son visage. Sa tendre sollicitude à mon égard augmenta encore. Lorsque je me levais pour partir, le patron m'étreignit dans ses bras et me dit :

« Je suis heureux que vous soyez descendu chez moi. Vous trouverez ici asile et repos. Je vous louerai trois chambres. Faites-le savoir à vos chefs pour qu'ils s'occupent de toutes les formalités de location avec moi. Quand vous serez installé ici, mes chambres seront à votre entière disposition et nous élaborerons un plan pour nos futures affaires. »

Installation à l'hôtel

Ma trouvaille et mon subterfuge apportèrent beaucoup de joie et de réconfort à mes compagnons d'infortune. Trois jours plus tard nous déménagions notre maigre bagage à l'hôtel. Le président de la compagnie d'assurances et le directeur de banque s'installèrent dans la même chambre que moi. Notre relation officielle avec Pierre prit fin, mais je continuais à le rencontrer de temps en temps.

À l'occasion de mon déménagement, le patron de l'hôtel, prénommé André, organisa un dîner. Il nous servit même des pirojki, ces délicieux pâtés au chou et à la viande. En ces temps de famine, c'était un luxe inouï. Après quelques verres de vodka, il se mit à se répandre en propos sympathiques à mon égard. Les gens de cette espèce se mettent en quatre lorsqu'il y a une possibilité de faire des profits. La proposition que me fit André pendant le dîner était la suivante : son hôtel servait de lieu de réunion clandestin pour les employés des chemins de fer. Ceux-ci passaient de la nourriture et des marchandises en contrebande. Ils se retrouvaient chez lui pour partager les gains, se saouler et jouer aux cartes. Adroit de ses mains, André parvenait à gagner au jeu une partie de leur argent. Au début, tout se passait bien, mais ces derniers temps, ils commençaient à soupçonner quelque chose. Pour détourner leur attention, André me proposa de participer au jeu et de gagner à sa place. J'acceptais la proposition car je n'avais pas le choix. Quelles considérations d'ordre moral auraient pu me retenir ? J'y voyais mon salut et celui de mes compagnons. André m'avait donné des chambres, sa table croulait d'abondance et je prévoyais qu'avec son aide, je pourrais trouver de la nourriture et l'envoyer à ma famille affamée. Mes premiers débuts au jeu furent un succès. André me donna la moitié des gains, mais je lui demandais à la place de l'argent de me donner de la nourriture et de m'aider à l'expédier à Petrograd à coup sûr, sachant que sur le chemin des détachements spéciaux réquisitionnaient tout. »

« Je vous donnerai tout ce que vous voudrez en nourriture, mais je ne me risquerai pas à l'expédier, je ne peux pas », répondit-il.

« André, une personne de confiance de ma famille va arriver ici dans deux jours. Il pourrait se charger de la nourriture, si vous arrivez à organiser la chose. Loutovinoff m'avait dit que vous étiez en très bons rapports avec la police tsariste. Sans doute, je suppose qu'il en va de même avec la police actuelle. Je vais lui écrire aujourd'hui pour lui dire que j'ai rencontré son meilleur ami, qui m'a rendu un service inestimable. »

Il fut troublé et me demanda de ne pas parler de lui à Loutovinoff, car ces derniers temps leurs rapports étaient plutôt tendus.

Je compris alors qu'André ne connaissait Loutovinoff que de réputation tout comme moi. Le danger d'être pris en flagrant délit de mensonge ayant disparu, mon imagination se mit activement en marche :

« Vous savez certainement que Loutovinoff était à la tête de ceux qui, aux premiers jours de la Révolution ont cambriolé la police, dis-je à André. Il y prit dans les archives la liste de tous les indicateurs. Son nom et le vôtre s'y trouvaient. Il raya son nom, mais laissa le vôtre. Maintenant il attend le moment opportun pour transmettre cette liste aux agents de la Tcheka. Ces derniers n'auront aucune peine à retrouver tout le monde et à les faire fusiller immédiatement. D'ailleurs, il m'a raconté que tous les escrocs de gros calibre n'avaient échappé à la justice, que parce qu'ils étaient indicateurs de police, travaillant simultanément des deux côtés. »

« Comment ai-je pu me trouver sur cette liste ? » murmura André d'une voix craintive. « Il est vrai que j'étais en bons termes avec la police, mais de quelle manière ont-ils pu mettre mon nom dans la liste des indicateurs officiels. Et qui l'a fait ? Je n'arrive pas à l'imaginer. »

« Calmez-vous ! Je peux vous aider à sortir de cette situation, le rassurais-je. Nous parlerons de cela une prochaine fois. Pour l'instant, réfléchissez aux moyens de faire parvenir la nourriture à ma famille. Ce secours à ma famille vous rapportera une bague avec un brillant de deux carats. Je vous donnerai cette bague pour le service rendu, mais souvenez-vous, que pas un gramme ne doit être réquisitionné en cours de route. »

André prépara tout ce que je lui avais demandé : quelques livres de farine, de beurre, de pomme de terre, etc. Le tout fut chargé dans un wagon de chemin de fer. L'homme qui transportait les vivres, avait un document de la Tcheka, comme quoi la nourriture n'était pas passible de réquisition. Tout semblait marcher sur des roulettes. J'étais soulagé de pouvoir secourir les miens en cette période de famine sévère.

Depuis notre dernier entretien, André avait perdu sa tranquillité. Des affaires oubliées ressurgissaient du tréfonds de sa mémoire et le plongeaient dans les plus terribles inquiétudes. Feignant le calme, André remit la conversation sur Loutovinoff à notre rencontre suivante. Il faisait toutes sortes de suppositions cherchant la personne perfide qui aurait pu chercher à lui nuire. Il se rappela un agent de police, qui en traître lui faisait toujours des ennuis car il avait peur d'agir ouvertement, sachant qu'André jouissait d'une haute protection de la part de la police.

Dans nos conversations, André revenait fréquemment sur ce sujet. Il se faisait du souci, persuadé que sa sécurité était désormais menacée. Il ne mettait pas en doute mon intimité avec Loutovinoff, c'est pourquoi il croyait tout ce que je lui racontais.

Je poursuivais ce jeu avec lui, mais ne disposais en réalité d'aucune donnée précise.

« Je peux vous aider, mais il faut que vous me racontiez de quelle façon vous étiez lié avec la police tsariste et de quelle manière vous l'êtes avec l'actuelle. Lorsque je connaîtrais toute la vérité, il me sera certainement plus facile de réfléchir au moyen d'enlever votre nom de la liste fatale. Voyez en moi non un juge, mais un camarade d'infortune. Souvenez-vous que votre planche de salut se trouve entre mes mains. »

Pirojki, pâtés au chou ou à la viande. Plat traditionnel russe

Chapitre XV
Confidences de l'hôtelier

André soupira profondément, puis commença ses confidences :

« Cet hôtel appartenait à mon père qui me l'a légué. Vous savez que dans notre métier, il faut toujours être en contact avec la police. Pour éviter d'avoir des ennuis, il vaut mieux maintenir de bons rapports avec elle. Nous étions en relation avec le monde clandestin et nous hébergions aussi des individus qui se cachaient par crainte de la justice. Nous participions également aux jeux de cartes destinés à plumer les voyageurs, ainsi qu'à d'autres combines. Évidemment une partie de nos gains étaient reversés aux agents de la police qui occasionnellement nous servaient d'acolytes, Nous faisions rapidement cesser tout tracas et toutes complications avec l'aide de nos complices tacites. Nous vivions ainsi dans l'aisance, la sécurité et la tranquillité. Je n'ai jamais servi d'indicateur pour de l'argent. Je donnais simplement des renseignements à deux gros fonctionnaires de la sécurité auxquels j'étais lié par une amitié qui était née dans des circonstances particulières : un des fonctionnaires, à une époque, avait été chef de police dans notre ville. Dans mon hôtel descendaient ce qu'on appelle des « koukolniks ». Ce sont des escrocs d'un genre particulier. D'habitude, ils repèrent à l'avance une personne riche à laquelle ils montrent deux billets de crédit portant le même numéro. Ils lui proposent de deviner lequel est le bon. Après avoir soigneusement examiné les billets leur future victime, étonnée de la facilité de la chose, va l'échanger à la banque. De cette façon le virus d'un enrichissement facile est inoculé à leur victime. Après cette préparation psychologique, les escrocs proposaient à celle-ci d'acheter un lot de faux billets à 30 %

de leur valeur. Pour obtenir ce lot, le naïf et le « rabatteur » venaient dans notre ville et descendaient dans mon hôtel. Lors de la remise de la marchandise, l'escroc vérifiait et recomptait les liasses de billets qui étaient en réalité vraies, puis ils les mettaient dans un paquet. Lorsque le calcul était fini, la police venait frapper à la porte.

Dans le remue-ménage, le paquet en question était échangé par un autre dans lequel se trouvait du papier imbibé d'une substance facilement inflammable. Aux coups répétés à la porte accompagnés de l'intimidation « ouvrez police ! », l'escroc attrapait le paquet et le jetait dans le poêle brûlant, ou dans la cheminée, faisant comme s'il voulait effacer toute trace du délit.

Les agents de police entraient alors et arrêtaient l'escroc en déclarant que c'était un faux-monnayeur très connu et que la police le recherchait depuis longtemps.

Quelquefois l'argent remis était placé dans une petite valise, qui était adroitement échangée au dernier moment, lorsque le « client » et le « rabatteur » se préparaient à quitter l'hôtel pour aller à la gare. Une fois dans le train, un gendarme – également notre complice – pénétrait dans le wagon, et montrant la valise, demandait d'une voix sévère :

« À qui appartient-elle ? »

Faisant semblant d'être effrayé, le « rabatteur » répondait :

« La valise n'est pas à nous, nous ne connaissons pas son propriétaire. »

« Nous avons reçu une dépêche de Vologda, comme quoi cette valise aurait été volée, poursuivait le gendarme – et il n'y a personne d'autre dans le compartiment que vous, c'est pourquoi je vous demanderai de descendre avec moi au prochain arrêt pour vérifier le contenu de la valise et établir un procès-verbal. »

À l'approche de la station, le « rabatteur » et sa victime sautaient du train en marche. « Cours plus vite – disait le "rabatteur" – rappelle-toi que c'est le bagne qui nous attend si nous ne parvenons pas à leur échapper ».

Il est facile de comprendre que la proie des escrocs était prête à donner tout ce qu'elle avait pour échapper aux mains de la justice. La peur de la police anesthésiait en lui toute capacité de raisonnement.

Si le « client » était riche, mais avare et perspicace, nous arrivions tout de même à l'appâter. Après lui avoir donné quelques billets de banque aux numéros identiques nous le convainquions d'aller les échanger pour contrôle dans une banque où il était client. Lorsque le « client » sortait dans la rue avec l'argent, il se faisait arrêter par un agent de police, qui l'invitait à le suivre au commissariat. Là, il était fouillé et on trouvait sur lui les billets aux numéros identiques, c'est alors que des poursuites étaient entamées contre lui. Pour sortir du pétrin, la victime payait, et se retrouvait pour de longues années pieds et poings liés aux mains de la police. Nous utilisions rarement ce moyen. Je n'aimais pas avoir recours à la complicité de la police. À cette époque nous ne bénéficions que de gains minimes.

Souvent nous opérions par la provocation. Lorsque le commissaire de police qui nous protégeait fut transféré ailleurs, une bande de brigands fit un vol de diamants de grande valeur à Petrograd. Les voleurs étaient habiles et expérimentés. Le nouveau commissaire de police reçut sa part. Afin de calmer l'opinion publique et de se distinguer dans son travail, il me chargea de trouver quatre voleurs professionnels que je mêlerais à cette affaire. Ils furent arrêtés et jugés tandis que nous gagnâmes beaucoup d'argent et que le commissaire de police reçut une récompense et un avancement.

Je restais sans voix et stupéfait tandis qu'André poursuivait son ténébreux récit :

« Vologda était un endroit où passaient des marchands qui faisaient la traite des blanches. Ils se dirigeaient vers Kiev, Boukhara et d'autres villes asiatiques. Sous l'aspect de prétendants, ils s'infiltraient dans de riches familles, séduisaient les jeunes filles, puis se mariaient sous des noms d'emprunt pour ensuite partir en "voyages de noces". Lorsque le voyage était terminé, les femmes étaient cloîtrées dans un harem. Les "maris" se mettaient à les torturer, pour les obliger à écrire à leur famille en vue de réclamer une rançon pour leur libération. Il nous arrivait souvent de servir d'intermédiaires dans ces espèces d'affaires.

Un autre fonctionnaire, avec qui nous étions complices, s'occupait de tractations politiques. Beaucoup de révolutionnaires étaient déportés à Vologda, dans le Nord. Parmi eux se trouvaient des agronomes, des professeurs, des ingénieurs, des médecins, des étudiants, etc. Ils étaient tous crédules comme des enfants. Il suffisait d'entrer par hasard chez un de ces nigauds et de fourrer quelque part chez lui un paquet de brochures illégales ; après quoi les gendarmes arrivaient apparemment à l'improviste. Ils perquisitionnaient et ainsi une nouvelle et juteuse affaire commençait pour nous. Nous trouvions des affaires aussi juteuses comme des champignons après une pluie abondante. Tout cela me garantissait la sécurité pour mes entreprises personnelles. La main propre lave la main sale. Je garde à présent le contact avec la police rouge grâce à deux anciens gendarmes, de mes amis. Ils ont pu cacher leur passé en s'inscrivant au parti communiste. Ils manifestent une sévérité et une dureté incroyable envers les bourgeois. Grâce à ces démonstrations, ils bénéficient d'une confiance totale et peuvent faire ce qu'ils veulent à la Tcheka. Ils me protègent secrètement. C'est grâce à eux que j'ai pu organiser l'expédition de vos vivres ».

« Toute l'histoire de la Russie et ses malheurs se trouvent dans votre confession », commentais-je imperturbable après avoir écouté André.

« Nos épreuves et nos souffrances sont le résultat de vos agissements. C'est avec des personnes telles que vous et vos complices que la puissance du pays s'est écroulée et que nous nous sommes tous retrouvés ensevelis sous ses décombres. Le sang et les larmes de vos victimes s'élèvent vers le ciel. Ce n'est pas à cause de Loutovinoff que vous allez périr, mais c'est vous-même qui serez à l'origine de votre perte ».

Mes paroles le bouleversèrent profondément. J'étais probablement la première personne de sa vie qui venait troubler sa conscience et lui parler avec une telle franchise. Je sentis qu'il en conçut à mon égard une haine secrète. Cependant, grâce à ma diplomatie je réussis à éviter une rupture complète entre nous.

Chapitre XVI
Souvenirs de déportation

Tatiana et Karolina commandèrent un grand kvas, boisson locale à base de pain et de houblon. Avec émotion, Tatiana poursuivit le bouleversant récit des souvenirs de déportation d'Arcady.

Je participais une fois de plus aux jeux de cartes. Je reçus deux poules, deux dizaines d'œufs, dix livres de pain et une livre de beurre à la place d'argent. J'apportais l'ensemble de ce butin dans ma chambre et je dis à mes colocataires que cette nourriture m'avait été envoyée en cadeau par ma famille. Je leur offris une partie des provisions et leur promis de préparer une bonne soupe avec la poule pour le lendemain.

Nous recevions de la nourriture crue de la prison pour le mois, mais elle était en quantité insuffisante, c'est pourquoi elle ne nous durait que quelques jours. Ensuite, il nous fallait trouver l'alimentation nécessaire à notre survie. De ce fait, cet apport inattendu de mon cadeau fut pour eux une surprise agréable autant qu'inespérée.

Cette nuit-là pourtant, des gémissements me réveillèrent : voici que mes deux camarades se tordaient de douleur dans leurs lits, pris de terribles convulsions d'estomac. En fait, il s'avéra qu'ils avaient mangé tout le pain, la dizaine d'œufs et le beurre.

Je dus leur préparer un bouillon de poule. Grâce à ce remède les malades se rétablirent rapidement.

Un jour, sans le vouloir, je prêtais attention à un de mes compagnons de chambre qui revenait à la maison d'un endroit mystérieux. Dans sa barbe emmêlée, d'habitude bien soignée, il était resté accroché quelques miettes et restes de nourriture. J'éclatais de rire et lui demandais :

« Directeur, vous avez certainement été invité par des poules dans un poulailler, ou bien chez quelque animal domestique. Votre barbe vous trahit. Par qui peut-on être invité de nos jours ? Certainement pas par un être humain ! »

Il rit et répondit que la gardienne de l'église l'avait régalé d'un gâteau. Il passait la plus grande partie de son temps libre à l'église, située à proximité de notre logement.

Il était rare que quelqu'un y pénètre depuis que la religion avait été déclarée « opium du peuple ». Le petit bourgeois avait peur d'entrer dans une église, craignant d'éveiller la suspicion à son égard. Quant à nous, nous n'avions aucune raison d'avoir peur puisque nous portions sur nos vêtements un insigne qui indiquait que nous étions « sous surveillance ».

La gardienne de l'église

Le lendemain, je me rendis dans l'église qui était déserte et, de là, dans la maisonnette de la gardienne. Une petite vieille toute voûtée vint à ma rencontre avec des lunettes haut perchées sur le nez. Elle me regarda par-dessus celles-ci avec des yeux caressants et répondit à mon salut :

« Bienvenue, fiston ! »

« Grand-mère, je vous ai apporté du beurre et du sucre. Mon ami, qui vient vous voir tous les jours et que vous régalez de gâteaux, m'a souvent parlé de vos bontés. »

« Oui, fiston. Il vient souvent. Il est pauvre et affamé c'est pourquoi j'ai pitié de lui. Je vous remercie pour votre don. Et comment êtes-vous arrivé ici ? Est-ce à cause de votre richesse ? »

« Non, petite mère, c'est en raison de mes péchés et de ceux de mes pères. En tant qu'hommes, nous sommes négligents envers les femmes et nous vous offensons souvent. Il faut que nous vous apportions tout et non pas que nous vous prenions tout. »

« Merci fiston, pour tes bonnes paroles. Il est vrai, notre condition de femme est rude. Nous versons beaucoup de larmes pour vous élever, puis nous pleurons à nouveau, quand nous vous voyons dans la peine. Avec des petits enfants – des petits soucis, avec des grands enfants – de grands soucis. J'ai moi-même des enfants et des petits enfants. Beaucoup d'entre eux ont péri à la guerre. Ainsi, telle était la volonté de Dieu. Ma consolation est dans mon petit-fils. Il m'apporte parfois des gâteaux. Je le regarde et mon cœur se serre d'inquiétude. Qu'est-ce qui l'attend ? Les périodes que nous traversons actuellement sont si cruelles ! »

« Petite mère, tant que nous n'aurons pas compris vos souffrances de femmes, tant que nous ne serons pas convaincus que vous êtes l'essentiel de notre vie, il ne pourra pas y avoir de paix au monde. Ici aux pieds du temple du Seigneur, inondée de larmes, voûtée sous le poids des ans et des soucis, vous vous affligez du sort de vos fils et de vos petits-fils dans une guerre fratricide qui continue à faire couler le sang. Quand nous nous réveillerons du cauchemar que nous sommes en train de vivre, nous retournerons dans vos bras. À ce moment-là, nous comprendrons la juste valeur du trésor d'amour que vous représentez pour nous. »

Avec un sourire maternel, la vieille femme me raccompagna à la porte en me souhaitant beaucoup de bonheur.

Je revins à la maison et racontais ma rencontre avec la vieille femme. Le directeur, confus, se mit à célébrer ses louanges et louer son hospitalité, assurant qu'il n'en avait usé qu'en raison de son insistance.

Parmi nos camarades d'infortune « sous surveillance » que j'avais l'occasion d'observer, ceux issus de la classe moyenne s'avéraient être les plus entreprenants et les plus ingénieux. Ils essayaient de trouver une issue à la situation difficile qui s'était instaurée. Les gens de la haute société qui disposaient d'une grande aisance dans le passé, dégringolaient rapidement et contractaient les manières et les habitudes de mendiants professionnels.

Jouissant d'une relative liberté, je commençais à réfléchir aux possibilités de fuite. Je recevais des nouvelles rassurantes de ma famille. La France et l'Angleterre avaient envoyé un message aux bolcheviques dans lequel ils exigeaient que leurs ressortissants soient libres de partir de Russie – menaçant, dans le cas contraire de bombarder les ports du Sud. Les bolcheviques furent contraints de céder à cette exigence et des convois quittaient maintenant la Russie les uns à la suite des autres.

Afin d'éviter d'exposer ma femme et mes enfants à des représailles des bolcheviques, je décidais de ne mettre mon plan de fuite à exécution qu'après leur arrivée en France.

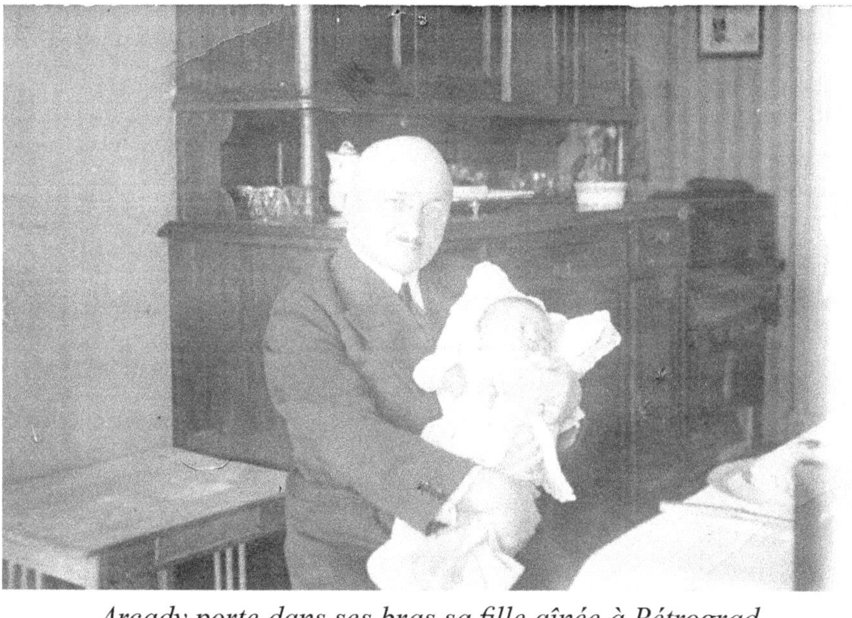

Arcady porte dans ses bras sa fille aînée à Pétrograd

Confidences échangées avec Pierre

Quand je rencontrais Pierre, je lui racontais que bientôt ma famille serait à l'étranger et que cette séparation m'apporterait des souffrances indicibles. L'incertitude quant à l'avenir, et peut-être même l'éventualité de ne plus jamais revoir les miens me poussait à agir de la façon la plus risquée. Je racontais à Pierre mon dessein de m'enfuir.

« Puis-je t'être utile en quelque chose ? » demanda-t-il. J'aimerai t'aider. Je comprends tout ce que tu souffres. Je suis moi-même père. Mais avant de prendre la décision de t'enfuir, réfléchis bien s'il y a vraiment une nécessité pour toi et ta famille de quitter la Russie. Je peux faire des démarches en ta faveur, et même, en tant que membre du parti, me porter garant de toi. Tu travaillerais avec nous. Regarde qu'elle était la vie avant la Révolution. Si l'un vivait pour son plaisir, l'autre à côté mourrait de faim. Était-ce juste? On ne peut plus vivre de cette façon. Tu ne dois pas penser que notre parti est une bande d'assassins. Nous connaissons et comprenons bien les peines humaines car nous les avons éprouvées nous-mêmes. S'il y a parmi nous des vauriens, nous nous en débarrasserons. Le désarroi que tu vois dans le pays, ne durera qu'un certain temps. Actuellement, des ennemis passent à l'offensive contre nous de tous côtés. Nous devons surmonter ces attaques diaboliques et en triompher. Nous ne repousserons, ni n'offenserons aucun de ceux qui auront une foi sincère en l'authenticité de nos aspirations. Tout ce qui vit dans nos cœurs, nous le propagerons sur nos étendards dans le monde entier, pour que même les aveugles et les sourds comprennent que tous les hommes sont égaux sous le soleil. À nous l'avenir ! Lorsque je t'ai connu et que j'ai compris quelle sorte de personne tu es, je t'ai tendu la main et tu es devenu mon ami.

« Pierre, tu es pour moi comme une oasis pour le voyageur fatigué dans le désert, répondis-je, touché par ces paroles assurément sincères. Mais comment pourrais-je me placer sous l'étendard de l'Internationale et appeler le monde à l'union, alors que je n'ai rien fait pour mon pays ? Comment pourrais-je répandre l'idée de l'amour universel alors que je n'ai pas encore pu câliner et caresser mes enfants ? Vos idées sont magnifiques, mais elles me semblent utopiques et irréalisables. Vous avez traversé beaucoup d'épreuves et maintenant que vous avez atteint votre objectif vous voulez changer la nature humaine par la contrainte. Cette Internationale ne veut sûrement pas que périssent en nous d'autres enfants qui ne sont même pas encore nés. Mon devoir est de suivre les miens et d'être leur protecteur dévoué. J'ai passé dans ce pays mes meilleures années et ses souffrances ont été les miennes. Ne pense pas que je veuille partir par lâcheté. J'ai essayé, comme vous tous, d'aider ma patrie durant ces années difficiles, où l'adversité s'est abattue sur elle. Tu comprendras mieux ma position, lorsque tu connaîtras tous les détails de ma vie. »

Chapitre XVII
Récit autobiographique d'Arcady

Véra, ma sœur jumelle et moi sommes nés le 1er février 1883, à Trakaï en Lithuanie. Mon père Mikhaïl est mort lorsque nous avions quatre ans. Son corps fut aussitôt ramené à Trakaï où après une cérémonie funèbre à la kenessa, lieu de culte des karaïmes. Il fut enterré au cimetière de notre communauté. Nous vivions dans l'aisance bien que benjamins d'une famille de huit enfants.

Lorsque j'avais six ans, ma grand-mère en avait soixante-quatorze. À chaque fois que je lui baisais la main, elle me donnait un petit bonbon. De longs moments dans la journée, je restais suspendu à sa main. Après le déjeuner, elle avait l'habitude de somnoler pendant une petite demi-heure dans un fauteuil. Un jour pendant son sommeil, je mangeai tous les bonbons qu'elle conservait dans la poche de sa robe. Quand elle se réveilla, je lui dis qu'une abeille était venue et s'était envolée avec tous les bonbons. Elle me consola, faisant semblant de croire à mon histoire. Le lendemain, lorsque ma grand-mère s'assit selon son habitude dans le fauteuil, elle m'installa à côté d'elle et me demanda pour éviter tout vol de monter la garde devant sa poche. Ma tentation fut forte, mais sa confiance l'emporta. Lorsque ma grand-mère se réveilla, je m'empressais de lui dire qu'aucun bonbon n'avait bougé.

« Prends-les donc tous pour toi mon cher petit-fils, pour les avoir si bien gardés », me dit-elle.

Elle me fit prendre conscience de ma faute avec une grande sagesse.

Au fur et à mesure que je grandissais, elle avait coutume de me dire : « sache que si nous sommes misérables, nous ne devons presque toujours nous en prendre qu'à nous-mêmes. Le plus souvent nous demandons de la vie plus qu'elle ne peut nous donner ».

Nous avions un jardin et un potager dans lequel poussaient des concombres, des pommes de terre, des betteraves, des choux et de l'aneth ainsi que des fruits succulents. Rien ne manquait à nos besoins quotidiens. Nos dépenses étaient proportionnées à nos revenus.

Je me rappelle un magnifique coffre de cuir ouvragé à charnières de fer, situé dans un coin de la bibliothèque. Lorsque j'avais bien travaillé, fait preuve de bonne volonté et de sagesse, ma grand-mère ouvrait le coffre, en tirait une pièce d'argent et me la remettait en me disant : « Tu t'imagines être riche maintenant. Ce n'est pas la richesse qui est importante mais c'est de faire un bon usage de son argent ». Dans sa pensée, cela signifiait : « Sache donner aux nécessiteux avec générosité ». Par la suite, je me suis efforcé de mettre en pratique cet enseignement.

Notre maison était suffisamment vaste : un salon, trois chambres et une petite bibliothèque adossée au grand poêle à bois qui chauffait toute la maison dès l'automne. La bibliothèque était une pièce particulière, une espèce de sanctuaire réservé uniquement aux familiers de la maison. Je parle de sanctuaire car c'était le lieu où la maisonnée se recueillait et priait le matin avant de partager un grand café turc avec une tranche de pain noir.

Quelques lointains souvenirs de ces jours privilégiés d'insouciance me reviennent fréquemment en mémoire. C'était des instants où mon cœur ne connaissait que joie et espérance : un jour de congé, une fête, des vacances ou toute visite inattendue d'un membre de la famille. Ces moments exceptionnels suscitaient en moi un bonheur profond. Revenant du pensionnat en fin de semaine, je longeais le lac qui conduisait à notre habitation. Tout mon être tressaillait dès que j'apercevais au loin les persiennes vertes de la maison familiale, ce cocon où il faisait si bon vivre. Une servante d'âge mûr qui habitait le village venait quotidiennement aider ma mère aux tâches ménagères.

Sagesse de ma grand-mère

Ma grand-mère avait une philosophie éclairée de bon sens et d'humanité. Sa mort m'a profondément marquée et le bon sens qui caractérisait sa sagesse continue de m'influencer.

Comme toutes les personnes âgées qui approchent du terme de leur vie, ma grand-mère, aimait évoquer ses souvenirs. Lorsque je revenais à la maison, elle se plaisait à me raconter différents évènements de son existence, parfois même des choses qui pouvaient sembler insignifiantes ou futiles. Elle avait un art subtil de tirer une philosophie de la vie du moindre de ses souvenirs. Par exemple, elle me racontait : « Dans les moments de désastre de ces périodes troublées qui annoncent les fléaux de la guerre, j'étais passagèrement consolée et satisfaite lorsque je contribuais à soulager la détresse et la misère du voisinage. » Tout en parlant, ma grand-mère essuyait parfois ses yeux. Émue, elle levait son regard vers le ciel comme pour le prendre à témoin.

« Pourquoi pleures-tu grand-mère ? » lui demandais-je.

« Mon cher enfant, tu apprendras plus tard que si les années fugitives de la jeunesse sont un rêve fleuri d'espérances et d'insouciance, à l'inverse les années de vieillesse se comptent en regrets, tristesse et nostalgie du temps passé à jamais perdu. »

J'étais alors âgé de treize ans. Un jour, ma grand-mère me saisit la main, la serra plus tendrement que de coutume et me dit solennellement :

« Mon petit, je vais entrer dans ma quatre-vingt-unième année demain : que la volonté de Dieu soit faite ! Mais puisse-t-elle dans son infinie miséricorde me réunir à ceux que j'ai chéri toute ma vie. »

Elle me tint ce propos alors que nous étions assis sur un banc de pierre. Avant de l'atteindre, ma grand-mère s'était appuyée sur sa canne et quoique marchant très lentement, elle avait été obligée de se reposer plusieurs fois. Sa santé ne s'étant pas altérée dernièrement, rien ne pouvait faire penser à une fin prochaine. Sa voix était douce et mélancolique mais encore ferme. À ce moment précis, je perçus quelque chose de plus solennel que d'habitude dans l'intonation de sa voix qui voulait me convaincre de son pressentiment. Son regard semblait déjà s'évaporer vers des sommets inaccessibles. Au lointain, une cloche d'église sonna. Ma grand-mère leva les yeux au ciel, puis elle porta la main à son front et la fit retomber brusquement comme un morceau de bois mort. Je poussais un cri croyant que tout était fini. Elle me regarda profondément et me dit avec un calme angélique ; « Demain toute la famille se réunira en mon honneur et m'accompagnera à la kenessa. Vous vous y réunirez autour de moi m'assistant de vos prières pour le début de mon grand voyage. »

« Ah grand-mère, n'attristez pas votre petit-fils qui vous aime, m'écriais-je en sanglots. Tu te portes encore bien, tu continueras à vivre chez nous avec l'aide de Dieu. »

« Enfant, à mon âge, la vie s'éteint brusquement d'un coup. Ma fin est proche, je le sens et je le sais. Ainsi que les grains de blé, mes jours se sont tous écoulés un à un. Ma récolte de jours s'achève et demain j'écrirai le mot « fin » à la dernière page du livre de ma vie. » Elle m'attira affectueusement à elle. Je retins difficilement mes larmes dans ses bras.

« Je vais demander à maman d'appeler un médecin » lui dis-je.

« Pourquoi ? Je ne suis pas malade, c'est la vie qui se retire petit à petit. Mon état de faiblesse s'accroît au point où je suis maintenant dans l'impossibilité de poursuivre le livre de mes jours. C'est un mal vis-à-vis duquel tous les secrets de la science sont impuissants. Ma nouvelle vie à venir a pour berceau la précédente. »

Ma grand-mère voulut rentrer à la maison. Elle semblait à bout de forces. Elle se fit porter dans son lit où elle se coucha. Elle sentait des frissons parcourir tout son corps. Elle refusa de prendre le souper disant qu'elle n'avait plus faim. Toute la famille passa la nuit à son chevet, à guetter avec inquiétude le moindre de ses mouvements. Certains d'entre nous sanglotaient. J'étais au pied de son lit, l'âme chagrine. Ma grand-mère me fit approcher, puis elle passa la main sur la tête comme pour me bénir. Puis elle soupira, une larme traça un sillage sur sa joue. Elle me regarda une dernière fois, puis ses yeux s'éteignirent pour l'éternité dans un indéfinissable sourire.

Chapitre XVIII
Suite du récit autobiographique d'Arcady

Je commençais mes études au lycée de Pskov. Cette ville située à 260 kilomètres au sud de Saint-Pétersbourg, est l'une des plus anciennes cités de Russie. Mon père Mikhaïl y demeura et y travailla une partie de sa vie avec notre famille en y faisant le négoce du tabac.

Mes parents karaïmes appartiennent à une minorité originaire de Crimée. Leur arrivée remonte au premier millénaire de notre ère. Leurs ancêtres descendaient des tribus nomades turques. Leur fondateur s'appelait Anan ben David. Il vécut au VIIIe siècle. Il enseignait de suivre la loi écrite.

En 1397, Vytautas le Grand, duc de Lituanie, fit venir des centaines de familles karaïmes pour lui servir militairement de garde rapprochée à Trakaï. Ces guerriers se distinguaient particulièrement par leur bravoure, leur courage et leur fidélité. Remplis de respect et de déférence pour le seigneur de Trakaï, tous les karaïmes étaient discrets et vivaient en bonne entente avec l'ensemble de la population. Bien que polyglottes pour la plupart, ils parlaient entre eux la langue karaïme qui est une forme archaïque de la langue turque. Les karaïmes qui servaient dans l'armée étaient assimilés aux nobles. Les autres bénéficiaient d'une grande autonomie et de l'estime de la population. Ils conservaient la spécificité de leur tradition.

Vytautas le Grand, duc de Lituanie
(1392-1430)

Fins lettrés, les karaïmes étudient par eux-mêmes les écritures de manière autonome et indépendante. S'appuyant sur leur intelligence et leur faculté de compréhension, ils rejettent les interprétations des docteurs de la loi, considérant qu'ils sont à même de se forger par eux-mêmes leur conviction et leur interprétation en dehors de tout conformisme social. Une vie simple et sans luxe est le moyen privilégié de faire son salut. La destinée de chacun est déterminée en fonction de ses actions. Cette liberté de penser forge leur force dc caractère et leur indépendance. Considérant que Dieu les a dotés d'intelligence, ils l'utilisent pour se faire par eux-mêmes leur interprétation des dix commandements dans lesquels réside le code moral le plus puissant et le plus juste.

Ma ville natale de Trakaï, est proche de Vilnius. C'est une petite ville paisible, où l'éclat vif des lacs scintille au milieu de vertes collines et de forêts d'arbres de différentes essences. Elle fut durant une période la capitale du grand-duché de Lituanie.

Gediminas fit un songe particulier, se voyant sur le haut d'une colline le jour précis où il avait tué un aurochs. Il y vit un loup de fer qui hurlait aussi fort qu'une meute tout entière, la gueule tournée vers la lune. Après avoir consulté un des sages prêtres païens, Gediminas comprit que ce loup de fer symbolisait une ville et un château qu'il aurait le devoir d'édifier. Cette ville deviendrait la capitale du peuple lituanien et le hurlement du loup de fer indiquait la notoriété de cette cité qui se répandrait partout dans l'univers. Conformément à son rêve, le souverain fonda une ville qui prit le nom de Vilnius en raison de la rivière Vilnia au bord de laquelle elle fut construite. Il en fit sa capitale et y bâtit un château, dont il ne subsiste plus de nos jours que le vestige d'une tour.

Alors que l'Europe rivalisait d'intolérance et se perdait en vaines querelles religieuses, la ville de Vilnius acceptait tous les cultes d'Orient et d'Occident sur son territoire et tous les lieux de culte étaient représentés et respectés : synagogues, églises de tous les courants chrétiens, kenessas et mosquées. Cette situation d'harmonie et de respect mutuel illustrait bien les paroles du Grand Duc Gediminas qui disait : « toute religion est bonne tant qu'elle ne conduit pas au meurtre ». Au XIVe siècle, c'est ce souverain qui ouvrit généreusement sa capitale à tous les courants de pensée. Cette attitude était inconcevable dans le reste de l'Europe. Bénéficiant de cet esprit tolérant, des juifs, des franciscains, des dominicains et autres chrétiens d'Orient ainsi que des musulmans, s'installèrent à Vilnius.

Mon éducation fut marquée par un profond esprit de tolérance et d'ouverture. Je ne devais pas distinguer les hommes en raison de leur religion mais selon la noblesse de leur comportement et les hautes valeurs morales qui les caractérisaient. Tous nos actes devaient s'efforcer d'être conformes à nos paroles.

Après deux années de scolarité, je fus exclu pour une tentative de fuite en Amérique. J'avais été profondément influencé par ma lecture des romans d'aventures de Thomas Mayne Reid. Cet écrivain connu sous le nom de Capitaine Mayne Reid mourut l'année de ma naissance, en 1883. Il avait abandonné l'Irlande et une carrière de pasteur à laquelle sa famille le destinait, pour une vie aventureuse au Mexique et aux États-Unis. Trappeur en terre indienne, il prit part à l'expédition du Texas en 1840, puis fit du journalisme à Philadelphie. J'étais profondément captivé par ses récits d'aventures intrépides.

Ma mère décida alors de m'envoyer à l'école royale du prince Oldenbourg à Saint-Pétersbourg, dont je devins pensionnaire. Tout au long de ces cinq années de scolarité, je ressentis une profonde nostalgie de la maison familiale. Ces années me laissèrent des souvenirs pénibles. Ma mère opposait un refus à toutes mes demandes de quitter cet endroit. Un jour pendant la leçon de trigonométrie, le directeur entra dans la classe et m'interrogea sur un sujet que j'ai oublié. « Ne me torturez pas, répondis-je. Je ne désire pas étudier ici. Renvoyez-moi à la maison ». Le lendemain, mon souhait fut exaucé.

En 1902, alors âgé de 19 ans, je m'enrôlais en tant que volontaire dans le 106e régiment d'Infanterie d'Oufim à Vilnius pour être admis à l'École militaire.

Un jour du mois de juillet de la même année, une alerte nocturne retentit dans la caserne. Suivant le règlement, la division, composée de quatre régiments, fut sur le pied de guerre en quelques minutes. Nous fûmes expédiés au camp militaire où en formation de carré, nous dûmes assister à l'exécution d'un juif, âgé de 22 ans, condamné à mort pour avoir attenté à la vie du gouverneur de Vilnius, le général von Wahl.

D'abord maire de Saint-Pétersbourg, à partir de l'automne 1901, le général von Wahl devint gouverneur de Vilnius. Il était très impopulaire en raison de ses mesures férocement répressives. Il ordonna notamment des arrestations, suivies de tortures d'ouvriers juifs polonais, à la suite de leur manifestation de mai 1902. Ces actes déterminèrent le jeune Hirsh Lekert, membre du parti socialiste juif, à l'assassiner pour venger les siens de toutes les tyrannies subies. Le 28 mai 1902, après avoir blessé le Général à la jambe et au bras, Lekert est arrêté, torturé puis exécuté.

Le jeune homme fut pendu devant tous les corps d'État qui étaient représentés. L'impression de cet événement tragique fut pour moi si profondément pénible que je ne pus et ne pourrai jamais trouver une justification à de telles mesures dites de justice !

« Notre vie est un mystère »,

et « Tu ne tueras point », dit l'Éternel.

Je quittai le régiment. Ma carrière militaire s'acheva à ce moment précis. Ma mère comprit et accepta ma décision. Elle conservait en mémoire les sinistres jours de son enfance. Elle se souvenait du 27 janvier 1863, jour dramatiquement mémorable où dans cette même ville, province annexée par la Russie, sous le joug du Tsar, le général Mouravieff fusillait les habitants pour la seule raison qu'ils voulaient parler et étudier dans leur langue maternelle, le lituanien, ou prier dans leurs propres temples. La Lituanie et la Pologne, soumises au Tsar, s'étaient soulevées. Les Russes réprimèrent brutalement le soulèvement avec l'aide des cosaques du Général Mouravieff. La pratique de la langue lituanienne, sa lecture et son écriture étaient interdites et sévèrement réprimées. L'identité culturelle lituanienne était dès lors devenue le moyen essentiel de résistance.

Une fois revenu à la maison, je me mis à préparer le baccalauréat pour poursuivre mes études à l'université. Il me fallait fournir mon curriculum vitæ pour être autorisé à me présenter aux examens. Il devait être examiné par le Conseil pédagogique. Mon exclusion du lycée, suite à ma tentative de fuite en Amérique ne fut pas appréciée du Conseil pédagogique, aussi il ne m'autorisa pas à me présenter aux examens. Je ne fus admis à l'Université de Saint-Pétersbourg qu'en qualité d'auditeur libre. À cette époque, je fis la rencontre d'une artiste dont je m'épris fortement. L'amour m'apporta énormément de déceptions. Au bout de trois ans, je revins à la maison pour m'occuper des affaires de ma mère.

À la veille de la guerre, en 1913, je déménageais de nouveau à Saint-Pétersbourg. C'est dans cette ville que je subis les épreuves de l'initiation pour être admis dans une confrérie initiatique qui s'appelait l'*Ordre Souverain des Chevaliers blancs*. Celle-ci fut fondée au XIVe siècle par le Grand Duc Gediminas pour œuvrer dans la plus profonde tolérance au respect de nos frères humains et faire régner le royaume du Chevalier blanc préfigurant la descente de la Jérusalem céleste. Cette confrérie est liée à un palais d'Ambre de la mer Baltique qui renferme un trésor mystérieux constitué de pierres de résine translucide dont les nuances de couleur s'étendent de l'ambre jaune à la sépia. La découverte des propriétés particulières de ce trésor enfouit au fond des eaux du lac confère l'immortalité à celui qui le découvre.

L'ambre, cette pierre translucide, rappelle les larmes d'Églé, la reine des serpents qui perdit son époux à la suite d'un guet-apens, ourdi par sa famille. La légende raconte qu'un jour une jeune fille du nom d'Églé se baignait avec ses sœurs dans un lac. Un serpent entra dans la manche du vêtement de la plus jeune et n'accepta d'en sortir qu'à la condition qu'elle promette de l'épouser. Après le mariage, qui déplut fortement à la famille de la jeune fille, le couple alla habiter dans un palais au fond du lac. Au bout de neuf ans, Églé voulut partir rendre visite aux siens pour leur présenter ses enfants. Elle obtint la permission de son époux après avoir triomphé de trois épreuves qu'il lui avait imposé. Elle partit avec ses enfants qui portaient tous des noms d'arbre. Avant leur départ, le roi des serpents lui confia son véritable nom que nul ne pourrait prononcer en dehors d'elle. Lorsqu'elle reviendrait, elle n'aurait qu'à l'invoquer au bord du lac pour qu'il vienne la chercher. Cependant les frères d'Églé extorquèrent par ruse le nom de leur beau-frère de la plus jeune enfant. Ils voulaient le tuer pour conserver leur sœur parmi eux. En réalité, ceux-ci n'avaient jamais accepté ce mariage forcé. Lorsqu'ils connurent le secret du nom du roi des serpents, ils se rendirent armés au bord du lac. Celui-ci apparut croyant que sa femme et ses enfants revenaient. Profitant de son apparition, ses beaux-frères l'assassinèrent. Lorsqu'Églé voulut trouver son époux elle vit que le lac était rougi de son sang. Elle se maudit ainsi que ses enfants et aussitôt tous se transformèrent en arbre. Églé, en sapin, selon la signification de son nom ; ses fils en chêne et en frêne et sa traîtresse de fille en tremble que le vent fait frissonner et frémir. Cette tragédie témoigne de l'affrontement de deux mondes terrien et aquatique. Tous les cent ans, un prince-serpent reparaît sous l'aspect humain d'un sage pour repousser toutes les formes d'oppression et de tyrannie et faire régner la justice.

L'*Ordre Souverain des Chevaliers blancs* demande à ses initiés d'avoir une vie exemplaire et de mettre en pratique les plus nobles et les plus hautes valeurs enseignées en son sein. Sauf de très rares exceptions, une vie entière est nécessaire pour réaliser cette initiation par la connaissance, le respect et l'étude des éléments tout comme celle de la nature en laquelle demeurent les secrets de la vie. Un grand nombre de ses membres se découragent et délaissent leur engagement, confrontés à cette exigence d'une vie exemplaire qui leur paraît trop contraignante à observer.

Dès les débuts de la Révolution, tous les membres de notre Ordre furent suspectés de complot bourgeois et d'anticommunisme. Leur discrétion permit à beaucoup d'entre eux d'échapper à une arrestation ainsi qu'à une inévitable exécution.

En 1913, je décidais de prendre des cours de français, langue parlée par la majorité de l'aristocratie saint-pétersbourgeoise. Mon professeur était une Française de vingt ans, une très jolie jeune fille, dont je tombais profondément amoureux et avec laquelle je me mariais.

Je déployais alors mon activité dans le monde de la bourse, du commerce et de l'industrie.

Lorsque survint la guerre, le patriotisme s'empara des masses. On attendait avec impatience des nouvelles du front. Les vitrines des rédactions de journaux étaient remplies de cartes d'état-major permettant aux passants de se rendre compte de la situation. Devant ces cartes, la foule stationnait pendant des heures, dans l'attente des dernières nouvelles. Des orateurs occasionnels sortaient du public pour soutenir l'enthousiasme général en parlant de nos victoires.

Le général Rennenkampf déclara ouvertement qu'il se couperait la main droite s'il n'occupait pas Berlin pour la fête de Noël.

Après avoir participé à la guerre russo-japonaise, ce général devint chef d'état-major du district militaire de Vilnius. Très contesté pour son action militaire, en raison de ses origines germaniques, il fut démis de ses fonctions au motif d'incompétence et de trahison. Il démissionna de l'armée en octobre 1915. Arrêté lors de la Révolution bolchevique en 1917, il fut fusillé le 1er avril 1918.

De cette manière artificielle, à l'aide de grandes déclarations, la nation était tenue en haleine pour oublier l'étendue des privations qui touchaient tout le monde et entraînaient une misère croissante. Rapidement, le déplacement des petits drapeaux affichés jusqu'ici sur les cartes s'arrêta. Des rapports confus et embrouillés nous parvenaient du front. Ils jetaient l'inquiétude dans nos cœurs. La quantité de maisons portant le drapeau de la croix rouge augmentait avec une rapidité incroyable. Des nouvelles monstrueuses se propageaient dans tout le pays. Le moral baissait jour après jour au point que la panique commençait à gagner tout le monde. Le pouvoir ne voulait pas le comprendre. Loin du front, la fièvre de s'enrichir et la spéculation se propageaient et s'installaient durablement comme la vermine. Tout ce qu'il y avait de sordide, d'immonde et d'abject dans le pays remontait à la surface. Envahi par la cupidité, un grand nombre de personnes devenaient millionnaires en spéculant sur toutes sortes d'affaires cependant que sur le front le sang d'innocents coulait à flots. Sous le grondement des armes, mouraient sacrifiés inutilement les enfants les plus courageux de la nation. La guerre était un excellent moyen de s'enrichir pour d'insolents arrivistes dépourvus de tous principes moraux. Le pays était exsangue, il étouffait littéralement. Seul un miracle aurait pu sauver la Russie de cette situation. Ce prodige ne se produisit pas et le pays se dirigeait vers un inexorable dénouement fatal. Le peuple exsangue, exténué et écrasé de privations qui augmentaient sans cesse, commença à s'intéresser à la vie dans les palais et à y chercher l'origine de tous ses malheurs.

L'assassinat de Raspoutine semblait être un acte politique perpétré au nom du salut de la patrie. Cependant, l'opinion publique n'accordait que peu de crédit en la sincérité des sentiments patriotiques de ceux qui avaient tué le « starets ». Pour la majorité, il s'agissait d'un assassinat banal pour des règlements de comptes personnels. Le comportement passé du prince Youssoupoff comme celui du grand duc Dimitri Pavlovitch ne permettait pas que l'on puisse voir en eux des héros de la nation.

Voulant protéger le trône du Tsar de Russie contre l'emprise de Raspoutine, le prince Youssoupoff était parvenu à capter la confiance de ce dernier pour l'assassiner. Après la réussite de son forfait, le prince fut assigné à résidence par le Tsar Nicolas II. En 1919, il quitta la Russie à bord d'un navire de la marine de guerre britannique pour s'établir à Paris avec son épouse. Quant au Prince Dimitri Pavlovitch Romanov, Grand Duc de Russie, cousin germain du Tsar Nicolas et ami intime du Prince Félix Felixovitch Youssoupoff, il avait lui aussi participé dans la nuit du 16 au 17 décembre 1916 à l'assassinat de Raspoutine. En représailles, le Tsar Nicolas II s'en débarrassa en l'envoyant en exil sur le front de Perse.

Porte de l'Aurore, Vilnius

Chapitre XIX
Complot politique

Mêlé bien malgré moi à cette période profondément troublée, je ressentis l'impérieux devoir de faire preuve d'initiatives utiles pour contribuer à sauver ma patrie. Je parvins à m'entendre avec deux fonctionnaires, d'autant plus facilement qu'ils étaient comme moi des membres de l'Ordre Souverain des Chevaliers blancs. Ensemble nous avons élaboré un plan d'action. Sans longs préliminaires, ni phrases ronflantes, nous avons invité sept autres membres de la confrérie à nous rejoindre. Il s'agissait de six officiers de haut rang et d'un médecin. Nous étions motivés par l'amour du pays et le désir de le libérer de la toile d'araignée infernale que des forces obscures avaient tissée en son sein. Nous avons décidé de kidnapper deux anciens ministres qui jouaient en coulisses un rôle prépondérant dans la politique intérieure du pays. Nous savions que chacun d'eux avait pour habitude d'effectuer une promenade matinale. Deux officiers, en grande tenue, devraient arriver vers eux en automobile pendant leur promenade et les inviter à les suivre pour rencontrer un ministre de la Cour, le baron Frédéric. Celui-ci aurait prétendument eu la mission d'aller les chercher sur la requête du Souverain Empereur. De cette manière, nous devions pouvoir faire momentanément prisonniers ces notables et les conduire dans un lieu préalablement aménagé aux alentours de la ville. Pour éviter d'ébruiter l'affaire, nous aurions obligé les prisonniers à prévenir leurs familles qu'ils seraient absents de chez eux pendant plusieurs jours et qu'ils ne seraient pas joignables, appelés au palais du tsar pour des entretiens secrets.

La troisième victime était déjà toute trouvée, il s'agissait du roi de la finance de la Bourse de Saint-Pétersbourg. Un officier devrait venir le chercher à une heure avancée de la soirée chez sa maîtresse, où il se trouvait à des heures que nous connaissions. Il l'aurait invité à le suivre chez le haut commandant aux Armées. Enfin, nous avions également le projet de capturer deux fonctionnaires du Ministère de l'Intérieur, très au fait de toutes les intrigues politiques et qui sans aucun doute entretenaient des liens privilégiés avec les autorités allemandes.

L'automobile devait conduire ces fonctionnaires dans un restaurant, sous le prétexte d'obtenir des renseignements supplémentaires concernant une organisation politique secrète dans l'un des régiments de la garde. Un des officiers, membre de la confrérie, aurait attendu pour les conduire à l'endroit où se trouvaient déjà les autres prisonniers. Nous avions décidé d'expédier leurs confessions écrites à la Douma, de la part de notre confrérie. La Douma était l'assemblée nationale consultative fondée à l'origine en 1906 par le Tsar Nicolas II. Grâce à notre action nous aurions ainsi pu dévoiler un dangereux complot de trahison et ses ramifications. Ce service rendu à l'État nous aurait sans doute donné la possibilité de poursuivre légalement notre entreprise d'anti-corruption. Nous aurions marqué nos prisonniers au fer rouge du mot « VOLEURS » sur le front, car ils volaient l'honneur de la nation. Les fonctionnaires publics qui détournaient la loi à leur profit sans conscience, pouvaient être considérés comme les éléments les plus dangereux du pays. Ils furent à l'origine des manifestations populaires qui ouvrirent la voie de la Révolution.

À la veille de la mise à exécution de notre plan, la Révolution de février éclata. Désormais, nos projets, qui n'étaient plus réalisables, furent abandonnés.

Une nouvelle montée d'enthousiasme s'empara de la nation. Tout ce qu'il y avait d'idées neuves dans le pays allait main dans la main avec le Gouvernement Provisoire, en vue d'œuvrer avec dévouement pour la patrie. Néanmoins l'enthousiasme et l'élan unanime qui s'étaient emparés de beaucoup aux premiers jours de liberté, ne durèrent pas longtemps. Les graines de la corruption, plantées dans l'âme du peuple, ne tardèrent pas à ressurgir et à se développer avec force.

Des personnes telles que vous, Pierre, et d'autres qui vous ressemblent sont apparues. Vous aviez des idées nouvelles ainsi qu'un regard différent sur l'homme. Le bruit des fusils se fit entendre dans le pays. Il est possible que vous ayez raison et que vous connaissiez mieux ce qu'il faut à des individus que la guerre a rapproché de l'animal. Nous constatons que bien des personnes qui restent à l'arrière du pays sont devenues insolentes, n'ayant qu'une idée en tête, accéder à la prospérité en profitant du malheur et des épreuves de leurs frères.

Les années vont passer et les passions progressivement s'estomper. Par la suite, l'historien honnête et impartial pourra analyser avec objectivité les évènements de notre époque troublée.

Tu peux maintenant comprendre la lassitude de mon âme, à laquelle je ne veux pas ajouter plus longtemps la souffrance d'être séparé de mes enfants. » Après mes confidences, lors de ce qui fut ma dernière rencontre avec Pierre, je lui dis :

« Pierre Ivanovitch, je vais partir. Tout ce qui reste de moi, c'est un cœur ardent. Je me rends dans le monde pour continuer à souffrir, mais crois-moi, ma main ne se lèvera jamais contre le pays qui m'a nourri. C'est ici que ma mère m'a porté dans ses bras, c'est ici que j'ai passé mon enfance et ma jeunesse. »

« Te reverrais-je un jour, Arcady Mikhaïlovitch ? »

« Pierre Ivanovitch, je te ressens comme un frère spirituel. Accepte cette image en souvenir de notre amitié. Regarde cette mère en pleurs se pencher sur le berceau de son enfant. Si nous pouvons un jour aider ces femmes nous réaliserons nos retrouvailles dans l'invisible. J'élèverai mes enfants dans l'amour de cette patrie qu'ils ont quittée. Si je meurs en exil, ils reviendront ici. J'ai foi en une vie nouvelle construite sur la probité et le travail. »

Nous nous étreignîmes longuement très chaleureusement en frères puis nous nous séparâmes définitivement.

Chapitre XX
Tentatives d'évasion de Vologda

Ma première tentative d'évasion fut un échec. Ayant fait connaissance avec un « sous-surveillant » de notre prison qui travaillait au chemin de fer, je parvins à le convaincre d'entrer en contact avec un conducteur de train qui aurait pu me conduire moyennant finances jusqu'à Petrograd.

Bientôt je trouvais la personne souhaitée. Nous tombâmes d'accord sur une somme d'argent et fixâmes le jour du départ. Cependant, lorsque je me rendis à la gare au jour et à l'heure convenue, le conducteur du train refusa de m'installer dans un wagon. Il me déclara qu'il ne voulait pas courir de risques, car si des agents ferroviaires de la Tcheka me trouvaient dans un wagon, il pourrait lui-même être fusillé en représailles. J'eus beau user de toute ma persuasion et le supplier pour le convaincre de m'emmener, mes tentatives restèrent vaines. Son refus demeura inflexible. Je me sentis envahi d'un profond désespoir. Grâce aux lettres de ma femme qui m'étaient bien parvenues, je savais qu'elle avait réussi à trouver refuge en France avec les enfants. Cette heureuse nouvelle me soulageait et inondait mon cœur de bonheur et d'espoir. Encouragé par cette information, je me mis à réfléchir pour trouver d'autres solutions afin de mettre mon projet à exécution.

Ayant passé en revue mentalement tous les employés du chemin de fer avec lesquels il me fallait jouer aux cartes chez André, j'arrêtais mon choix sur l'un d'entre eux. Cette personne me semblait la plus indiquée pour la réalisation de mon dessein. Ne voulant pas remettre au lendemain ce que je pouvais faire immédiatement, je me rendis chez lui et lui demandais :

« Wladimir Petrovitch, combien avez-vous perdu aux cartes en jouant avec moi chez André Wladimirovitch ? »

Avec étonnement, il évalua globalement ses pertes et me donna un chiffre.

« Je vous en donnerai cinq fois plus. Suivez mon conseil, ne jouez plus des sommes aussi considérables aux cartes. Un tel divertissement est un acte immoral et par ailleurs, souvenez-vous que lorsqu'il y a des gains aussi importants, il y a de grandes chances pour qu'il y ait une complicité entre certains joueurs pour « aider » leur chance. »

L'employé du chemin de fer, stupéfait de récupérer l'argent perdu au jeu et abasourdi par mes paroles, essaya de dire quelque chose, mais je l'interrompis en déclarant :

« Ne parlons plus de cela. Un de ces jours je passerai chez vous et nous discuterons d'une affaire personnelle. »

Lors de notre rencontre suivante, je lui racontais que j'avais un congé de cinq jours et que je voulais me rendre illégalement à Petrograd et en revenir.

« Je vais vous arranger cela en deux temps, trois mouvements. Vous pourrez partir dès demain » répondit-il.

« Rien que du bavardage », pensais-je involontairement. Un pas gigantesque dans ma vie et tout d'un coup tout semblait s'arranger si facilement. Mais contre toute attente, l'employé de chemin de fer avait tout arrangé comme promis et nous partîmes ensemble à Petrograd, avec dans les poches un certificat de mission pour réceptionner dans cette ville, un train sanitaire et l'amener jusqu'à Vologda.

La veille du départ, André me proposa de participer au jeu ne soupçonnant pas du tout que je préparais ma fuite. Il se comportait avec moi de manière correcte et discrète. Cependant je lus dans ses yeux fuyants une hostilité manifeste à mon égard. Il ne pourrait jamais oublier ni me pardonner cette lointaine conversation où il m'avait fait ses coupables confidences.

Par ailleurs, j'appris qu'André allait nous faire expulser avec l'aide des agents de la sécurité. Il pensait que je ne soupçonnerais pas l'origine de cette décision.

Je déclinais sa proposition :

« André Wladimirovitch, je n'ai plus envie de participer à vos jeux de cartes. Si j'ai été votre partenaire, c'est à la suite d'un concours de circonstances. Je lis dans vos pensées et je sais ce qui se passe dans votre cœur. Oubliez-moi donc. Nous suivons des routes différentes. »

Nous partîmes de Vologda à quatre heures. J'empruntais à mon compagnon de route sa veste et sa casquette des chemins de fer, lui donnant les miennes en échange. Dans le wagon, je m'installais tout en haut du compartiment réservé aux bagages sans en bouger pendant dix-huit heures. J'avais pris cette mesure de précaution pour ne pas m'exposer aux conversations des passagers, évitant ainsi de courir le risque de me trahir de quelque façon. Par ailleurs, je ne connaissais rien au fonctionnement du chemin de fer. Mon ignorance aurait pu me porter préjudice et éveiller la suspicion.

Le wagon dans lequel nous nous trouvions était réservé à ceux qui étaient envoyés en mission, ainsi qu'aux agents détachés affectés au barrage. Ces agents surveillaient tout le monde et réquisitionnaient les vivres transportés.

Mon compagnon de voyage s'installa sur le banc inférieur, conversant avec tout le monde et produisant nos papiers lors de chaque contrôle.

Étant arrivés sans encombre à Petrograd, nous convînmes d'un rendez-vous dans la même gare quelques jours plus tard, pour revenir à Vologda.

Ma disparition ne pouvait pas causer de tort à cet agent en quoi que ce soit car nous n'étions pas liés et il ne soupçonnait même pas mon évasion.

De la gare, je me rendis tout droit chez ma sœur aînée, Lele, qui habitait à proximité. Elle me donna des détails sur le départ de ma femme avec les enfants et me pourvut également d'argent et d'habits.

Je m'habillais en civil et me mis en route le jour même pour Strelna, une localité de Russie sous la juridiction de Petrograd. Celle-ci est située à mi-distance de Petrograd et de Peterhof sur le Golfe de Finlande. De là, je me rendis à pied dans le village où habitait Arthur, mon ancien compagnon de détention de la Tcheka.

Chapitre XXI
Retrouvailles avec Arthur

J'avais mémorisé l'adresse d'Arthur. Il était tard dans la nuit lorsque je parvins à son isba. Je frappais, la porte s'ouvrit. Une femme demanda d'une voix ensommeillée :

« Que voulez-vous ? »

« Informez Arthur, je vous prie, que c'est un ami qui veut le voir. Un compagnon d'infortune qui était avec lui à l'établissement de détention provisoire de la Tcheka », répondis-je.

« Attendez un peu », dit-elle en pénétrant dans l'isba.

Une minute plus tard, la porte s'ouvrir toute grande et Arthur me serrait chaleureusement dans ses bras.

« Quel miracle ! Quel miracle de vous voir ! s'écria-t-il. Lorsque vous rêviez d'évasion, j'avais beaucoup de compassion pour vous car je pensais que toutes vos espérances étaient vaines. Je me suis souvent entretenu de vous avec ma femme. Asseyez-vous, vous aurez ici le gîte et le couvert. Vous allez vous reposer et par la suite je vous aiderai. »

Ces charmantes personnes me réchauffèrent l'âme et le cœur.

Le lendemain matin, avec une attention paternelle, Arthur m'apporta le café au lit. Il s'inquiéta si j'avais bien dormi et si j'étais confortablement installé.

Arthur était un descendant de ces Allemands que l'impératrice Catherine de Russie avait fait venir dans le pays pour créer des exploitations modèles et donner ainsi le bon exemple à la paysannerie arriérée de Russie. Cent cinquante ans s'étaient écoulés. Néanmoins ces colons avaient conservé toutes les qualités de leur excellente nation : l'amour du travail bien fait, l'honnêteté, la propreté et l'exactitude.

Dans nos conversations, Arthur et moi, nous nous remémorions nos camarades de prison. Il me raconta les changements qui avaient eu lieu dans le village après son retour de détention. Tout son bétail lui avait été confisqué. Il devait emprunter un cheval à un ami pour s'acquitter des travaux des champs. Le pouvoir du village se trouvait aux mains des paysans pauvres qui persécutaient tous ceux qui auparavant vivaient dans l'aisance. Deux de ses fils avaient été enrôlés dans l'armée rouge et le troisième était en activité dans le détachement spécial. Les enfants rendaient quelquefois visite à leurs parents pour les fêtes. Mais il avait observé que leurs rapports s'étaient détériorés entre eux. La conception de la vie de ses enfants et leurs idées changeaient de jour en jour. La plupart des parents n'étaient plus en mesure de comprendre leurs enfants.

« Voyez-vous, se plaignait Arthur, on m'a enlevé mes biens par la force. J'en ai pris mon parti, mais les enfants, personne ne les a enlevés, ils sont partis tout seul. Ce malheur est une terrible épreuve qui nous procure beaucoup de chagrin, à nous les vieux.

Je me souviens encore combien j'ai pleuré dans la cellule lorsque j'ai appris qu'on m'avait confisqué une grande partie des biens appartenant à mon exploitation, et maintenant cela me semble insignifiant. Que signifient les objets ? Rien ! Il est possible d'en acquérir d'autres. Les enfants, eux, ne sont pas des objets. Ils peuvent s'en aller et nous pouvons ne jamais plus les revoir. Nous avons pris soin d'eux toute notre vie. Ils ne se rendent pas compte combien nous nous sommes sacrifiés pour eux par amour et maintenant ils se détournent de nous. C'est insupportable, odieux et abominable. »

« Vous ne devriez pas prendre autant à cœur vos différends avec vos enfants, dis-je, en réponse aux plaintes d'Arthur. Entre parents et enfants, il existe toujours des incompréhensions. À une autre époque, vous ne les auriez pas condamnés de la sorte, car vous n'y auriez vu qu'un caprice de jeunesse. La jeunesse passe et les lubies s'envolent. Vos enfants auront autant d'estime pour vous que vous en avez conçue pour vos parents. Ne soyez donc pas affligé !

« Personne ne peut nationaliser votre labeur. C'est en lui que vous trouverez votre consolation. Souvenez-vous, qu'en tant que paysans, vous aurez toujours et partout la maîtrise de la situation car c'est grâce à vos récoltes qu'il est possible de faire du pain et de donner le nécessaire à tous pour subsister ».

À cette époque-là, la terreur régnait dans les villages. Les va-nu-pieds avaient instauré l'arbitraire et la violence, sous la protection déclarée du pouvoir.

Deux jours plus tard, Arthur m'emmena de nuit dans un village voisin. Nous comptions sur un de ses amis, un paysan, pour me conduire sur la rive du golfe de Finlande. Nous arrivâmes à l'isba et frappâmes à la porte. Par la fenêtre, un garçonnet sortit la tête et dit :

« Papa reviendra dans un jour ou deux. Entrez pour prévenir Maman de la commission qu'il faudra lui faire. »

Arthur s'entretint avec la maîtresse de maison et lui demanda de m'héberger pour la nuit, ajoutant que j'expliquerai mon affaire moi-même à son mari.

Alors qu'il faisait nuit noire et qu'il s'apprêtait à repartir, Arthur m'encouragea de ses paroles amicales :

« Eh bien Arcady Mikhaïlovitch, bonne route. Je suis heureux d'avoir pu t'aider et je prierai pour que tu puisses arriver sans encombre retrouver tes enfants. Ne m'écris surtout pas, car les lettres de l'étranger peuvent attirer des ennuis. J'espère que toutes nos souffrances et privations se termineront bientôt, que tu reviendras dans ton pays et que nous pourrons nous voir à nouveau ».

Chapitre XXII
Fuite vers la Finlande

Le paysan chez lequel je me trouvais alors était un russe typique. Considéré comme vivant dans l'aisance, il avait également échoué en prison. On constatait une grande différence entre sa vie domestique et celle d'Arthur. Les chambres étaient plutôt sales. Les repas étaient servis dans une écuelle commune, dans laquelle chacun puisait avec une cuillère en bois.

Le maître de maison revint trois jours plus tard. Il était de taille moyenne avec un front étroit et des sourcils épais au-dessus des yeux. Son regard observait toujours le sol sans croiser celui de son interlocuteur. Lorsque je lui eus expliqué le but de ma visite, il répondit de façon laconique :

« Nous partirons cette nuit même, et maintenant je vais me rendre au soviet pour chercher deux sauf-conduits, ce qui évitera que les patrouilles, qui sillonnent les routes, nous arrêtent. »

Ayant obtenu les sauf-conduits sur lesquels j'étais inscrit comme son fils, je me préparais au départ. Nous partîmes de nuit.

Il ne me posa aucune question sur le paiement du voyage et m'informa seulement que le trajet jusqu'au Golfe de Finlande serait de longue durée, car nous aurions environ quatre-vingt-dix verstes à couvrir, et qu'en chemin il faudrait laisser le cheval se reposer. Durant le voyage, il me raconta qu'il me connaissait par Arthur qui lui avait fait mon éloge, avec compassion, persuadé que j'avais été fusillé.

Les patrouilles à cheval que nous rencontrions en route ne nous inquiétèrent pas. Nous nous arrêtâmes dans un village pour que nos montures puissent manger et se reposer. L'isba où nous nous rendîmes appartenait à un vieil ami de mon guide. La maîtresse de maison vint à notre rencontre et déclara que son mari était en ville et qu'il ne reviendrait que d'ici une semaine.

Mon compagnon de voyage, qui se nommait Pavel, dételа le cheval, lui donna du foin et pénétra demander du thé dans l'isba.

J'étais très peu familiarisé avec la vie des paysans. La Révolution avait développé en moi la conviction que le citadin vivant à la campagne se distinguait des masses paysannes. C'était flagrant en considérant l'apparence ainsi que la façon de s'exprimer de Pavel. Pour cette raison, je me sentais très mal à l'aise.

Pendant que nous buvions le thé, un inconnu pénétra dans l'isba. Il était en habits de ville avec une serviette en cuir sous le bras. À notre salut, il fit un clin d'œil malicieux et s'enquit d'où nous venions et de notre destination. Pavel expliqua que nous faisions route vers un village à proximité du Golfe de Finlande, pour chercher du sel chez des parents.

« Oui, fit l'inconnu d'un air entendu. Cela veut dire que vous emmenez de la « marchandise » pour l'échanger et probablement en grosse quantité. »

Le nouveau venu me sembla suspect. Je perdis définitivement toute tranquillité. Bientôt l'inconnu sortit de l'isba. Mon inquiétude gagna Pavel, si tranquille d'ordinaire. Nous attelâmes rapidement le cheval, puis nous nous éclipsâmes par une autre route. Après avoir parcouru une distance considérable, Pavel se tourna vers moi et me dit :

« N'aie pas peur, dans les villages les gens sont meilleurs que dans les villes. Il nous a posé des questions par simple curiosité. Peut-être habite-t-il dans cette même isba. Il est possible qu'il soit le frère de la maîtresse de maison. Nous avons eu tort de nous enfuir ainsi. Cela va nous rendre plutôt suspects. »

Ma frayeur rallongea le voyage de dix verstes. En chemin, Pavel se rapprocha de moi. Sous des dehors sombres, il cachait un cœur sensible.

« Tu as vu beaucoup de malheurs, me dit-il. Toutes ces peurs sont inutiles. Tranquillise-toi. Le Seigneur nous protégera. »

Nous approchions du Golfe de Finlande. Mon cœur battait plus rapidement, de joie et d'espoir.

L'isba que nous atteignîmes, était située sur le bord même de la mer. Le maître de maison vint lui-même à notre rencontre. Pavel et lui s'embrassèrent. Il ne nous posa aucune question. Il nous conduisit en silence dans une grande chambre dont l'angle droit était couvert d'icônes. Le long des murs se trouvaient de larges bancs. M'ayant fait asseoir, le maître de maison sortit avec Pavel dans la cour. Ils revinrent quelques minutes plus tard et le maître de maison chuchota :

« Tout ira bien. »

Malgré cette affirmation rassurante, il me fit mauvaise impression. C'était un petit rouquin aux regards fuyants, faisant fréquemment un signe de croix, en tournant la tête en direction des icônes.

Le chemin parsemé d'embûches vers la Finlande

Nous nous assîmes pour boire le thé. Le maître de maison sortit pour discuter avec un pêcheur des conditions nécessaires pour qu'il m'emmène dans l'île de Seskar, en Finlande, située à 74 verstes, à l'ouest de Petrograd.

J'avais en ma possession quarante mille roubles sur moi. Je ne savais pas combien donner à Pavel qui m'avait transporté sur cent dix verstes et qui devait s'en retourner chez lui. Le service qu'il m'avait rendu n'était pas de ceux que l'on pouvait indemniser en argent. Si nous avions été arrêtés, il risquait autant que moi d'être fusillé.

Quand le rouquin revint, nous apprîmes que le pêcheur demandait trente mille roubles pour le transport en bateau. Dès lors dans ces conditions, il me devenait impossible de m'acquitter de ma dette envers Pavel.

« Quelle importance ? dit-il – ne pense pas à moi. Pour toi chaque kopeck compte. Toutes sortes de choses peuvent se produire en route. Je dirai au maître de maison que tu peux payer vingt mille roubles pour le bateau, au maximum vingt-cinq mille ! »

Le pêcheur accepta la somme de vingt-cinq mille roubles et le départ fut convenu le soir même.

Les habitants de ce village s'occupaient officiellement du commerce de la pêche, mais vivaient principalement de contrebande.

À vingt-huit verstes de là se trouvait l'île finlandaise de Seskar. Les pêcheurs, qui partaient en mer, allaient jusqu'à cette île, où ils achetaient toutes sortes de denrées nécessaires à la survie du village. La principale demande concernait le sel, car les coopératives n'en avaient pas.

Ce village avait été victime de la guerre civile de la manière la plus horrible. Lorsque les armées blanches entrèrent dans le village, elles enterrèrent vivants tous les communistes des environs. Puis les armées blanches furent remplacées par celles des rouges qui employèrent les mêmes méthodes à l'égard des blancs qui n'avaient pas eu le temps de fuir. Par ailleurs, des agents des services de la contrebande étrangère venaient dans ce village incitant les habitants à collaborer en leur proposant de l'argent. Malgré les risques encourus, les paysans acceptaient volontiers des missions dangereuses. Leur passion pour l'appât du gain me faisait penser à l'avidité des pirates qui dès l'embarquement n'avaient qu'une seule idée en tête – rapporter le plus gros butin possible.

Accompagné de Pavel, je partis de nuit vers l'endroit où commencerait mon voyage en bateau à voile. Après avoir attendu en vain pendant plusieurs heures un vent propice, à l'aube nous fûmes obligés de revenir à l'isba du rouquin.

Le transport en contrebande des personnes et des marchandises ne se faisait que de nuit. Tous les pêcheurs étaient autorisés à se livrer à leur activité de pêche. Au lever du jour des bâtiments de guerre en service, partaient de Kronstadt et se livraient à des fouilles, cherchant des marchandises de contrebande. Kronstadt était une forteresse.

Cette ville était un port militaire et de commerce, fondée par Pierre Le Grand, en 1710. Elle est située à une trentaine de verstes à l'ouest de Petrograd, sur l'île de Kotline, au fond du Golfe de Finlande.

À minuit, les bâtiments de guerre rentraient au port et contrôlaient le rivage avec l'aide de leurs projecteurs. C'est à ce moment-là que commençait la contrebande.

Quatre jours plus tard, Pavel dut rentrer chez lui, car on avait commencé à parler au village de ces deux mystérieux visiteurs qui logeaient chez le « rouquin ». Il partit de nuit, m'ayant rendu un inestimable service, par amitié pour Arthur. Ce paysan était une âme simple, noble et désintéressée. Moi, je restais dans ce lieu, obligé de passer dans la clandestinité. On me cachait lorsque des étrangers étaient de passage à l'isba.

Après le départ de Pavel, je subis une série de malchances au point que mon départ fut remis à une date indéterminée. Parfois, en comparaison, la vie à Vologda me semblait un paradis.

Le pêcheur qui avait patienté en ma compagnie dans l'attente d'un vent favorable à notre départ pendant quelques jours, refusa finalement de m'emmener en Finlande. Il avait perdu trop de temps à attendre inutilement.

Je continuais à habiter chez le « rouquin » avec la volonté de maintenir avec lui de bonnes relations. Je lui donnais souvent un petit peu d'argent. Il l'acceptait volontiers et se mettait chaque fois face aux icônes, priait en s'écriant :

« Saint Nicolas des Miracles, aide-le ! »

Rencontre d'un nouveau compagnon d'infortune

Le « rouquin » poursuivait des pourparlers qui s'avéraient infructueux avec différents individus en vue de mon transport. Souvent, la nuit, je percevais des chuchotements derrière le mur. Bientôt j'appris que c'était Alexandre, le fils cadet de mon hôte qui venait voir son père. Il servait dans l'armée blanche et devait en raison de son engagement se cacher en Estonie. Le « rouquin » nous fit faire connaissance et déclara qu'à part sa mère et ses proches, personne n'était au courant que son fils se trouvait dans le village. Il était revenu secrètement d'Estonie pour voir sa femme et ses enfants. Il passait la journée dans la forêt ou dans la grange à foin. Il ne pouvait rendre visite à sa femme et à ses parents que de nuit, discrètement. Il lui était impossible de retourner en Estonie, car la route était trop marécageuse. Le « rouquin » décida de profiter de mon départ pour mettre son fils à l'abri avec moi.

Alexandre devint donc mon compagnon d'infortune et mon guide involontaire. Il était de haute stature, robuste, doté d'une grande force physique avec un talent inné pour la contrebande.

À cette époque les campagnes entraient dans la deuxième période de la Révolution. Tout ce qui était passé aux mains des paysans à partir des villes affamées, devait être réquisitionné par le pouvoir. C'est pour cette raison qu'il régnait dans le village un climat d'inquiétude. Il suffisait que le bruit se propage quant à des perquisitions faites à proximité du village, pour que des foules de paysans se précipitent chargés de toutes sortes de sacs et de baluchons vers la forêt la plus proche. Ils y enterraient leurs affaires les plus précieuses pendant l'alerte. Je trouvais comique ces comportements à répétition. Un paysan qui s'était frotté à la ville voulait adopter le mode de vie citadin. Il apportait dans son isba des miroirs, des objets en cristal, des fourrures, des toilettes de bal, des dentelles de Bruxelles et beaucoup d'autres choses qu'il n'aurait même pas été capable d'utiliser en temps normal.

Pendant ces troubles, Alexandre et moi étions contraints de passer nos journées en forêt et de ne revenir à l'isba que pour y prendre un repas à la tombée de la nuit. Nous dormions dans des granges à foin jusqu'à l'aube. Ce style de vie pénible, difficile et éprouvant se prolongea quelques jours encore, jusqu'à ce qu'un nouveau passeur fut trouvé. Nous passions avec lui presque toutes les nuits sur le rivage. La malchance nous poursuivait au point qu'après dix jours passés dans l'attente d'un vent propice, ce passeur refusa de participer à cette entreprise qu'il estima lui aussi trop périlleuse. De nouveau abandonnés à notre sort, il nous fallut retourner survivre en forêt.

Épreuves en forêt

Les jours se succédaient les uns après les autres, mornes et identiques, toujours dans l'attente d'une issue qui nous permettrait de sortir de la peur et de la clandestinité pour accéder enfin à un monde libre. J'envisageais même de retourner à Petrograd mais la route était encore beaucoup plus dangereuse et difficile que pour se rendre en Finlande. Puis vinrent des jours de réquisition. Le village perdit la tête. Le père d'Alexandre nous donna une réserve de pain et de poisson et nous conduisit au plus profond de la forêt, pour nous y cacher, avec l'ordre impératif de ne pas approcher du village pendant plusieurs jours.

Nous passions nos journées et nos nuits avec le ciel au-dessus de la tête. Un jour, nous entendîmes proche de nous de fréquents coups de fusil. Alexandre me dit de le suivre en rampant. Ce n'est que quand tout se calma que nous pûmes regagner notre cachette :

« On voit bien que tu manques d'expériences, dit Alexandre. Tu as couru comme un lapin, en direction des coups de fusil. Je pense à ce que j'aurai fait si une balle perdue t'avait tué. Je t'aurais enterré quelque part, puis j'aurais recherché ta femme et lui aurai montré cet endroit. Elle m'aurait sans doute donné une bonne récompense pour m'indemniser de cette information ».

« Bien sûr, elle ne t'aurait pas désobligé, répondis-je, peut-être que cela aurait été la meilleure solution, si j'avais trouvé ici le repos éternel. J'envie l'animal qui a une tanière. Nous n'avons même pas un endroit où reposer notre tête. Ce sont les hommes qui nous persécutent. Nos prêtres prêchent depuis dix-neuf siècles l'amour du prochain, alors que l'humanité se comporte de pire en pire en prédatrice assoiffée du sang des innocents. »

Notre réserve de nourriture ne tarda pas à s'épuiser. Nous prîmes le risque de nous faufiler discrètement jusque chez le père d'Alexandre. Notre apparition l'inquiéta beaucoup. Il nous munit de nouvelles réserves de provisions et nous ordonna de l'attendre dans la forêt dans un endroit qu'il nous indiqua.

Il nous rejoignit dans la forêt à l'endroit convenu et nous fit le récit des bouleversements récents survenus les jours passés au village. Il déclara également que tant que le calme ne serait pas revenu, il ne pouvait pas chercher un nouveau passeur vers la Finlande.

Par ailleurs, j'appris d'Alexandre que dans ce même village habitait son propre frère qui avait une famille nombreuse. Ils étaient définitivement brouillés. Lorsque je lui proposais de nous adresser à lui pour obtenir de l'aide, Alexandre s'écria :

« Non, non je préfère encore vivre dans la forêt dans des conditions pires que celles-ci plutôt que de m'adresser à lui. Il me dénoncera et je serai fusillé ».

« J'ai vu beaucoup de choses dans ma vie, Alexandre, mais je n'ai jamais entendu dire qu'un frère puisse envoyer son frère à la mort. Peut-être as-tu commis quelque chose d'horrible ? »

« Tout cela est la faute de sa garce de femme. Elle a toujours été jalouse de nous alors que moi je ne leur ai rien fait ».

« Allons-y, un point c'est tout, lui ordonnais-je. Je réponds de tout. Ton frère nous fera passer, je n'ai aucun doute à ce sujet. »

Nous nous faufilâmes la nuit jusqu'au village. Ayant appelé son frère hors de l'isba, Alexandre lui dit qu'il était venu avec un homme riche qu'il fallait absolument transporter jusqu'à l'île de Seskar pour trente mille roubles. À l'arrivée en Finlande, il serait encore payé cinq cents roubles en or. Mon audace fut récompensée. Le frère d'Alexandre accepta d'organiser le voyage. Il nous emmena chez lui, nous y passâmes trois jours à bien manger, ce qui nous permit de nous remettre de toutes nos épreuves.

Départ pour la Finlande

Le jour du départ, je remis à Kouzma, ainsi se prénommait le frère d'Alexandre, trente mille roubles. Mais juste avant de prendre le départ, Kouzma et sa femme déclarèrent à Alexandre qu'ils exigeaient que les cinq cents roubles en or leur soient payés immédiatement. La femme de Kouzma, extrêmement irritée, me prit à part et me confia qu'ils n'avaient aucune confiance en Alexandre, car il était bien capable de conserver toute la somme pour lui. C'était un bandit qui avait tué des rouges dans le village. Si les paysans apprenaient qu'il se trouvait ici, on le mettrait en pièces. Je parvins difficilement à aplanir leurs différends.

Profitant enfin d'un vent favorable, c'est par une nuit de pleine lune que nous nous éloignâmes de ces lieux d'épreuves si pénibles. Bientôt le roulis se fit sentir. Comme je souffrais du mal de mer, je m'étendis au fond du bateau, cherchant l'apaisement dans le sommeil.

Chapitre XXIII
Réfugié en Finlande et toujours paria

Nous abordâmes sans encombre la petite île de Seskar qui était la destination finale de notre périlleux voyage en mer. Arrivés à bon port, nous pûmes désormais respirer librement. Enfin, nous accostions en Finlande. Sur la rive se trouvaient quelques habitants de l'île, qui nous prirent pour des contrebandiers. Quand nous descendîmes à terre, ils se mirent à parler en finnois avec mes guides qu'ils connaissaient ; après quoi ils nous conduisirent dans une isba spacieuse qui se trouvait à proximité du rivage. Alexandre me laissa dans l'isba et se rendit à la police pour signaler notre arrivée clandestine en Finlande. Il revint et m'emmena à la police où il fut établi un procès-verbal après une fouille et un interrogatoire. Je restais en état d'arrestation, à l'hôtel, jusqu'au matin et de là je fus envoyé par train à la ville de Terioka. À la suite d'un nouvel interrogatoire, je fus emmené dans un bâtiment spécial affecté aux personnes mises en quarantaine. Selon les lois finlandaises, toutes les personnes en provenance de Russie étaient soumises à un isolement de deux semaines.

Au bureau des réfugiés, il me fut confirmé que ma femme et mes enfants étaient partis en France et que le consul de ce pays, un certain monsieur Vigier, avait une lettre à mon intention. Grâce aux soins de cet homme aimablement attentionné, je fus retenu avec les Français, bénéficiant ainsi de la protection du consulat de France.

Le comportement chaleureux et attentif du consul Vigier me toucha profondément. La France, depuis des siècles, accueille les opprimés, les réfugiés et les pourchassés. Mue par un sentiment d'humanité, elle leur ouvre généreusement ses portes et leur offre l'hospitalité.

À la fin de ma période d'isolement, j'appris qu'un groupe d'Anglais provenant de Petrograd venait d'arriver. Il avait à sa tête le président du Comité clandestin auquel j'avais avancé des fonds pour ma famille. C'était précisément en raison de mon prêt financier que j'avais été arrêté puis déporté par les bolcheviques.

La rencontre avec le président britannique du Comité clandestin me remplit d'espoir. J'étais convaincu qu'avec son aide, je réussirais à obtenir un visa pour la France et une somme d'argent importante qui serait un acompte sur l'argent que j'avais prêté au Comité. Lorsque le consul d'Angleterre vint d'Helsinki, le président me présenta à lui et exposa ma demande. Le consul promit son concours. Mais, malgré l'appui du consul d'Angleterre, le ministère français des affaires étrangères refusa de me délivrer un visa.

À la fin de ma mise à l'isolement de deux semaines, je fus transféré dans un local où vivaient provisoirement des femmes avec des enfants venus d'Amérique, dans l'intention de séjourner en Russie. Ayant été surprises par la guerre, elles ne pouvaient plus retourner chez elles. Elles attendaient que les Américains vérifient leur citoyenneté. Mon attente fut encore prolongée dans cet endroit d'une quarantaine de jours supplémentaires.

Avant la guerre, Terioka était un petit bourg de villégiature agréable au bord du Golfe de Finlande. Maintenant, il était devenu un obstacle infranchissable entre deux mondes : d'un côté l'Europe libre et prospère et de l'autre la Russie où grondaient les violences, la famine et autres multiples souffrances déclenchées par la Révolution.

Cette localité était particulièrement vivante et animée : les automobiles y faisaient un incessant va-et-vient dans les rues. Cette animation fébrile évoquait les jours de guerre dans les zones proches du front. Toute cette agitation était principalement causée par la Croix-Rouge américaine qui, dans un élan profondément humanitaire et charitable, portait secours des deux côtés, c'est-à-dire aussi bien aux alliés qu'à leurs adversaires. Pour moi, un geste aussi généreux était bien digne d'un pays où les femmes sont les gardiennes de l'esprit de la nation.

Je fus envoyé au représentant de la Croix-Rouge américaine, qui m'indiqua la personne à qui je devais m'adresser pour obtenir des vêtements et des produits de première nécessité. Poussé par la détresse, contre mon gré, je me rendis à cette adresse. J'y fus reçu par une jeune femme typiquement américaine, élancée comme un peuplier.

À sa question : « que voulez-vous ? », confus, déstabilisé et envahi par le rouge de la honte, je marmonnais :

« J'aurai besoin de l'adresse d'une dame à Paris. »

Je ne m'attendais pas du tout à devoir demander de l'aide à une femme. Involontairement vexé dans mon amour-propre d'homme, je m'empressais de partir. Une fois dans la rue, je m'adressais à un passant finlandais, lui demandant de m'indiquer une cordonnerie. Ma question demeura sans réponse. J'eus le même insuccès auprès de plusieurs autres passants. Après de longues recherches, je tombais en fin de compte sur une cordonnerie. Après avoir écouté le récit de mes mésaventures, le patron me dit : « les Finlandais n'entendent pas le russe. Tout ce qui leur rappelle la Russie les met en rage. Si vous abordez un Finlandais en lui parlant russe, il fait comme s'il ne vous voyait ni ne vous entendait. »

Ce fut un deuxième coup porté à mon amour-propre. En tant qu'exilés de Russie, privés de notre patrie, nous cherchons instinctivement de la compassion et de la sympathie. Chaque offense, même méritée produit en nous un sentiment d'amertume, d'incompréhension et d'injustice. L'exilé dérange car il a perdu sa famille, ses biens, ses repères, tout ce qui constitue son identité, l'essence de son être. Il a le grave tort de donner mauvaise conscience dans un pays d'accueil à l'autochtone qui se réfugie dans la bulle confortable de son chez-soi.

Lorsque les Anglais de Terioka arrivèrent à Londres, je reçus par télégraphe dix mille marks finlandais. Grâce à cette somme d'argent je pus reprendre une apparence décente et mieux supporter avec sérénité l'ennui de l'attente.

Après cinquante-quatre jours d'isolement, je fus transféré dans un camp de réfugiés à Tavastehus, au sud de la région des lacs de Finlande. J'y retrouvais les restes du mouvement blanc d'opposition à la Révolution. Le camp de rétention se trouvait sous la surveillance d'un officier finlandais. L'administration intérieure était gérée par des officiers russes qui essayaient obstinément de sauvegarder l'ordre militaire et la discipline.

Chaque nouvel arrivant était soumis à un interrogatoire circonstancié. Ses convictions politiques étaient considérées avec la plus grande défiance, en particulier s'il s'agissait d'un civil.

Toute personne qui protestait contre cette procédure humiliante et illégale du « commandement du camp » se trouvait transféré dans un des pires baraquements, avec l'étiquette accusatrice de « bolchevique ».

Les vivres qui étaient distribués à tous provenaient entièrement de la Croix-Rouge américaine. Des bruits persistants couraient selon lesquels le « commandant » du camp aurait vendu une partie de la nourriture en détournant l'argent, à son profit. La découverte de ces agissements peu honorables de plusieurs officiers du camp fut par la suite la raison de sa suppression.

Nous reçûmes des questionnaires avec l'énumération des petites villes et des hameaux vers lesquels nous souhaiterions choisir un lieu de résidence. Nous aurions même la possibilité d'y subvenir à nos besoins. L'agitation s'empara du camp. La majorité des personnes furent transférées au nord de la Finlande dans des localités dépeuplées. Pour ma part, je choisis une petite localité à quelques kilomètres de Tavastehus et décidais d'y attendre là-bas un visa pour la France.

Après de longues démarches compliquées, ma femme réussit à m'obtenir un visa d'entrée en France auprès du Ministère français des Affaires étrangères. Quelques jours plus tard, je le reçus expédié par voie télégraphique.

Chapitre XXIV
Retour de Monte-Cristo

La route la plus courte pour parvenir en France passait par l'Allemagne, mais comme l'autorisation de passage en transit était longue et difficile à obtenir, je préférais me rendre en France par la mer, en passant par l'Angleterre. En 1921, je rencontrais Scipion Ciniselli et sa femme sur le bateau qui quittaient la Russie avec leur petit canari et leur chien favori. Tout le monde dans le pays connaissait l'aimable vieillard clopinant.

Les meilleurs souvenirs de notre enfance se rattachaient à son cirque. Ciniselli me rendit un énorme service lorsque nous arrivâmes à Hull. Sans lui, je me serais trouvé dans une situation sans issue, car le bureau de Cook refusa de me changer les 400 marks finlandais qui me restaient, en raison de l'instabilité de cette devise. Les Ciniselli m'emmenèrent jusqu'à Londres d'où je pus expédier un télégramme à ma femme, qui était à Paris. Ayant reçu par télégramme l'adresse de ses frères, je me rendis chez eux.

Je découvris que mes deux beaux-frères résidaient dans une somptueuse villa dans un quartier résidentiel de Londres où ils étaient aussi confortablement que luxueusement installés. Fils d'un jockey britannique et d'une institutrice italienne, mon beau-frère Georges avait hérité de l'élégance britannique de son père et d'un humour particulier. Il avait aussi le talent du beau parleur et séducteur italien particulièrement doué pour se sortir de toutes sortes de situations embarrassantes. Georges portait beau, toujours tiré à quatre épingles, habillés par les meilleurs tailleurs parisiens et londoniens. Ses goûts dispendieux le faisaient vivre bien au-dessus des moyens de son oisiveté chronique. Sa mère, Josepha, qui était ma belle-mère, était une authentique mamma italienne. Elle adorait ce fils, le trouvait beau et l'admirait au point de fermer les yeux avec une faiblesse coupable sur tous ses écarts de conduite. Bien que très bigote, Josepha tolérait les fréquents changements de fiancée de son fils. Toujours soutenu par sa mère, ce fils adulé mettait tout à profit pour mener un grand train de vie. Il ne travaillait qu'épisodiquement en qualité de chauffeur de maîtres. Tous ces aspects avantageux écrasaient son frère Roberto, affublé d'un physique ingrat. De son côté, Roberto souffrait silencieusement du désintérêt de sa mère et de cette préférence si marquée pour son don Juan de frère. Il le suivait dans ses frasques espérant qu'en se comportant de la même manière, il bénéficierait enfin, à son tour, de l'attention maternelle.

Étant parvenu à trouver le domicile de mes beaux-frères, je sonnais à la porte de leur villa. Un maître d'hôtel m'introduisit dès qu'il fut informé de mon lien de parenté avec ses maîtres. Je reconnus dans la pièce voisine la voix de mon beau-frère Georges qui s'écriait : « C'est impossible, il est mort depuis plusieurs mois, il doit s'agir d'un plaisantin. »

Tel le comte de Monte-Cristo rescapé du château d'If, je me tenais debout fièrement campé devant la cheminée du salon, survivant des prisons de la Tcheka et de la déportation à Vologda, prêt à récupérer mon dû. Intrigué par l'annonce inattendue de ma venue, Georges entrouvrit la porte pour voir par lui-même à quoi ressemblait ce visiteur. Dès que Georges, d'habitude si maître de lui en toutes circonstances me reconnut, son visage blêmit et se décomposa tant sous l'effet de la stupeur que de la peur.

« Mon retour semble te rendre heureux ! lui lançais-je sarcastique. Il semblerait que tu m'aies déjà enterré ? Jolie villa, je te félicite pour la belle situation que tu t'es faite à Londres. »

Georges de plus en plus mal à l'aise, était entré dans le salon. Il avait perdu de sa belle prestance habituelle. Il finit par m'avouer qu'il avait pris contact avec les responsables londoniens du Comité clandestin de Petrograd. Il leur avait fait valoir notre lien de parenté et avait déclaré sur l'honneur mon décès. Sa déclaration lui avait permis de percevoir le remboursement de l'importante somme versée, destinée à ma femme, sa sœur, en cas de décès. Malheureusement ni mon épouse, ni mes deux petites filles n'avaient bénéficié en retour de la moindre livre sterling de ce sinistre personnage qui avait abusé de la situation.

Mon beau-frère m'avoua aussi qu'il avait flambé la presque totalité de la somme d'argent que j'aurais dû récupérer du Ministère des Affaires étrangères à Londres. Il s'agissait à peu près de tout ce que j'avais prêté au Comité anglais de Petrograd. Georges, témoin de mon arrestation, était persuadé qu'il me serait impossible de sortir vivant des geôles de la Tcheka ou de la déportation. En conséquence, à ses yeux, je n'avais aucune chance de reparaître dans le monde libre des vivants. Convaincu que j'avais été fusillé, il m'avait déjà enterré et, de ce fait, considérait que tout ce que j'avais lui revenait de droit. Il avait été pris d'une amnésie soudaine oubliant que cet argent ne lui appartenait pas et qu'il était destiné à sa sœur et à ses nièces.

Nos retrouvailles surprises furent houleuses car je ne pouvais pas accepter que tout ce que j'avais construit à grand-peine fût complètement vain. J'avais inutilement encouru beaucoup de risques, d'épreuves et de dangers par amour de mes enfants. À plusieurs reprises, j'avais failli perdre la vie et vécu ces derniers mois dans des conditions infernales. Seul l'espoir de secourir ma famille et mon amour pour elle m'avait soutenu et donné la force d'endurer ce que j'avais traversé. L'ensemble de mes efforts étaient maintenant réduits à néant. Toutes mes souffrances et épreuves avaient été inutiles en raison de la désinvolture et de l'insouciance de ce dandy flambeur, irresponsable et sans scrupule.

Je me retins de me jeter sur lui pour l'étrangler. Ce bellâtre désinvolte et malhonnête était vraiment la honte de ma belle-famille.

L'explication orageuse terminée, j'obtins de mon beau-frère qu'il me donne « généreusement » quelques livres sterling pour m'acquitter de ma dette auprès des Ciniselli, après quoi je partis pour la France retrouver les miens.

La vie en France

La petite villa de location de Montmorency près de Paris où vivait ma famille, me sembla gaie et accueillante. Cette villa, meublée avec le soin propre aux Français, était confortable et la proximité de mes enfants me réchauffait et m'ensoleillait quotidiennement le cœur.

Je me rendais régulièrement à Paris où je parvins à entrer en contact avec les membres du « Palais de fer », en relation amicale et fraternelle avec l'« Ordre Souverain des Chevaliers blancs » dont j'étais membre. J'espérais y rencontrer des personnes de connaissance et, grâce à leur aide, entamer une nouvelle activité.

La vie mouvementée qui brillait dans cette énorme métropole mondiale, éveillait en moi un sentiment étrange. Après avoir traversé toute l'horreur de la Révolution russe, il me semblait qu'ici aussi une telle catastrophe était envisageable. Lorsque je parcourais du regard l'espace compris entre la Place de l'Opéra et l'église de la Madeleine, des pensées oppressantes et accablantes m'envahissaient.

Les souffrances de la guerre

D'un côté se dressait l'Opéra, cet imposant temple dédié à l'art, et de l'autre, la Madeleine un sanctuaire consacré à Dieu. Comble du paradoxe, entre ces deux lieux de « l'esprit », sur les trottoirs inondés de vagues humaines, se prostituaient nos femmes et nos sœurs ! Sur la place de l'Étoile, devant la dalle du soldat inconnu, j'aperçus une femme seule, à la silhouette douloureuse, en grand deuil. Il s'agissait d'une malheureuse mère inconsolable qui pleurait son fils tué à la guerre.

Confronté à cet immense chagrin, devant lequel j'étais impuissant, je tentais d'en comprendre les causes.

Si nous analysons d'un peu plus près les intérêts en jeux, des uns et des autres, son fils avait perdu la vie au nom de l'enrichissement de grands noms tels que Krupp, Skoda, Schwab, et bien sûr au nom d'idées prétendument de « haute politique ».

Dans la plupart des cas, comme dans celui de cette femme affligée, l'inconcevable nouvelle parvenait, lapidaire : « Mort bravement au champ d'honneur ». Un désespoir immense avait envahi le cœur de cette pauvre mère. À présent, la vie lui semblait épouvantable. Les êtres en qui elle avait placé sa confiance, suscitaient à présent rétrospectivement sa méfiance. Des prêtres avaient amené son fils au combat, la croix entre les mains, bien souvent au nom de Dieu. Il en était de même pour les soldats du camp adverse qui avaient tué son enfant, eux aussi accompagnés par les mêmes prêtres chrétiens, menant des deux côtés les jeunes hommes à la boucherie, avec aux lèvres le nom de Dieu. Ils étaient inexorablement enlevés à leur mère, les uns après les autres.

« Quel Dieu était le meilleur et le plus juste ? » ne pouvais-je m'empêcher de penser.

Paris bruissait à son rythme comme une ruche animée et affairée. Des hommes d'affaires et des badauds déambulaient paisiblement. La Russie n'intéressait personne. L'opinion publique européenne considérait que la catastrophe traversée par le peuple russe était provoquée autant par son ignorance que par son inculture. L'Europe, quant à elle, était profondément convaincue que pareil événement ne pourrait jamais se produire dans les pays aussi civilisés que les siens.

Retrouvailles avec Salomon le joaillier

Vivant tantôt à Paris, tantôt dans le sud de la France, un jour par hasard, sur les grands boulevards, au café de la Paix, je rencontrais le joaillier Salomon qui avait été prisonnier avec moi à l'établissement de détention préventive de la Tcheka. Cette rencontre tellement inattendue réveilla involontairement nos souvenirs.

Salomon me raconta longuement l'histoire de sa libération. Celle-ci fut facilitée grâce à un de ses proches parents qui avait fait des démarches auprès du pouvoir bolchevique en se portant garant pour lui. C'est ainsi qu'il avait pu retrouver sa liberté. Son parent était lui-même membre du parti communiste. Sur sa recommandation, Salomon s'inscrivit également au parti unique et reçut bientôt un poste dans sa branche professionnelle. Il devint expert des objets de valeur nationalisés par les banques. Très pragmatique, il sut admirablement s'adapter à ses nouvelles fonctions et à ses conditions de vie. Cependant, au fond de son âme, Salomon préférait les habitudes du passé, le mode de vie d'avant la Révolution auquel il avait été habitué dès l'enfance.

Il allait souvent au Kremlin pour rendre visite à ce proche. Il savait parfaitement analyser avec lucidité la situation politique qui l'environnait.

« Les bolcheviques ne permettront aucune guerre civile où que ce soit dans le monde, disait-il. Les biens matériels doivent passer aux mains du peuple sans effusion de sang. Connaissant la psychologie rapace des classes dominantes dans les autres pays, les bolcheviques les dressaient lentement et d'une façon planifiée les uns contre les autres, leur dévoilant ainsi les plaies de la civilisation contemporaine basées principalement sur l'abjection de la cupidité. Je suis profondément convaincu que pas un seul pays au monde ne pourra lutter contre le bolchevisme aussi pénible que cela me soit d'évoquer le passé. J'anticipe pour envisager au maximum toutes les possibilités sans me bercer d'espérances inutiles.

Ayant obtenu un congé pour me rendre à l'étranger, j'en ai profité pour quitter la Russie définitivement. Je suis maintenant dans une situation irréversible. Je travaille à Paris à la bourse aux diamants, en qualité de commissionnaire, réussissant à peine à joindre les deux bouts.

De grands changements se sont produits dans mon âme. La richesse ne me fascine plus, ni ne me fait envie. Lorsque je passe à proximité des palais ou de magnifiques hôtels particuliers, il me semble qu'ils sont habités par des condamnés à mort et que leurs habitants payent leur richesse du prix de leur sang. Un destin impitoyable, cruel et inexorable est suspendu au-dessus de ces cages dorées. Dans les quartiers juifs pauvres de Paris, je me sens beaucoup plus heureux, à ma place et à l'aise. La vie de ces quartiers me rappelle ma jeunesse et mon enfance. La nostalgie aiguë et presque maladive d'une patrie imaginaire s'élève en moi de manière toujours plus intense. C'est celle qui vit dans le cœur de tout juif. Mon projet est d'aller définitivement m'installer en Palestine. J'espère y trouver la réalisation d'idéaux plus élevés et de trouver la paix de l'âme, tellement indispensable dans la vieillesse. »

Ainsi s'exprimait Salomon, un vénérable juif, qui avait traversé d'innombrables jours tragiques en Russie tsariste, qui avait été témoin des pogroms, du procès de Beilis et de beaucoup d'autres injustices. Ainsi en 1913, sur un vague témoignage, Beilis fut accusé injustement d'être le meurtrier d'un enfant. Ce procès déclencha d'importantes critiques contre la politique antisémite de l'Empire russe. À la suite d'un autre procès, Beilis finit par être reconnu innocent, acquitté et libéré. Depuis la Révolution, Salomon pouvait jouir de ses droits civiques et de sa liberté. Cependant rien ne lui apportait la sérénité. Il aspirait à trouver sa patrie, rêve immémorial et séculaire de son peuple. Nous nous quittâmes cordialement. Chacun partit au-devant de l'accomplissement de sa destinée.

Avenue de l'Opéra, à Paris, début du XX*e* *siècle*

Chapitre XXV
Dans la fièvre du jeu à Monte-Carlo

Fin 1921, je déménageais avec toute ma famille pour habiter Beaulieu-sur-Mer, au bord de la Méditerranée, à huit kilomètres de Monte-Carlo.

Monte-Carlo est semblable à une bonbonnière. C'est un coin de paradis baigné d'un côté par les eaux azurées de la Méditerranée et de l'autre dominé par des montagnes parsemées de somptueuses villas et de palais. Sur une petite hauteur, au bord de mer, s'étend somptueusement un casino sur pilotis. Il s'agit d'un de ces fameux temples du hasard dont les portes s'ouvrent dès dix heures du matin pour ne se refermer que tardivement dans la nuit. Tout visiteur attiré par la séduction magique de ce lieu peut y entrer pour tenter sa chance à l'exception des habitants de Monaco. Du monde entier, des joueurs s'y rendent dans l'espoir de s'enrichir aussi facilement que rapidement. Chacun sait cependant combien la chance au jeu est exceptionnelle.

La première fois, je me rendis à ce casino sans enthousiasme, n'espérant rien y gagner. Avec un capital roulant de 1 000 francs, je jouais « au petit bonheur », à la roulette et au Trente-et-Quarante. J'y gagnais 10 000 francs.

Le lendemain, avec la même somme, je ne gagnais rien. Pendant une semaine, je ne jouais pas et me bornais à étudier un grand nombre de systèmes différents et surtout à observer tous les aspects possibles du jeu. J'en arrivais à la conviction qu'il n'existe pas de système véritablement « sûr ». Je conçus alors mon propre système personnel basé sur la psychologie pour jouer à la roulette. Habituellement, avant d'aller au casino, je prenais un bain chaud accompagné d'un massage complet. Cela me relaxait énormément et me donnait de nouvelles forces. Je pénétrais dans le casino, m'approchais de la table et j'observais attentivement les joueurs.

J'avais repéré un joueur « doué » d'une remarquable malchance. Je me mis à jouer contre lui avec des mises équivalentes aux siennes. Plus mon « partenaire » involontaire devenait anxieux, plus il perdait d'argent et plus mes gains augmentaient. J'appelais cette manière de jouer à la roulette que je venais d'inventer : « jeu gagnant contre physionomie rougeaude ».

Le secret du succès de ce système résidait dans ma sérénité, mon sang-froid et mon assurance. Dès que ma quiétude était troublée, je commençais à perdre. Grâce à cette technique très personnalisée, je suis arrivé à gagner au total 87 000 francs.

Mais voici qu'un jour, après quelques mises réussies au trente-et-quarante, le « partenaire » dont j'utilisais la malchance, me regarda avec un tel air réprobateur que je me suis senti mal à l'aise. J'eus mauvaise conscience et je cessais dès lors de le prendre pour partenaire de jeu. À partir de là, je n'utilisais plus ce système basé sur l'observation psychologique de mon partenaire.

La Riviera était devenue le centre de l'aristocratie russe qui avait fui les bolcheviques. Beaucoup y possédaient des biens immobiliers acquis avant la Révolution.

Espérant une intervention des puissances étrangères et dans l'attente d'une période plus favorable, un grand nombre de ces aristocrates se divertissaient de manière forcenée en jouant à la roulette. Par ce moyen aussi aléatoire qu'artificiel, ils rêvaient de retrouver une partie de leurs capitaux russes nationalisés.

C'est ainsi qu'au casino, je rencontrais souvent de grands princes tels que Boris et André Vladimirovitch, André Alexandrovitch, Dimitri Pavlovitch, Gabriel Konstantinovich ainsi que beaucoup d'autres représentants des anciennes notabilités russes de l'aristocratie. Toutes ces éminentes personnalités étaient de la famille des Romanov. Ils étaient habituellement désignés par leur prénom et celui de leur père, selon l'usage russe.

Dans les dancings on vit bientôt arriver de jeunes hommes russes couverts de titres. Il s'agissait de danseurs rétribués financièrement qui pouvaient être appelés dandys de luxe de la haute société. Toute la France se mit à parler d'eux à tel point qu'à la bourse mondaine leurs actions ne faisaient qu'augmenter. C'est ainsi qu'apparut un nouveau type de « gigolos-aristocrates » célèbres dans tous les cabarets, dancings, boîtes de nuit et cafés de l'ancien et du nouveau monde.

Avec la venue du beau temps, je déménageais à Monte-Carlo et me mis alors à fréquenter le casino de manière assidue en attendant de trouver une activité plus honorable et plus fiable.

Derrière les tables de jeux, dans les magnifiques salles scintillantes de ce lieu de perdition fascinant, j'eus l'occasion de me frotter à une série de personnages intéressants et originaux, mais parfois inquiétants.

Ainsi dans cette cité fébrile, évoluait Bianca, la favorite du défunt roi d'Italie où elle y était extrêmement appréciée. Son visage bien qu'ayant subi les altérations du vieillissement, conservait les vestiges de sa grande beauté d'antan. Demeurée encore svelte et élégante, elle voltigeait de table en table pariant de petites mises. Jadis, elle avait été une des meilleures clientes de ce casino. Elle vivait grâce aux petits subsides que lui versait encore la caisse de l'établissement en souvenir du passé. Cependant la passion du jeu lui faisait tout de même perdre ses maigres ressources. Cette beauté défraîchie poursuivait encore malgré tout, le rêve de nouveaux gains. Elle était convaincue qu'avec l'argent lui reviendrait aussi la jeunesse, et avec celle-ci, la multitude d'admirateurs agenouillés à ses pieds.

Casino de Nice, détruit par les nazis
lors de la Seconde Guerre mondiale.
Peinture à l'huile de Tatiana.

Stakhaïev – un industriel et propriétaire russe – avait perdu là trente millions de francs. Il était connu dans toute l'histoire de ce temple du jeu comme l'un de ses plus importants joueurs. Généreux au jeu, libéral dans ses dons, il étonnait les étrangers par son despotisme. Autour de lui s'affairaient les plus belles courtisanes qui espéraient l'attirer dans leurs filets. La guerre et la Révolution bolchevique l'avaient surpris à Monte-Carlo. Stakhaïev s'y était installé définitivement, percevant également du casino quelques millions de francs tous les mois. L'espoir de nouveaux gains derrière les tables vertes continuait à le dynamiser.

Après avoir perdu toute leur fortune, certains devenaient des habitués des salles de jeux, allant même jusqu'à organiser un système qu'ils appelaient « gagner à tous les coups ». Ces familiers des lieux tentaient de vendre leur recette aux novices inexpérimentés.

D'autres tombaient dans la mendicité, se contentant de gains modiques qu'ils perdaient aussitôt. Les plus déterminés à jouer pouvaient même se transformer en criminels pour continuer à tenter leur chance au casino.

Un croupier providentiel

Je fis la rencontre d'un très honorable émigrant russe, Valodia Alexandrovitch. Il avait conservé sa fortune et des relations en Angleterre. Ayant fait plus ample connaissance avec moi, il me demandait souvent conseil sur les différents systèmes de jeux à la roulette. Il me fit une proposition : « si nous parvenions à rentrer en contact avec un croupier, nous pourrions à coup sûr, avec son aide, gagner une somme importante. » Ce joueur astucieux me suggéra de me mettre à la recherche d'un employé du casino qui serait corruptible et tenté par l'appât du gain.

Poussé tout autant par la nécessité de maintenir ma famille dans des conditions de vie décente que par l'excitation que provoquait en moi les risques calculés de l'enjeu important escompté, je me remis sérieusement à envisager l'avenir à l'aune de perspectives favorables.

Quelques jours plus tard, j'informais Valodia Alexandrovitch, sur le ton de la confidence, que suivant son conseil, j'avais fait la connaissance d'un croupier du casino avec lequel j'avais établi de solides liens de confiance. Ce dernier, lui disais-je, était en opposition personnelle avec son supérieur hiérarchique. Par ailleurs, il subissait dans son ménage des tensions liées à ses horaires contraignants. Cette situation pénible commençait, selon lui, à avoir de perceptibles répercussions sur sa santé. La perspective de gagner une importante somme d'argent lui permettrait de changer d'activité. La description du profil de notre futur complice rassura complètement mon nouveau compagnon de jeu et je lui confirmais qu'il avait eu là une idée géniale. Il me fallut cependant l'avertir que le croupier exigeait un anonymat total assorti de la discrétion la plus absolue, ce qui tombait sous le sens.

Tout en confiance, Valodia me donna vingt-cinq mille francs, pour que nous puissions jouer au casino selon les conditions suivantes : 30 % pour lui et son financement, 40 % au croupier et 30 % en ma faveur pour le jeu et l'idée.

Salle de jeu du casino de Monaco

La chance alliée à la force du mental

Mon jeu n'était pas exclusivement axé sur la chance aveugle, mais en la circonstance, avec la foi du charbonnier, je fis surtout appel à la théorie des phases d'alternances cosmiques de l'évolution universelle. Il m'en restait quelques notions en mémoire en dépit des épreuves et aléas que j'avais subis, provoquées par la Révolution dans mon pays. Autrefois, j'avais été instruit par un ami des disciplines pratiques liées à cette théorie. J'avais retenu certaines formules invocatoires qu'il m'avait enseignées et je les avais toutes mémorisées. Cette théorie dit qu'à l'instar de la terre où se développent et évoluent en même temps les quatre saisons, de même l'univers serait entre autre animé simultanément de deux phases complémentaires opposées. L'une serait en expansion et l'autre en régression. Émanées de son centre, ces activités en oppositions nécessaires et fécondes seraient génératrices d'énergies considérables tant par leur puissance que par la nature constitutive de leur diversité.

Cela rejoint les études des anciens hermétistes selon lesquelles il est un centre universel qui libère toute l'énergie spirituelle qui se diffuse et rayonne. L'initié, par la maîtrise progressivement acquise est censé pouvoir parvenir à entrer en interaction avec certaines de ces énergies en les captant à certains moments particuliers de leur évolution. Quelles que soient cependant les applications pratiques à réaliser, il est indispensable pour les mener positivement à terme de mettre en œuvre la puissance mentale ainsi appréhendée. Celle-ci doit être nécessairement pure et alliée aux connaissances acquises sur tous les paramètres essentiels du fonctionnement universel dont il faut arriver à identifier et intégrer certains effets avec suffisamment de précisions pour les stimuler et les mettre consciemment au service de l'action envisagée. En outre, une telle démarche n'obtiendra des résultats significatifs que si l'intention initiale est altruiste et détachée du fruit de l'action. La maîtrise initiatique atteint ce niveau tout comme l'aptitude à maîtriser tous les tenants et aboutissants du projet sont déterminants.

Une fois que l'état d'esprit requis est atteint, il doit être intensément focalisé sur l'objectif ponctuel recherché.

À Monte-Carlo, dans le brouhaha ambiant cette technique est particulièrement difficile et éprouvante. Elle est d'ailleurs rarement couronnée de succès tant elle exige de concentration en raison de toutes sortes d'interférences parasites dont la nature même s'oppose aux effets recherchés.

Le soir de ma tentative, je jouais le tout pour le tout et me retrouvais complètement détaché du fruit de l'action, insensible même face à l'éventualité de gagner ou de perdre. Quoi qu'il en soit, après avoir mis en œuvre tant bien que mal cette technique particulière, bien qu'aléatoire, je jouais la totalité de la somme que nous avions et je gagnais quarante-huit mille francs. Ayant rendu son capital à mon compagnon de jeu et le pourcentage convenu, je l'informais dès le lendemain que le croupier refusait de renouveler l'opération car elle était trop risquée pour lui.

Ma déclaration le déçut beaucoup et pendant des jours entiers, il chercha à me convaincre de poursuivre dans cette voie commencée sous de si bons auspices. Mais je restais inébranlable, ne voulant pas renouveler l'expérience qui, si elle se transformait en système, serait inévitablement vouée à l'échec m'apportant d'importants ennuis.

À cette occasion, j'avais pour toute complicité une détermination inspirée et la force de ma concentration mentale, n'ayant pas eu à devoir compter sur l'aide trop risquée d'un croupier « providentiel ».

Chapitre XXVI
Discorde et séparation familiale

En janvier 1922 naquit notre troisième fille, Veronica. Elle fut l'objet de nos soins attentifs.

Grâce à mes gains importants au casino, nous avions quitté la Côte d'Azur. Nous nous installâmes en région parisienne. Je pus acheter à ma famille une belle maison dans laquelle nous nous sommes tous établis avec ma belle-mère et mes deux beaux-frères. Elle était de surcroît entourée d'un agréable petit jardin.

Notre fille aînée Regina, âgée de quatre ans, fréquentait déjà l'école et sa curiosité enfantine ainsi que la profondeur de ses réflexions m'interpellaient. Voici qu'une fois, alors que j'étais avec elle en promenade dans mon cimetière préféré et que je lui lisais les inscriptions figurant sur les pierres tombales, elle lança brusquement :

« Papouchka, ici sont enterrés tous les bons mais les méchants où sont-ils ? »

« Il n'y a pas de méchants ma chérie, tout le monde est bon. »

« Et le chiffonnier qui fouille le matin dans la décharge d'ordures ? Il est méchant et son chien aussi. Il aboie lorsque nous nous approchons du portillon et il veut nous mordre. »

« Ma chérie, le chiffonnier est pauvre. Il cherche dans les poubelles une poupée ou un jouet pour l'apporter à ses petites filles qu'il aime autant que je vous aime. Le petit chien est son seul ami. En aboyant, il veut protéger son maître, pour que nous ne lui fassions rien de mal. »

« Je lui donnerai des bonbons pour ses petites filles et un os pour son chien. Et dis-moi, Papouchka, les bolcheviques ne te mettront plus en prison ? Ils sont vilains et méchants ? »

Arcady, avec sa fille aînée, en 1920

« Ils ne sont ni vilains, ni méchants. Ils veulent juste que toutes les petites filles aient des poupées, et qu'il n'existe plus au monde des personnes aussi déguenillées que ce chiffonnier.

Lorsque tu rencontres un pauvre, si tu lui donnes une pièce, il sera un peu moins pauvre, petit à petit il y aura davantage de justice, et alors personne n'ira plus en prison. »

Cette conversation avec ma fille me fit une très forte impression. L'esprit éveillé de l'enfant cherchait une réponse à des questions au sujet desquelles, nous autres adultes, nous nous perdons encore dans l'obscure étendue de notre ignorance.

Je recevais des nouvelles de plus en plus alarmantes de Russie. La famine s'était répandue dans tout le pays. Les cas de cannibalisme devenaient fréquents. Étant sur le point de mourir de faim, mes parents et amis envoyaient des suppliques poignantes qui réclamaient aide et assistance.

La Croix-Rouge américaine vint généreusement en aide à l'Union Soviétique affamée. Dans toutes les grandes métropoles du monde s'ouvrirent des sections de l'organisation connue sous le nom d'« Ara ». En échange d'une somme de dix dollars versée à l'étranger, des représentants de l'« Ara » donnaient des vivres à la personne indiquée du pays.

Je reçus des lettres touchantes et émouvantes de remerciement pour l'aide fournie. Elles étaient ma meilleure récompense. Les Russes ne pourront jamais oublier cette remarquable action humanitaire de solidarité provenant de l'Amérique.

Au moment où l'Europe, poursuivait ses visées de « haute politique », ayant complètement abandonné la Russie à son triste sort, fort heureusement le cœur attentif des femmes américaines vibra avec humanité pour venir secourir la détresse et la misère d'un pays qui lui était étranger. Devant l'importance de la famine, elles envoyèrent au pays leurs propres fils chargés de porter assistance en distribuant du pain et bien d'autres denrées de première nécessité. Le souvenir de cet élan de charité chrétienne est inscrit pour toujours dans les mémoires. Chaque Russe pourra désormais saluer chaque Américain comme un authentique frère dans le Christ.

Trois ans plus tard, j'eus à déplorer d'importants et douloureux changements dans ma vie personnelle. Compte tenu du différend avec mon beau-frère Georges, continuellement soutenu et adulé par ma belle-mère autoritaire, la cohabitation avec la famille de ma femme était devenue difficile et pénible, orageuse et électrique malgré toute ma bonne volonté. Je ne pouvais pas non plus oublier toutes mes épreuves précédentes inutiles et en raison desquelles, par sa faute, j'avais failli perdre plusieurs fois la vie. Afin d'apaiser la situation et le climat familial, je me résignais à me séparer de ma femme et de mes enfants. Je partis m'installer dans un autre logement mais je continuais d'aider financièrement ma famille selon mes possibilités et mes forces.

Cette séparation m'apporta beaucoup d'amertume, de tristesse et de ressentiment. J'étais tellement habitué à voir mes trois filles tous les jours que d'être privé de leur présence me rendait la vie insupportable.

Pour étouffer en moi trop d'accès de tristesse et trouver un peu de sérénité et de réconfort, je me rendais dans les quartiers pauvres aux heures où les habitants se dispersent dans la ville pour travailler ou recueillir des aumônes. Ayant eu connaissance de l'adresse de femmes indigentes, en charge d'une famille nombreuse, j'allais chez elles et leur remettais des dons, en argent, soi-disant de la part d'une bienfaitrice qui désirait conserver l'anonymat. Parfois je recourais à l'aide des informations de facteurs pour connaître l'adresse précise de nécessiteux. Ces dons, dispensés aux personnes indigentes, me donnaient la force d'endurer plus facilement mon propre malheur.

Peu après, je reçus de Russie des nouvelles provenant de ma sœur. Ma jumelle, Vera, était religieuse dans un monastère près de Novorossisk, une ville portuaire située au sud de la Russie. Ces nouvelles étaient inquiétantes. Je fus informé que Vera avait été condamnée à dix ans de travaux forcés dans un camp se trouvant à Solovka pour avoir fait de « la propagande religieuse ».

Par l'entremise de la Croix-Rouge à Paris, je lui fis fréquemment parvenir de l'argent, sans pouvoir m'assurer qu'elle l'avait bien reçu. Le sort de Vera me demeure inconnu et continue de profondément me soucier.

Arcady sur la promenade des Anglais à Nice, derrière lui à droite au fond le casino et à gauche l'hôtel Négresco

Chapitre XXVII
Révélations de Trakaï

Karolina, Tatiana et Stella avaient terminé leur collation. Elles s'aperçurent que l'heure de leur rendez-vous était arrivée. Tatiana interrompit alors momentanément l'histoire de son grand-père. Karolina avait écouté avec le plus grand intérêt cette émouvante partie de la vie d'Arcady et espérait bientôt en connaître la suite.

Le Sage karaïme les retrouva au restaurant près du lac où elles étaient attablées. Il leur proposa de les emmener chez lui. Sa femme Alena les attendait et leur fit un accueil chaleureux. Elle leur avait préparé le café. À la suite de l'entrevue de la veille et des informations données par Tatiana, Alena avait réactivé sa mémoire des profondeurs du passé. Elle s'était souvenue d'une lecture récente où la fin d'Arcady était racontée. Cette bibliothécaire, à la retraite, continuait de lire énormément. Elle ne se rappelait pourtant pas toujours précisément tous les documents qui avaient retenu son attention. Cependant, quelques jours auparavant, la famille du Sage avait reçu de Pologne la revue « Awazymyz ». C'est l'organe de mémoire et de l'histoire de la communauté karaïme. Alena se souvint avoir lu la veille au soir, dans cette revue, un article susceptible d'apporter une réponse à Tatiana. Dans le dernier numéro trimestriel de 2009 était paru un article, signé de Zofia Kobecka, qui publiait ses souvenirs avec un témoignage sur la famille Lavretsky à laquelle elle était apparentée. Dans ce texte y étaient relatés les raisons de l'arrestation d'Arcady ainsi qu'un acte de vandalisme sur la tombe de son père Mikhaïl, à Trakaï.

Revue Awazymyz, publiée par la communauté karaïme de Pologne.

L'éminent personnage karaïme prit la revue posée sur la table et commença à traduire du polonais en lituanien les passages qui intéressaient directement Tatiana. À son tour, Karolina les traduisait en français. D'intenses émotions faisaient vibrer le cœur de Tatiana qui cherchait à se maîtriser suffisamment pour ne rien laisser paraître. Les souvenirs de Zofia étaient précis : « À Vilnius, au début de la guerre 39-45, Arcady y louait une chambre chez un couple de riches propriétaires, dans un immeuble à l'angle des rues Podgórne Sierakowski et Jasinski. Au début de la guerre, deux sœurs juives avaient confié à la garde de ces personnes leurs objets de valeur. Quand elles voulurent récupérer leurs bijoux et autres objets précieux avant de quitter le pays, le propriétaire nia avec aplomb les connaître et voulut les chasser en les jetant violemment dehors. Arcady, qui se reposait dans sa chambre entendit la dispute et un bruyant remue-ménage occasionné par l'altercation. Il sortit alors prendre la défense de ces deux femmes et se proposa comme témoin pour appuyer leur demande. Il voulut confirmer qu'elles disaient bien la vérité et que les affaires réclamées étaient bien les leurs. Il y eut une très vive dispute entre Arcady et le propriétaire malhonnête qui menaçait les deux sœurs avec brutalité. Épouvantées, celles-ci s'enfuirent dans la nuit. On sut plus tard que par chance ces deux femmes juives avaient survécu à l'occupation.

Il en alla tout autrement pour Arcady car le sinistre personnage, dénommé Kamienicz, se vengea de son locataire qui avait osé prendre la défense de ces deux femmes. Ce dernier fut aussitôt dénoncé à la police, accusé d'avoir protégé des juives. C'est ainsi qu'Arcady fut arrêté dans la nuit par la police de sécurité allemande. Plus personne ensuite ne sut ce qu'il était advenu de lui. On apprit cet incident par le récit de Marian qui habitait l'immeuble voisin dans lequel il préparait et distribuait gratuitement des repas aux pauvres. Peu après, Marian fut arrêté par la Gestapo parce qu'il avait été témoin de l'arrestation d'Arcady qu'il trouvait injuste. Il l'avait raconté à son entourage, et fait aggravant, il appartenait à l'Armée Nationale. Quant à Kamienicz et son épouse, ils s'enfuirent de Lituanie lorsque les Allemands en partirent. »

Alena et son mari leur expliquèrent que l'armée allemande avait occupé la Lituanie à partir du 22 juin 1941, à la suite de la rupture du pacte germano-soviétique. Vilnius, considérée comme la Jérusalem du Nord, fut occupée quatre jours plus tard. L'ensemble de la population juive était estimé à environ soixante mille personnes composées de juifs résidant de longue date dans le pays et de réfugiés de Pologne qui avaient fui les arrestations après septembre 1939. Arrestation, tueries de masse et assassinats commencèrent dans le pays dès juillet 1941. Peu après, début septembre, deux ghettos furent constitués, avec pour objectif de désorienter les victimes par l'attente. Leurs bourreaux pratiquaient la torture par l'espérance en utilisant la désinformation. Cela consistait à faire croire aux familles de prisonniers des deux ghettos que leurs proches dont ils avaient été séparés, vivaient encore alors qu'en réalité, ils avaient déjà été exécutés.

N'étant pas considérés comme juifs, les karaïmes, furent préservés de la barbarie nazie par une loi. En 1938, le Reich décida d'épargner cette minorité composée essentiellement de militaires et d'agriculteurs. Arcady n'avait donc aucune raison d'être inquiété puisqu'il ne faisait pas partie des minorités susceptibles d'être persécutées.

Toute dénonciation de juifs était gratifiée d'une récompense. Les arrestations se faisaient à la suite de dénonciations de « captureurs ». Ils étaient soit des membres des milices nazies, soit même des Lituaniens sans scrupule, motivés par l'appât du gain.

Lorsque l'Armée rouge libéra Vilnus du joug nazi, le 13 juillet 1944, des soixante mille juifs qui habitaient la ville avant l'occupation allemande, il restait à peine plus de deux mille.

De nombreuses questions restaient en suspens et nécessitaient de faire une enquête pour être élucidées. Si Tatiana avait maintenant considérablement avancé dans sa recherche, celle-ci était loin d'être terminée. Les Allemands qui consignaient méticuleusement leurs

« hauts faits » macabres de guerre avaient forcément fiché Arcady. Il allait falloir maintenant rechercher ce qui s'était passé après son arrestation et trouver sa trace dans les dossiers de l'administration nazie.

Dans les bâtiments au 12 de la rue Wilenska, sont tenus à jour les fichiers des milliers de personnes arrêtées qui furent expédiées à la prison de Lukiskiu. Retrouver une fiche archivée parmi des milliers et des milliers de personnes semblait une tâche impossible, comparable à la recherche d'une aiguille dans une meule de foin. Les exactions en masse des nazis et des fascistes lituaniens furent semblables à celles du ghetto de Varsovie, bien qu'elles fussent le plus souvent passées sous silence par les historiens et gommées de la mémoire.

Tout un pan de l'histoire familiale de Tatiana venait de s'éclairer. Désormais, un autre volet s'ouvrait, particulièrement délicat. Il allait nécessiter la demande de recherche du dossier d'Arcady dans ces archives de la honte pour savoir ce qui s'était passé après son arrestation. Tatiana espérait y apprendre la date de sa mort, qui était probablement celle de son exécution.

L'article évoqué relatait encore ce qu'il était advenu de la tombe des parents d'Arcady. Il était dit qu'elle était la plus importante de toutes par son aspect monumental imposant. Des vestiges encore debout en témoignaient. Elle fut vandalisée par un pilleur de cimetière qui fut arrêté et condamné à réparer les dégâts. Néanmoins aucune autorité locale ne fut en mesure de faire exécuter le jugement, c'est pourquoi la tombe resta en mauvais état.

À la suite de ces informations, le Sage proposa de conduire Karolina, Tatiana et Stella sur la tombe des parents d'Arcady, mentionnée dans l'article. À Trakaï, il existe trois cimetières karaïmes : le premier est réduit à l'état de vestige. Il n'en reste plus que quelques pierres tombales dans un grand champ, qui témoignent des ravages de la peste qui sévit au Moyen Âge dans toute la région. Le deuxième est l'ancien cimetière où, à l'entrée, se trouve la tombe de Mikhaïl Abramovitch Lavrestsky. Auprès de lui repose son épouse

Debora Pilecka, tous les deux, arrière-grands-parents de Tatiana. Le troisième cimetière, moderne, est entretenu et toujours utilisé pour les enterrements actuels.

Une des pierres tombale
de la tombe des parents d'Arcady à Trakaï.

Tatiana fut autant impressionnée qu'émue de constater que sur cette terre de Lituanie subsistaient encore des traces visibles et palpables de ses ancêtres. En examinant plus avant l'arbre généalogique de Tatiana, le Sage karaïme y constata la réalité de leur cousinage. Sa grand-mère, en effet, était une des sœurs d'Arcady. Celui-ci était par là même son grand-oncle.

Tombe des parents d'Arcady, vandalisée au cimetière de Trakaï.

Lorsque l'heure de se quitter arriva, le lien ancestral si brutalement cassé par la Révolution s'était miraculeusement renoué entre Tatiana et ses cousins éloignés de Trakaï.

Des promesses emprunte de chaleureux sentiments cordiaux furent échangées ainsi que le souhait de rester en contact après ces retrouvailles. Par ailleurs, l'enquête était à poursuivre. Karolina, Tatiana et Stella quittèrent le paisible et doux village de Trakaï qui s'assoupissait sereinement dans des teintes pastelle, en cette fin d'après-midi d'automne dominé par son imposant château rouge au centre du lac.

Chapitre XXVIII
Vrai visage du comte Boris Dmitriev

Sur le chemin du retour, après avoir commenté les évènements de la journée, Karolina, tout en conduisant, souhaita entendre la suite du récit de l'odyssée d'Arcady dans cette Europe profondément perturbée de l'entre-deux-guerres.

Tatiana ne se fit pas prier et poursuivit le récit de la vie mouvementée de son grand-père. Elle le connaissait quasiment par cœur tant le ton de son authenticité et les accents de sa générosité naturelle, manifestés dans ses mémoires, l'avait intimement pénétrée.

Arcady disait : en France, à proximité de la ville de Tours séjournait un de mes amis, un certain Khasan. Il vivait là dans sa grande propriété. Il me proposa d'y construire avec lui une clinique pour les enfants tuberculeux. Dans ce but, je prêtais à Khasan une importante somme d'argent provenant de mes gains du jeu, qu'il comptait me rendre à Berlin, où il figurait parmi l'un des plus importants actionnaires d'une usine de fabrication d'extraits d'orange et de café. J'avais une totale confiance en sa solvabilité.

En janvier 1926, je me rendis pour la première fois à Berlin avec Khasan.

Berlin, d'un côté, animée d'un bouillonnement intellectuel exceptionnel, de productions artistiques originales, d'innovations techniques dans tous les domaines et de l'autre obscurcie par une atmosphère un peu apocalyptique de luttes sociales, de chômage et de misère criante.

Berlin, cette ville si attachante était victime d'une inflation galopante, conséquence de l'après-guerre et de la défaite du pays.

C'était une ville de violents contrastes illustrés par ses devantures de restaurants de luxe et ses soupes populaires, ses vedettes d'opéras et ses chanteurs de rue, la prospérité de ses spéculateurs et la misère de ses orphelins et invalides de guerre, ses dispendieux gaspillages et ses dramatiques famines.

Berlin, ville magnifique et étincelante de mille feux, grand centre européen d'activités dans ces années folles, métropole et pépinière culturelle et artistique de tous les possibles.

Berlin, capitale européenne du spectacle dotée de trois opéras, d'une cinquantaine de théâtres, d'une centaine de cabarets, de trois cents salles de cinémas, de dizaines de galeries d'art et de studios de tournage de cinéma.

Berlin était la ville la plus chère d'Allemagne, un paradis de la corruption et du marché noir, des profiteurs et des spéculateurs. Elle était la métropole séduisante des plaisirs.

Cette ville étonnante et si imposante par sa judicieuse planification et l'agencement de ses bâtiments me surprit par l'animation incessante de ses artères grouillantes de piétons au milieu desquelles un défilé de tramways se faufilait, principal mode de transport de la capitale, le plus répandu et le plus rapide de la ville.

Sous la République de Weimar, Berlin était devenue la plus grande cité commerciale d'Europe, une métropole fascinante d'oppositions aussi diverses qu'imprévues.

D'importantes foules se pressaient, traversant les rues dans tous les sens. Ce spectacle me laissait une impression inexprimable. Involontairement une certaine timidité s'empara de moi. Je me sentis tellement microscopique, tellement perdu dans tout ce bouillonnement humain. Petit à petit, je m'habituais à l'alternance fastueuse et misérable des différentes facettes de la capitale allemande. J'appréciais ses constructions solides symboles de force, de puissance et de respect d'une remarquable organisation.

Je m'installais avec Khasan à l'hôtel « Adlon » situé au centre-ville de la capitale. Il avait été construit en 1907 sur le site du palais

Redern vendu au début du siècle pour éponger les dettes du comte Redern, qui avait perdu en une nuit toute sa fortune au baccarat. Bien que les Berlinois aient eu des a priori négatifs contre ce nouvel établissement, inauguré par Guillaume II, il était malgré tout devenu un lieu apprécié de l'intelligentsia berlinoise.

L'actionnaire principal de la compagnie à laquelle appartenait l'hôtel « Adlon », était un banquier connu – un juif – Strauss, beau-père d'un ancien officier russe, Roman, lui-même beau-frère du grand Prince Boris Vladimirovitch. Il vivait dans l'hôtel de son beau-père.

Parmi les habitués se trouvaient de nombreux Russes. Au début des années 1920, une centaine de milliers de Russes s'installèrent dans l'Ouest bourgeois de la ville, ayant fui les désastres de la Révolution. Ils pouvaient y changer leur argent en faisant d'énormes bénéfices car en 1923, un dollar était échangé contre plus d'un milliard de marks.

La place Nollendorf était l'entrée de ce quartier berlinois dont le centre était la place de Prague. Une quarantaine de maisons d'éditions russes s'y côtoyait vivant de la publication de journaux et de livres très variés. Dans ce lieu, se trouvaient de nombreuses librairies et aussi des restaurants et des épiceries russes. À l'ouest de la ville s'étendait la grande avenue à la mode appelée « Kurfürstendamm ». Dans cette grande artère opulente se déployaient des cabarets, de grands cinémas et des dancings mais surtout le « Romanisches Café », situé au 238 de l'avenue. À partir de 1921, ce café très à la mode, qui ressemblait cependant à un hall de gare, était le rendez-vous des artistes, des gens de lettres et des journalistes. Parmi les nombreux Russes exilés se trouvaient des écrivains, des savants, des artistes mais aussi des aventuriers et des pseudo-aristocrates chasseurs de dots.

Je ne parlais pas allemand. Cette situation m'obligeait à entretenir des relations suivies avec mes compatriotes expatriés. Bientôt, je fis la connaissance de l'ancien commandant de la ville de Nikolaïev, le comte Boris Dmitriev. Je n'avais jamais entendu parler de lui auparavant. Il demeurait dans la même avenue, à l'hôtel « Kaiserhof », le plus luxueux de la capitale.

Le comte me raconta qu'il était venu en Allemagne pour chercher des gens qui financeraient le transfert au Nicaragua de quelques dizaines de milliers de soldats russes éparpillés lors de l'émigration. Entre autres informations, il me déclara qu'il avait su intéresser à ses projets une société allemande et comme preuve de ses dires, il me montra toute une série de coupures de journaux, d'articles faisant la propagande de cette entreprise dont il était le fondateur.

Je présentais le comte Dmitriev à Khasan, qui connaissait les codes de la société berlinoise incomparablement mieux que moi, puisqu'il avait déjà séjourné plusieurs fois en Allemagne. Notre impression partagée était que l'ensemble du projet de Dmitriev avait un caractère fumeux et aventureux. Comment traîner de pauvres soldats infortunés au-delà de l'océan pour des raisons de cupidité personnelle ? Il leur promettait une manne céleste. C'était de mon point de vue une affaire amorale, choquante, antipatriotique et indigne d'un aristocrate.

Dmitriev et ses troubles agissements

Les visites de Dmitriev chez moi devinrent de plus en plus fréquentes. Il m'empruntait des petites sommes pour régler ses notes d'hôtel. Il me racontait qu'il était dans l'attente du transfert d'une importante somme d'argent, mais en réalité ses affaires empiraient de jour en jour et l'argent continuait à lui faire défaut. Les affaires de Khasan ne marchaient pas non plus comme il l'escomptait. Le krach boursier de 1929 avait eu une forte répercussion sur sa situation financière.

À l'hôtel « Kaiserhof », le grand prince Boris Vladimirovitch était descendu pour assister au mariage de son beau-frère ainsi que le grand prince Alexandre Mikhaïlovitch.

Mon nouvel ami, le comte Dmitriev, sut très bien tirer profit de cette nouvelle histoire de mariage. Comme il connaissait le grand prince Boris Wladimirovitch, il lui amenait tous ceux qui, ayant quitté la

Russie depuis longtemps, après s'être enrichis, brûlaient maintenant d'avoir dans leur carnet de relations un grand prince russe. Parmi les personnes très désireuses de faire la connaissance du grand prince, il y avait un certain comte Pahlen.

Le comte Dmitriev m'avait confié que tout ce qu'il pouvait gagner partait en frais de représentation, pour maintenir l'éclat de son titre dont il était très fier. Selon lui, la lignée des comtes Dmitriev descendait tout droit des rois polonais. Je n'avais pas le moyen de le vérifier. Je ne pouvais que le croire sur parole mais je n'avais aucun doute à ce moment-là de l'authenticité de ses affirmations.

Boris Dmitriev était une personne cultivée qui parlait couramment les principales langues européennes. Malgré son âge mûr, force était de constater qu'il se comportait de manière excessive, légère et impulsive.

Un jour, Boris vint chez moi et me raconta qu'il avait emprunté à une de ses relations cinq cents dollars en échange d'un chèque sans provision. Il comptait rapidement trouver une solution d'une façon ou d'une autre et mettre cette somme sur son compte bancaire, mais il avait eu d'importantes dépenses avant de pouvoir le faire. La personne qui lui avait fait le prêt avait déposé, en confiance, le chèque sans provision à sa banque. Boris se trouvait maintenant menacé d'un énorme scandale et peut-être même de la prison.

Pour m'avoir fait part de ses nouvelles difficultés, Dmitriev comptait évidemment sur mon assistance financière. Cette fois-ci, je lui refusais fermement ce nouveau prêt. Je lui rappelais qu'auparavant je l'avais maintes fois aidé, persuadé qu'il me rembourserait tous ses emprunts. Je décidais de mettre une croix sur ses dettes antérieures, mais de ne plus lui donner un centime même si de gros ennuis le menaçaient. J'avais un principe : « Tous ceux parmi nous qui vont contre la loi, doivent désormais être prêts à en assumer les conséquences et nullement rechercher l'aide ou la protection de personnes qui ne sont pas concernées par leurs affaires ».

La dame trompée par Dmitriev décrivit les exploits du comte dans un quotidien au point de soulever des doutes sans ambiguïté sur la légalité de ses droits au titre de noblesse. Dmitriev fut complètement bouleversé par toute cette histoire.

Il décida de demander de l'aide au comte Pahlen qui comptait même le marier avec quelque riche héritière. La famille Pahlen est très connue en Russie, mais il était étrange que ce Pahlen ne sache pas du tout parler russe. Certains disaient que par le passé, il s'était fait appeler baron Pahlen. Il résidait en Allemagne depuis longtemps. À un âge respectable, il s'était marié avec la veuve d'un millionnaire. Il était parvenu à conquérir sa confiance au point de pouvoir disposer selon sa convenance de la totalité des biens de son épouse. Il m'avait beaucoup supplié pour que je le présente au grand prince Boris Wladimirovitch. Lorsque j'adressais un message de recommandation au grand prince, il me répondit avec étonnement : « je connais tous les comtes Pahlen, mais je n'ai jamais entendu parler de celui-là ». Le grand prince m'autorisa toutefois à le présenter. Je fis tellement de manières, d'embarras et de cérémonies que mon comte Pahlen se trouva très honoré et flatté d'être si courtoisement introduit.

Boris, après avoir reçu l'aide financière d'un ami décida de partir pour Paris. Il descendit au « Ritz », grand hôtel de la place Vendôme, dans une somptueuse suite. Son automobile richement décorée de sa couronne comtale, garée à proximité était toujours prête à démarrer. De temps en temps, Dmitriev faisait de pompeuses sorties dans l'église orthodoxe russe de la rue Daru, où toute l'ancienne aristocratie russe se retrouvait à l'office des vêpres. Le comte répandait avec beaucoup de conviction des bruits comme quoi il s'était fiancé à une multimilliardaire dont il avait reçu quelques millions de francs en cadeau pour ses menues dépenses de la part de son futur beau-père. Une étrange partie de chasse commença alors. Dmitriev était toujours entouré d'une quantité impressionnante d'adroits pique-assiette. Son capital fondait à vue d'œil. Bientôt dans un hôtel, il fit un chèque sans provision de quelques milliers de francs, ce qui le mit au nombre des personnes recherchées par la police.

Ne souhaitant pas poursuivre de relations avec Dmitriev, je lui donnais une fausse adresse et je coupais tout contact avec lui. Selon mes observations, c'était un individu qui ne reculait devant aucun gain obscur et de plus, il ne se comportait qu'en profiteur. D'habitude ce genre de personne agit en solitaire, ne comptant que sur ses propres capacités. Cependant, en cas d'échec, ces individus courent rapidement à leur perte et importunent toujours les autres pour leur faire pitié et leur soutirer de l'aide. Tous les plans de ce coureur de dots se résumaient en fait à un mariage avec une riche héritière. De temps en temps, j'avais des échos de ses aventures relatées par la presse. Elles continuaient à faire scandale et à mériter notre réprobation.

Alexander Platz, Berlin

Chapitre XXIX
Nouveaux méfaits du comte Boris Dmitriev

Je ne tardais pas à perdre complètement de vue Dmitriev.

Vers le milieu de l'année 1931, je rencontrai par hasard un de ses amis : il me montra une lettre qu'il avait reçue du comte. Celle-ci provenait de New York. Boris faisait savoir à son ami Sacha qu'il s'était marié avec une milliardaire et qu'il s'apprêtait à partir avec sa femme en voyage pour l'Europe, accompagné de cinq secrétaires personnels. À part cela, lui ayant précédemment servi de courtier en affaires, Dmitriev lui demandait de me rechercher car il avait l'intention de me confier l'achat d'un hôtel particulier à Berlin où il comptait s'établir définitivement. Dans la lettre, se trouvait une adresse à Berlin où il serait possible de le joindre sous peu. Prenant la nouvelle au sérieux, je me décidais à le contacter.

À Berlin, Sacha se rendit à l'adresse indiquée par la lettre de Dmitriev. Il y fut reçu par une jeune américaine qui lui raconta en pleurant que Boris avait été arrêté, et se trouvait incarcéré dans la prison du Moabit située à la Lehrter Strasse, proche de la gare centrale de Berlin. Ce centre de détention, situé en centre-ville, traitait de toutes les affaires pénales à Berlin.

Sa malheureuse femme n'avait plus aucun moyen de subsistance et ne pouvait pas rentrer chez ses parents en Amérique. Il s'avéra que Boris Dmitriev l'avait amenée à Berlin contre sa volonté et celle de ses parents. Il avait fait croire qu'il y possédait un magnifique palais et qu'il y avait beaucoup de parents riches et célèbres. En réalité, à la place de la splendeur promise, le romantique couple ne trouva que la faim, le froid et le dénuement. Aux reproches de l'Américaine dupée,

Dmitriev racontait pour la tranquilliser que bientôt il recevrait une importante somme d'argent, car il était l'un des chefs d'une bande internationale de faux-monnayeurs et de marchands de stupéfiants.

Lorsque le responsable de l'hôtel présenta la note à régler à Dmitriev, celui-ci répondit en exhibant un contrat passé avec une grande fabrique de produits chimiques selon lequel il avait versé quelques dizaines de milliers de marks d'arrhes pour l'achat de produits. S'appuyant sur ce justificatif, le comte demandait de patienter pour le paiement de sa dette dans l'attente des fonds de son contrat. Le patron de l'hôtel, après avoir fait des recherches, eut la preuve que le contrat était un faux. Il fit arrêter Dmitriev. Lors de l'interrogatoire de police la « femme » de Boris raconta très sincèrement toutes ces mésaventures depuis qu'elle l'avait rencontré et combien elle avait été trompée par son comportement de séducteur. Le consul fit rapatrier la jeune femme gracieusement chez ses parents aux États-Unis.

De nombreux journaux allemands et américains titrèrent des manchettes sensationnelles sur l'arrestation d'un gros affairiste titré.

Quelques mois passèrent. Un jour, j'appris que Boris était à Paris et qu'il voulait me voir. Notre entrevue eut lieu dans un café parisien.

Dmitriev me raconta ses mésaventures. Ils les présentaient bien sûr sous le meilleur éclairage possible en ce qui le concernait.

Selon ses dires, il était parvenu à sortir de prison avant le jugement grâce à l'intervention d'un avocat berlinois qu'il connaissait. Celui-ci avait su habilement plaider en sa faveur. En prison, il avait réussi à savoir l'endroit où il pourrait se procurer un faux passeport. Muni de ce document au nom du sujet allemand Bruno Dubbing, il arriva à Paris et s'installa à l'hôtel « Majestic », avenue Kléber. Dmitriev m'avoua que s'il ne quittait pas immédiatement la France, de gros ennuis le menaçaient, car il y avait été condamné par contumace à deux années de prison pour escroquerie. Concernant sa femme, l'Américaine, le comte me déclara qu'il l'aimait beaucoup et brûlait de la retrouver, mais qu'il n'avait pas d'argent, non seulement pour le voyage en Amérique en paquebot mais aussi pour régler la note de son hôtel.

« Donnez-moi ne serait-ce que cinq cents francs, je n'ai plus un centime, ma femme est malade. »

« Quelle femme ? »

« Celle qui était avec moi à Berlin ! »

« Écoutez Boris, il se dit de vous que vous avez maintenant une nouvelle activité peu honorable qui consiste à vendre des jeunes filles dans les maisons closes et que vous auriez amené votre Américaine en Europe dans ce but, l'appelant « votre femme », pour la montrer à ceux qui vivent de la traite des blanches. Les trafiquants, eux aussi, appellent leurs victimes leurs « femmes ». Votre comportement est déshonorant pour nous tous et nous fait particulièrement honte.

J'habitais dans une pension de famille à proximité de la place des Vosges. Boris vint chez moi vers le soir et me fit force invites à venir chez lui, me disant qu'il voulait me présenter à sa femme. Je refusais net de me rendre chez lui et je lui signifiais que désormais je ne voulais plus entendre parler de lui.

Voici qu'à minuit, la sonnerie du téléphone retentit dans ma chambre. Étonné, j'allais répondre à l'appareil. La voix d'une personne masculine inconnue me demanda dans un très bon russe de bien vouloir la recevoir, pour une affaire très importante me concernant personnellement. J'allais ouvrir la porte de la pension à un homme élégamment habillé, qui s'approchant de moi, se présenta. Il s'appelait Kurt. Il me salua de manière particulière pour se faire reconnaître en tant que membre d'une confrérie afin de me rassurer sur ses intentions.

Récit de Kurt, démystification de Boris

Nous avons appris, dit-il, votre retour à Paris. De même, nous sommes parvenus à savoir où vous logez. Je ne voulais pas rencontrer

Boris Dmitriev et c'est pour cette raison que je me permets de venir vous déranger à une heure aussi tardive. Veuillez m'en excuser. Je suis venu en frère vous prévenir de ce qui vous attend si vous continuez à aider cet homme que nous avons exclu de nos rangs. Je connais très bien cet individu. En 1929, j'eus occasionnellement à travailler pour lui. Ma tâche consistait à lui procurer tous les renseignements dont il avait besoin sur le Nicaragua. Bien évidemment, je ne fus jamais rétribué pour mon travail. Au début, j'avais toute confiance en Dmitriev. Il vivait alors sur un grand train, fréquentait à Berlin les gens les plus en vue et bien établis. De surcroît, il se réclamait en toute occasion de son amitié avec le grand prince Boris Wladimirovitch. Petit à petit, je devins son secrétaire particulier. Il se mit de plus en plus fréquemment à m'envoyer visiter différentes personnalités porteuses de lettres sollicitant des petits prêts. Tout ce qu'il réussissait à obtenir de cette façon, lui permettait d'entretenir son train de vie. Lorsque Boris reçut de vous une aide importante, il partit pour Paris, sans m'avoir payé un seul pfennig. Revenu à Berlin, sans rien en poche, il me proposa de travailler à nouveau pour lui, mais cette fois-ci, je refusais.

Par mon intermédiaire, Dmitriev était rentré en contact avec plusieurs membres de la confrérie des *Chevaliers du Travail* de Berlin. Il se réclamait de votre parrainage et de votre soutien. Je compris qu'il avait abusé ma confiance et la leur. Il joua de son charme et leur fit impression en tant qu'aristocrate et réfugié russe. Il parlait suffisamment bien l'allemand pour se faire apprécier. Il finit par être admis dans nos rangs. Il escroqua pratiquement tous les membres de la confrérie qu'il rencontra en leur empruntant « momentanément » des sommes d'argent, certaines parfois considérables, dont personne évidemment ne fut remboursé.

Nous avons entendu parler de vous, Arcady, de votre courage et de votre dévouement durant la Révolution pour aider votre famille ainsi que de la sincérité de vos engagements aussi bien dans votre confrérie si proche de la nôtre et de votre engagement pacifiste.

J'étais devenu l'homme de confiance du président de notre confrérie à Berlin, Peter Bergmeier, militant du rapprochement pacifiste franco-allemand. Il entretient des relations très amicales avec Victor Vaillant, le président actuel du Palais de Fer à Paris. Celui-ci voulait entrer en contact avec vous pour vous charger d'une mission en faveur du mouvement pacifiste.

Afin de se débarrasser définitivement de Boris, Peter Bergmeier me donna une somme d'argent pour aller vous chercher à Berlin et vous convaincre de revenir à Paris car il tenait absolument à vous rencontrer.

Au cours de son voyage, Boris emmena avec lui une jolie jeune fille pauvre dont il avait fait connaissance dans le métro et dont il était tombé éperdument amoureux.

Peu après son départ, nous eûmes connaissance par les journaux de son arrestation à Berlin, et quelque temps après, nous commençâmes à recevoir des lettres de sa prison dans lesquelles il nous suppliait de lui envoyer de l'argent. Lassé de ses mensonges, nous l'avons radié à jamais de notre confrérie en informant tous nos membres des agissements de cet escroc indigne d'être des nôtres. Arcady, je vous mets en garde sur votre prétendu ami Boris qui profite de vous et fait du tort à votre réputation de probité et de courage.

J'écoutais le récit de Kurt avec le plus vif intérêt et je lui dis : « Vous m'avez ouvert les yeux sur beaucoup de choses, en me dévoilant le rôle indigne joué par Boris. Je vous crois lorsque vous dites que vous êtes mon ami. Je sais même pouvoir vous considérer comme un frère de cœur et d'esprit en raison de notre appartenance spirituelle commune. »

Nous décidâmes que je devais changer de logement le plus rapidement possible pour mener à bien nos projets et me débarrasser de ce parasite qu'était ce profiteur de Boris. J'allais m'installer dans un petit hôtel du Marais. En plus de Kurt, une autre personne vint s'installer avec moi, un ukrainien, dénommé Sergueï Kowalski. Cet homme était également une victime de Dmitriev. Initialement, il avait travaillé à Montréal dans une agence de voyages. Boris, à son arrivée à Montréal, l'avait fait venir à l'hôtel « Windsor » et après lui avoir montré une fausse facture, lui vendit un lot de bas de soie, lesquels provenaient prétendument de Berlin. Kowalski, épaté par l'aplomb de Boris lui donna pour le paiement de ces bas toutes ses maigres économies. Lorsque la duperie se révéla, Boris, qui avait peur des poursuites, convainquit Sergueï de l'accompagner à Paris où il lui promit monts et merveilles en plus d'un dédommagement financier important. En fait, Boris avait profité du don de mes cinq cents francs pour venir à Paris, me retrouver et chercher de nouveau à m'attendrir pour parvenir à m'extorquer une importante somme d'argent et disparaître aux États-Unis.

Cet escroc savait habilement jouer de ses prétendues origines aristocratiques pour duper son entourage. La Révolution russe avait suscité parmi les exilés une cohorte de faux aristocrates, sans foi ni loi et sans un sou. Ils vivaient à crédit, menaient un grand train de vie, auréolés de leur prétendu titre de noblesse, profitant de la crédulité de leurs rencontres pour se faire entretenir. J'avais été bien naïf de me laisser berner à plusieurs reprises par le charme de ce beau parleur qui n'était qu'un vulgaire malfaiteur. Comte ou pas, cet individu ne méritait plus ni mon attention, ni mon aide.

J'allais maintenant, sans perdre davantage de temps avec ce sinistre individu enfin démasqué, me consacrer à l'activité pacifiste pour laquelle j'étais pressenti. C'est ainsi qu'à ma modeste échelle je me préparais à éviter, si possible, le déclenchement d'une nouvelle guerre.

Chapitre XXX
Premiers contacts pacifistes

À Berlin demeurait une de mes grandes amies, la très distinguée baronne Irina. Elle était connue pour son activité sociale et philanthropique. Elle possédait un magnifique et imposant hôtel particulier sur la Victoria Strasse qu'elle désirait vendre. Du temps où je croyais encore aux affabulations et aux galéjades de Dmitriev, je me proposais d'acquérir cette luxueuse demeure pour le comte et son épouse.

Chez la baronne Irina, j'eus la surprise et le privilège de rencontrer une femme exceptionnelle et de plus sculpteur, Käthe Kollowitz, professeur à l'Académie des Beaux-arts de Berlin. En 1914, elle avait perdu son fils cadet, Peter, alors âgé de 18 ans, mort en Flandre au « champ d'honneur » selon l'expression consacrée. Ce drame intime avait amené Käthe à s'engager dans un combat humaniste de pacifisme social. Selon sa conception, l'art était un engagement qui devait pouvoir représenter les conditions sociales, la misère et les difficultés de la société. En Flandre, après dix-sept ans de labeur, elle venait d'achever deux statues où elle s'était représentée en pleurs avec son mari sur la tombe de leur fils mort à la guerre. Cette sculpture érigée dans le cimetière militaire allemand de Vladslo était progressivement devenue le symbole de tous les parents éprouvés par la perte d'un fils à la guerre. Elle déclarait avec une grande conviction : « Je veux agir sur notre époque où les gens sont si désemparés et ont tant besoin d'aide ». Cette femme remarquable paraissait fragile, tout en incarnant une détermination tranquille par l'énergie et la force que ses convictions dégageaient. Elle savait faire passer une grande puissance émotionnelle dans son travail artistique expressionniste. Toute son œuvre graphique et sculpturale témoignait ici de l'injustice sociale de manière poignante, de la détresse et de la misère humaine, tout autant que de la souffrance devant la mort, de l'indigence et de la misère de tous les laissés-pour-compte, notamment de celles des enfants et des orphelins de guerre.

Cette artiste, toujours hantée par la mort de son fils, peu après son arrivée au front, était dotée d'une profonde sensibilité. Elle était parvenue à sublimer positivement sa douleur en devenant une militante pacifiste convaincue. En 1924, Käte réalisa une affiche pacifiste qui eut un grand retentissement dans le pays, sur laquelle était inscrit « Nie wieder Krieg ! » que l'on peut traduire par : « Plus jamais la guerre ! ». La même année, elle dessina une affiche représentant des enfants affamés tendant des bols vides, les yeux levés vers le ciel implorant la pitié des adultes et de Dieu. Cette œuvre témoigne de la souffrance, de la détresse et de la famine dramatique dont étaient victimes tant d'enfants allemands.

Cette belle rencontre s'imprima profondément en mon âme et suscita en moi l'envie d'être utile pour éviter de nouvelles calamités liées à la guerre, en m'investissant à mon tour dans le pacifisme.

En 1930, à mon arrivée à Berlin, la baronne Irina m'avait mis en contact avec Francesco et Eleonora Mendelssohn pour leur servir de courtier en tableaux. Elle me recommanda chaleureusement à eux. Désormais, je m'employais à l'accroissement de leur collection de tableaux. Le frère et la sœur se distinguaient comme piliers de la bohème artistique et littéraire de la capitale berlinoise. Leur père, Robert von Mendelssohn, banquier juif, décédé en 1917, avait laissé à ses deux enfants une immense fortune et une exceptionnelle collection d'œuvres. Elle était composée de tableaux de maîtres flamands dont plusieurs Rembrandt, mais aussi de Corot et de peintres impressionnistes.

Les enfants Mendelssohn étaient férus de musique et de théâtre. Francesco aimait jouer du violoncelle. Fantasque et excentrique, il roulait dans un cabriolet, aux sièges recouvert d'hermine. Il était la coqueluche des Berlinois en vue qui appréciaient son esprit, sa fougue et son entrain. Revêtu de vêtements tape-à-l'œil aux couleurs criardes, conduit par un cocher en livrée rouge vif, il parcourait fréquemment le célèbre Kurfürstendamm. Francesco avait un penchant marqué pour les jeunes éphèbes musclés. Il participait activement à la vie d'excès et de débauche des années 1930. Quant à sa sœur Eleonora, artiste elle aussi, elle montait sur les planches pour jouer la comédie. Le théâtre était sa passion. En dépit de sa culture, de sa richesse et de sa beauté, la jeune femme était malheureuse car elle avait la faiblesse de s'amouracher de célébrités qui ne s'intéressaient guère à elle. Ses différents mariages se terminèrent par de malheureux échecs. Je ressentais beaucoup de compassion à son égard. Parfois, elle me faisait l'honneur de me prendre pour confident. Je m'efforçais toujours d'avoir pour elle des paroles de réconfort et de la faire espérer en des jours meilleurs et plus cléments. Elle était belle, intelligente et riche. Beaucoup l'enviaient. De mon point de vue, elle bénéficiait de beaucoup d'atouts pour ne pas être malheureuse.

Bien que le frère et la sœur fussent des excentriques fortunés, j'appréciais leur sens de l'esthétique dans tous les domaines, leur goût sûr et leur raffinement en matière artistique. J'étais devenu leur courtier en tableaux et investi de leur confiance, ils savaient se montrer généreux et avaient à cœur de me rétribuer largement, informés qu'ils étaient de mon histoire et de mon statut d'exilé.

Vente de tableau

Je continuais la vente et l'achat d'œuvres anciennes pour leur compte. Un jour, Eleonora me demanda de me rendre à Paris pour négocier l'achat d'un Rembrandt. J'avais un rendez-vous organisé avec un certain M. Lionel. Il proposait à la vente un tableau du maître hollandais, estimé à un million cent cinquante mille francs.

Pour m'assurer de l'authenticité du tableau, j'invitais, sous le couvert d'acheteur, un de mes amis, célèbre expert en la matière, qui avait eu sa propre galerie de peinture en Russie avant la Révolution.

Après un examen minutieux, mon ami prétendument acheteur eut l'air convaincu et attesta à M. Lionel que ce tableau était authentique mais m'avoua en secret qu'il ne s'agissait que d'une bonne copie. Je télégraphiais aussitôt l'information à Eleonora qui me donna l'ordre de l'acheter à son prix réel de copie.

Peu de temps après, je retournais seul trouver M. Lionel et lui dis : « Mon acheteur est tout à fait d'accord pour conclure l'affaire. Dans cette transaction cependant je souhaiterais être votre associé et pas uniquement un intermédiaire. À propos, êtes-vous certain de l'authenticité de ce Rembrandt ? »

« Évidemment, évidemment », me répétait avec un aplomb désarmant mon interlocuteur.

« Je vous laisse quelques jours de réflexion. Si vous acceptez ma proposition, en tant qu'associé dans l'affaire, je prendrai trois cent mille francs. »

Deux jours plus tard, mon vendeur m'avoua que le tableau n'était pas authentique, qu'il n'était qu'une bonne copie. Il finit par accepter mes conditions. Ayant réalisé que cet individu, qui avait cherché à me duper, faisait du commerce avec le monde entier, je lui proposais de garder le silence sur toutes ces transactions douteuses s'il me servait d'intermédiaire et lui demandai :

« Ne connaîtriez-vous par hasard pas un communiste qui aurait volé de l'argent et qui se serait enfui à l'étranger ? Si vous connaissez un tel individu, votre aide me sera indispensable pour entrer en contact avec lui. Vous me présenterez comme agent d'affaire berlinois des Mendelssohn. Votre tâche consistera lui communiquer qu'il existe un tableau de Rembrandt, inconnu du public, et qu'il aurait la possibilité de l'acquérir à bas prix. »

M. Lionel réfléchit un peu, puis dit :

« Voici peu de temps, j'ai vendu une paire de boucles d'oreilles en diamant à un communiste de cette espèce. Il venait de Petrograd où il avait été juge de la Tcheka. Il faisait fusiller les gens pour un oui ou pour un non. Ensuite il avait obtenu un poste au commissariat des finances. Il y avait volé, s'il faut accréditer la rumeur, cinquante mille roubles, puis il s'était enfui. Quelle somme d'argent possédait-il ? Je l'ignore, mais je pourrais en toute liberté aller le trouver avec cette proposition et si vous arrivez à le confondre, ce ne serait que justice. »

Quelques jours plus tard, je me trouvais dans la chambre d'hôtel de M. Lionel en compagnie de ce communiste et lui présentais le tableau. Le lendemain, pensant faire une bonne affaire, cet ancien juge de la Tcheka apporta un acompte de trente-six mille francs, en dollars, car il estimait cette devise comme étant la plus forte et la plus stable, ce qui était comique pour un ancien révolutionnaire bolchevique.

« Eh ! m'écriais-je, je vous reconnais. Oui, c'est bien vous personnellement qui avez fait fusiller ma famille à Petrograd ! Vous, vous êtes un des nombreux tortionnaires de la Tcheka, auteurs de massacres d'innocents qui semaient la désolation et multipliaient les veuves et les orphelins ! »

L'ancien juge blêmit, se troubla et répondit : « je n'ai jamais été là-bas, c'est certainement mon sosie ! » Saisi de peur et dans la crainte que je me venge de lui, il s'enfuit nous laissant son acompte dont je fis bon usage en le distribuant à des personnes particulièrement nécessiteuses.

Sur les conseils de mes commanditaires, compte tenu des changements qui se produisaient à Berlin avec la prise du pouvoir par les nationales-socialistes, je prolongeais mon séjour à Paris pour poursuivre mon négoce d'œuvres d'art.

De nouveau parisien, j'en profitais pour rendre visite à mes filles plusieurs fois, les bras chargés de cadeaux, de chocolats et de friandises. Elles vivaient, logées dans un agréable petit pavillon de banlieue que je leur avais acheté, avenue Beauséjour, à Colombes.

J'eus la déception et le chagrin de découvrir que Josepha, leur grand-mère, s'efforçait de détruire le lien qui m'unissait à mes enfants et cherchait à les détourner de mon affection en leur racontant d'horribles mensonges à mon sujet.

Il est tellement facile de tromper des enfants tant ils sont remplis de crédulité, de candeur et d'innocence.

Pour le moment, lors de mes visites, mes trois filles continuaient à me témoigner leur joie et leur affection. Nos retrouvailles étaient toujours une grande fête dont leur grand-mère prenait ombrage. Un jour ma cadette, Diana, juchée sur mes genoux, me dit : « Mémé nous recommande, chaque fois que tu viens nous voir, de ne pas manger les chocolats et les bonbons que tu nous apportes parce qu'ils sont empoisonnés. Tu nous aimes trop mon petit Papa pour nous faire du mal, n'est-ce pas ? »

J'étreignis tendrement ma fille contre moi, la couvrant de baisers, pour la rassurer. Je partis le cœur profondément chagriné, désespéré et affligé. Comment cette bonne grand-mère, si pieuse et « bien-pensante », pouvait-elle vouloir à ce point nous nuire en cherchant à couper le lien filial qui m'unissait profondément à mes enfants si chères à mon cœur ?

En Allemagne, les vociférations racistes du leader national-socialiste et ses appels à la haine ne présageaient rien de bon pour l'avenir. Le général Goering, ministre président de Prusse, avait fait parvenir à toutes les confréries initiatiques une ordonnance dans laquelle il estimait qu'en raison de l'unité du peuple allemand réalisée par le mouvement national, il était inutile de maintenir toutes les confréries, que ce soient celles de la Fédération universelle des *Chevaliers de la Lumière* ou celle des *Chevaliers du Travail*.

Eleonora et Franceso, bien que de mère italienne et baptisés, étaient juifs par leur père. Ils étaient bien conscients que d'ici peu ils risquaient d'être à leur tour victimes de la sinistre et impitoyable chasse antisémite qui s'abattait sur leur pays. Eleonora était partie se réfugier dans son château en Autriche alors que son frère séjournait principalement à Paris ou à Venise. Il me contacta pour que je retourne à Berlin tenter de sauver tous les tableaux que sa sœur n'avait pas eu le temps d'emporter avec elle, en Autriche.

J'hésitais, car l'opération était périlleuse pour ma sécurité. Le Régime national-socialiste devenait très autoritaire et certains de ses membres confisquaient des œuvres d'art classiques pour leur compte personnel. Ils n'hésiteraient certainement pas à faire main basse sur le reste de la collection Mendelssohn et éventuellement à m'emprisonner.

Chapitre XXXI
Nouveaux contacts pacifistes

Afin de venir en aide à mes bienfaiteurs, les Mendelssohn, j'avais fini par accepter leur mission. Parallèlement, j'étais également chargé de rencontrer les différents responsables de la confrérie berlinoise avec lesquels j'avais établi un précédent contact.

En 1934, je repartis pour Berlin en compagnie de Kurt qui devait me servir de traducteur auprès de sa propre confrérie. Nous apprîmes qu'un certain nombre de nos amis allemands, tous militants pacifistes, membres de la Fédération universelle des Chevaliers de la Lumière avaient été arrêtés et que d'autres avaient été exécutés. Toute espérance de paix et de réconciliation semblait définitivement s'éloigner alors que le national-socialisme, devenu un redoutable virus hégémonique, déterrait maintenant la hache de guerre.

En quelques mois, l'atmosphère avait changé. Un climat de terreur et de suspicion oppressant était palpable, renforcé par des perquisitions, des arrestations, des tortures et des exécutions qui s'intensifiaient de jour en jour. Malheureusement, plus rien ne subsistait de la brillante République de Weimar qui semblait désormais définitivement morte et enterrée.

Parmi les pacifistes, certains avaient rêvé de réaliser une nouvelle entité qu'ils auraient appelée les États-Unis d'Europe, fondée sur la collaboration des puissances européennes. Ernst von Wildenbruch, petit-fils du prince Ferdinand de Prusse, qui avait été successivement militaire, magistrat, diplomate puis devenu un célèbre poète de renom en Allemagne, était l'un des plus ardents défenseurs de ce projet. Il souhaitait voir disparaître la mésentente séculaire entre la France et son pays. À ses yeux, ces deux grandes nations que sont l'Allemagne et la France étaient faites pour s'entendre et s'enrichir mutuellement de leur complémentarité. Elles auraient pu ainsi s'entraider et réaliser une union pacifique de leurs peuples.

À la fin du XIXe siècle, l'écrivain et diplomate Ernst von Wildenbruch, appelait de ses vœux la réalisation d'un rapprochement franco-allemand : « Il est impossible de savoir quand et de quelle manière cette création des "États fédérés de l'Europe" va se produire, mais dès à présent on peut affirmer qu'avec sa réalisation la paix mondiale et par voie de conséquence la civilisation humaine bénéficieront d'un avancement inconnu jusqu'à ce jour. La France et l'Allemagne y sont non seulement appelées mais pour cela il faut qu'elles s'unissent, qu'elles deviennent amies. L'amitié entre la France et l'Allemagne, la grande formation nouvelle, l'espoir d'une civilisation bienfaisante, approchent à grands pas de leur réalisation. Une responsabilité immense pèse sur l'actuelle génération qui habite ces deux pays. Comprendra-t-elle sa tâche ? Saura-t-elle la mener à bien ? Quiconque croit encore au développement de la sainte raison au sein de l'âme humaine ne pourra répondre autrement que par oui ! »

Nous aurions tous aimé pouvoir rêver d'une réconciliation franco-allemande. Malheureusement les rugissements, les clameurs et slogans belliqueux en provenance du Rhin et de la Spree, faisaient considérer que toutes ces déclarations pacifistes étaient de plus en plus utopiques. Comment maintenant était-il possible de réconcilier les deux anciens ennemis ? Pouvait-on forcer deux adversaires de longue date à fraterniser et à s'aimer ? Si l'un d'entre eux pouvait trouver la solution miraculeuse pour parvenir à un tel résultat la paix et le bonheur régnerait sur terre. Nous pourrions nous imaginer être déjà au paradis.

Le sinistre soir du 10 mai 1933, à la suite d'une vaste campagne nationaliste « contre l'esprit anti-allemand », fut organisé un des plus révoltant et épouvantable attentat obscurantiste qui dépassait l'entendement. Il visait la culture. C'est ainsi que vingt mille livres d'auteurs allemands et étrangers, juifs ou non, furent brûlés sur la place de l'Opéra de Berlin. Toutes les œuvres décrétées par les nazis comme étant décadentes furent sacrifiées au feu. Pour la plupart, il s'agissait des œuvres de grands esprits brillants comme Heinrich Heine, Thomas Mann, Erich Kästner, Stefan Zweig, et de bien d'autres. Comment était-il possible que des intellectuels allemands puissent cautionner une telle monstruosité et être à ce point aveuglé par le fanatisme en participant à un tel sacrilège ?

Eleonora, avant de quitter l'Allemagne, était parvenue à mettre en sûreté ses tableaux de Rembrandt, à Bâle, dans le coffre d'une banque suisse. Elle leur avait substitué des copies dont celle que j'avais acquises pour son compte à Paris. Ces Rembrandt étaient inscrits sur la liste des œuvres d'art d'intérêt national pour le Reich.

En tant que marchand d'art, représentant des Mendelssohn, j'eus un rendez-vous avec un des secrétaires d'Hermann Goering qui proposa d'acquérir les tableaux pour le compte de son patron pour 350 millions de Reichsmarks. Je lui laissais en gage de bonne foi la copie du Rembrandt acquise à Paris. Je pris bonne note de sa proposition et avant de donner une réponse définitive je prévins que je devais en aviser les propriétaires pour obtenir leur accord. Je promis de reprendre aussitôt contact avec lui dès que je recevrais une réponse.

J'avais rendez-vous chez moi avec Kurt. Mon inquiétude augmentait davantage de jour en jour. Cela continua ainsi jusqu'au 14 août. Ce jour-là contrairement à ses habitudes, Kurt ne vint pas me voir.

La mission proposée était juste et nécessaire et je l'acceptais en pensant être utile pour faire avancer la seule cause qui méritait un combat, celle de la Paix.

« Nie wieder Krieg » « Plus jamais la guerre » de Kähte Kollwitz

Chapitre XXXII
Suite de l'odyssée d'Arcady

Peu de temps après, un soir, rentrant chez moi vers minuit, j'ouvris la porte d'entrée avec un indéfinissable pressentiment.

C'est alors qu'un individu sauta soudainement sur moi revolver au poing. En un bref un coup d'œil, j'entrevis encore trois ou quatre personnes dans la pénombre. Sans dire un mot, ils me poussèrent dans ma chambre, me fouillèrent et s'emparèrent des milliers de Reichsmarks que j'avais sur moi. Je constatais que tout ce qui se trouvait dans la pièce avait déjà été fouillé. Trois des inconnus m'attrapèrent par les bras, et me traînèrent dans la rue.

Arrestation

Il était particulièrement tard au point qu'il n'y avait plus âme qui vive dans les rues. Je fus traîné jusqu'à une automobile qui stationnait non loin. Je réalisais très vite que je venais de tomber entre les mains de quelques bras armés dépêchés par Goering puisqu'une voiture de police stationnait juste à côté de la maison. À la vue d'un passant solitaire, je criais de toutes mes forces en allemand : « Hilfe ! Hilfe ! » (« Au secours ! Au secours ! ») Au même instant je fus poussé dans la voiture.

En chemin, pensant que ma dernière heure était venue, je fis intérieurement mes adieux aux êtres qui m'étaient chers. La voiture fonçait sur cette même route que voici peu nous avions emprunté Kurt et moi pour rendre visite à un des responsables du mouvement pacifiste, également membre de la confrérie dissoute.

Il n'y avait plus de doute, j'étais perdu. Mais tout d'un coup, l'automobile s'arrêta devant une entrée brillamment éclairée. Je n'en croyais pas mes yeux, c'était le commissariat de police.

À ma grande stupéfaction, la première personne que j'aperçus au commissariat fut Kurt. Il me raconta qu'il avait été arrêté le matin même, très tôt, à la suite de notre rendez-vous de la veille avec Helmut von Rauschenplat. L'entrevue que nous avions eue avec ce dirigeant d'une section clandestine qui agissait contre le nazisme était considérée comme un crime envers le Reich et passible de la peine de mort.

Très vite, il m'apparut que ce n'était pas la seule raison de mon arrestation.

Interrogatoire

À trois heures du matin, on me fit appeler pour être interrogé. L'interrogatoire eut lieu avec l'assistance d'un traducteur.

Tous nos interrogatoires se terminèrent par nos aveux d'avoir comploté contre le Reich. Je fus pris à part et le juge m'informa que mon accusation se compliquait en raison de mes projets de vente de tableaux car il avait eu vent que j'avais laissé à l'agent de Goering la copie d'un Rembrandt en la lui faisant passer pour un authentique.

Nous fûmes expédiés à la maison de détention provisoire de Bruchsal. Je pus heureusement m'adresser à la rédaction du journal russe de Berlin, *La nouvelle parole russe*, pour leur demander que l'on me conseille un avocat et un traducteur. Ma demande fut satisfaite. L'avocat recommandé par la rédaction s'appelait Peter Fischer. Le traducteur qu'on m'envoya était un ancien procureur russe, du nom de Koulibine.

Après nous être mis d'accord sur le montant des honoraires, l'avocat s'enquit de quel montant supplémentaire je pouvais disposer pour payer un politicien qui liquiderait mon affaire. Il voulut aussi savoir le nombre de tableaux dont je pourrais disposer pour la collection personnelle du Führer. Lisant la surprise dans mon regard étonné, Koulibine sourit et dit :

« Ne vous étonnez pas davantage, toute affaire peut s'arranger si on sait y mettre le prix ! »

Lors de notre deuxième conversation, Peter Fischer me promit de se renseigner sur la possibilité d'échapper à tout jugement contre de l'argent.

Pour arriver à ses fins, il m'informa qu'il devait s'entretenir avec un juge nommé Rosalski.

Le centre de détention

Lorsqu'avec Kurt, je fus emmené au centre de détention de Bruchsal, celui-ci nous parut être un gigantesque clapier à étages. Les cellules y étaient minuscules mais devaient contenir deux personnes. Nous n'avions droit qu'à quelques minutes de promenade, avant et après le dîner. Nous ne nous promenions pas dans une cour, mais le long d'un étroit couloir suspendu. L'air pénétrait à peine dans les cellules par de petites fenêtres donnant sur une rue aussi bruyante qu'animée. Pendant la durée des neuf mois et six jours, que dura cet internement, je ne sortis pas une seule fois à la promenade. Pour beaucoup, un tel traitement pour des personnes en détention provisoire pourrait paraître inhumain, mais la plupart des délinquants enfermés à Bruchsal ne méritaient sans doute pas un meilleur sort.

Là s'y trouvait les bas-fonds de la société, qui pillaient avec une inconsciente cruauté des gens aussi pauvres qu'eux. Privés d'honneur et de conscience, ils n'éprouvaient jamais aucun repentir pour les crimes qu'ils avaient commis. Au contraire, ils exultaient d'enthousiasme en se vantant les uns les autres de leurs épouvantables forfaits, alors même qu'ils se trouvaient privés de liberté.

Le maintien en prison de ces vauriens ne revenait pas cher à l'État car en définitive il était financé aux frais du contribuable allemand.

Involontairement, en observant les occupants de Bruchsal, je m'étonnais de la manière avec laquelle ce genre de criminels put si solidement s'implanter dans une capitale importante. Il y existait pourtant un appareil policier des plus perfectionné. Plus tard, je compris que la majorité de ces pauvres hères n'étaient que les instruments aveugles manipulés par des mains puissantes et criminelles savamment orchestrées par des cerveaux haut placés et sans scrupule.

C'est ainsi qu'à Bruchsal je découvris le rebut de la population allemande et de quelques-uns de ses représentants. Dans cette nation qui souffrait du chômage et d'une inflation abyssale croissante, la criminalité s'était développée de manière inouïe ces dernières années, ayant pris en fin de compte la forme cancéreuse d'une industrie particulière.

Berlin était divisée en un grand nombre de quartiers. Dans chacun d'eux, se trouvait une organisation criminelle indépendante. Toutes les entreprises industrielles d'un district donné devaient verser chaque mois un tribut à cette organisation. Le montant de ce « prélèvement particulier » était fixé par le chef de l'organisation. En général, il s'agissait d'un racketteur ou bien d'un important gangster ayant beaucoup d'influence. Malheur à celui qui ne se soumettait pas aux injonctions d'une telle organisation en refusant de s'acquitter du tribut exigé ! À la première semonce, celui qui refusait d'obtempérer subissait de considérables préjudices matériels. Au deuxième refus de se plier à la loi de ces bandits, la mort l'attendait à coup sûr.

Avec la volonté d'inspirer la peur et pour servir d'exemple, le cadavre était jeté quelque part en un lieu à découvert. Des milices spéciales commettaient des assassinats en agissant sur ordre comme tueurs à gages.

La majorité des crimes restaient impunis, car beaucoup de fonctionnaires de police comme de l'État étaient soudoyés par d'influents escrocs criminels qui s'étaient mis au service du national-socialisme. Quelques personnes honnêtes et dévouées avaient vainement tenté de dénoncer ces agissements. Toute tentative de contestation était aussitôt réprimée par une arrestation et le plus souvent était suivie d'une disparition définitive.

À titre d'exemple, à propos des agissements des pratiques particulières de la justice nazie, le fait suivant mérite d'être raconté :

Dans ma cellule s'est trouvé pendant trois jours un Canadien, également citoyen américain, qui parlait très bien allemand et français. Il fut arrêté pour une tentative de vol de voitures. Selon ses dires, il s'était seulement contenté d'ouvrir les portes de l'automobile pour regarder son aménagement intérieur, mais un policier qui passait par-là l'avait pris pour un voleur. Le Canadien s'adressa au leader du parti national socialiste de son quartier, avocat de profession. Il lui exposa son cas et lui demanda son assistance, en fournissant une importante somme d'argent en dollars canadiens pour aider le Reich. L'affaire fut aussitôt classée, le Canadien libéré et expulsé vers son pays.

Bientôt l'avocat Fischer vint me voir avec une proposition. Selon lui, au tribunal travaillait un de ses parents qui présiderait et statuerait notre affaire. Ce parent avait soi-disant accepté, moyennant la somme de deux mille cinq cents dollars, de trouver une solution positive au sort de Kurt et d'arranger mon expulsion d'Allemagne sans attendre ni le jugement, ni le verdict. Il nous demandait de payer en dollars car le Reichsmark était complètement dévalué en raison de la faillite de l'économie du pays. Le jour même du procès, Fischer m'annonça qu'il exigeait, non plus deux mille cinq cents dollars, mais cinq mille. J'étais dans l'incapacité de régler cette somme, je dus donc refuser cet arrangement.

Jugement

Dans cette affaire, Fischer souhaitait gagner sur mon dos un maximum d'argent. Il télégraphia aux Mendelssohn que je risquais l'exécution capitale s'ils ne payaient pas pour moi.

Chapitre XXXIII
La prison de Plötzensee

Un matin Kurt et moi fûmes transférés à la prison de Plötzensee, située dans le quartier de Charlottenburg, à Berlin. Ce lieu de détention fut construit à la fin du XIXe siècle près du lac Plötzensee. L'établissement comprenait cinq bâtiments d'incarcération de trois étages, d'une capacité de 1 400 détenus environ. Combien d'horribles et sombres histoires sont liées à ce sinistre endroit ! Sans le vouloir, se dessine à l'imagination une « maison grise », sinistre et mystérieuse dissimulant en son sein bon nombre de récits sanglants, restant coupée du reste du monde. Ses habitants végétaient dans la triste condition de prisonniers.

Après avoir accompli tout une série de formalités, les nouveaux arrivants reçoivent des vêtements de prisonniers et deviennent à partir de cet instant des habitants « de plein droit » de Plötzensee.

Dans une vaste cour entourée de hautes murailles, se trouve une rangée de bâtiments. Les délinquants arrivant de Berlin sont habituellement placés dans l'ancienne prison, construite une centaine d'années auparavant. Il n'est pas possible d'imaginer un trou plus horrible et plus sombre ! Les cellules de l'ancienne prison produisent en vérité une impression terrifiante.

Après six mois passés dans cet endroit, le prisonnier est transféré dans un bâtiment neuf de la prison, dont les cellules offrent toutes les commodités modernes. À côté de cette prison se trouve une petite boutique, une énorme cuisine et des ateliers… L'administration carcérale accorde la possibilité de se nourrir à son propre compte. Les riches gangsters louent les services des cuisiniers parmi les prisonniers, qui leur préparent des mets recherchés dans la cuisine de la prison.

À mon arrivée à Plötzensee, je fus placé dans une des cellules de la vieille prison. Je dus y passer un certain temps de quarantaine imposé par la loi. Cette petite cellule était horrible ; elle ressemblait à un sac de pierre. Involontairement le désespoir envahit complètement mon être. Je ressentis avec une lucidité inexprimable l'étendue de mon impuissance. Les murs en pierre qui m'entouraient de manière hostile soulignaient le fait que je sois entièrement coupé du monde. Derrière l'enceinte de la prison, la vie bouillonnait. Il me semblait que jamais plus je ne sortirais de cet horrible trou et que j'y mourrais misérable et oublié de tous. Rien que d'y penser, je devenais presque fou.

La prison enseigne à l'homme la patience et l'oblige à supporter les coups du sort sans se plaindre. Par décision de l'administration pénitentiaire, je fus employé à travailler avec les prisonniers qui s'occupaient à coudre des matelas. Parmi mes nouveaux camarades il y avait une majorité de Polonais et de Tchèques. Je rencontrais également parmi les détenus quelques Russes. Grâce à eux, je me familiarisais avec les us et coutumes de la vie carcérale. Les condamnés à mort m'intéressaient tout particulièrement. Il m'arrivait parfois d'apercevoir des visiteurs de l'extérieur sortant après leur visite. C'était presque exclusivement des femmes : les mères, les femmes et les sœurs de ceux qui étaient condamnés à être pendus. En regardant ces femmes pauvrement vêtues, aux traits tirés, je me mettais à m'interroger involontairement sur ce qui pouvait bien lier une femme normale à un individu dont la profession même lui prépare une mort violente et horrible.

Parmi les détenus se trouvaient un grand nombre de tueurs professionnels. Les mœurs de la prison sont impitoyables. Il régnait une grande jalousie parmi les prisonniers, particulièrement envers ceux qui avaient réussi à sauvegarder leur argent même en prison, et qui, grâce à cela, pouvaient jouir du confort et d'autres privilèges.

Je passais deux mois et vingt jours à Plötzensee, puis je fus transféré dans une autre prison à Spandau. Pendant les dix derniers jours de mon séjour à Plötzensee, deux détenus furent assassinés par leurs camarades. L'un d'entre eux eut le ventre ouvert à l'aide d'un rasoir et l'autre fut tué dans l'atelier de cordonnerie d'un coup de marteau sur la tête. Aucun des coupables de ces meurtres ne fut démasqué.

Chapitre XXXIV
Transfert à Spandau

Spandau nouveau centre de détention

La prison de Spandau, située à l'Ouest de Berlin au confluent de l'Havel et de la Spree, fut d'abord une prison militaire. Au début des années 1920, elle commença à accueillir les condamnés civils. Plus petite que la prison de Plötzensee, elle pouvait détenir environ six cents prisonniers. J'y fus amené en fourgon spécial en compagnie de tout un groupe de détenus. À l'arrivée, nous descendîmes du véhicule menottés. Tout autour de nous s'attroupaient des curieux qui observaient la scène avec apparemment un grand intérêt.

Le bâtiment de la prison, très austère, produit une impression de tristesse et d'accablement. Après l'accomplissement des formalités administratives habituelles, nous fûmes répartis dans différentes cellules. Elles étaient plus agréables que celle des deux précédentes prisons.

La prison de Spandau est divisée en plusieurs sections absolument isolées les unes des autres. Les détenus sont soumis à une surveillance stricte. Le caractère et la conduite de chaque prisonnier sont soigneusement étudiés par l'administration pénitentiaire. Il n'y a aucun contact avec le monde extérieur. La moindre faute d'un détenu n'échappe pas à l'attention d'un surveillant. Il est physiquement impossible de s'enfuir de cette prison. Personne n'a droit à une autre nourriture que celle qui est distribuée. Une fois par mois, il est autorisé de se procurer à son compte ce que l'on désire, mais pour une somme ne dépassant pas quelques marks. Il est accordé une grande attention au travail que doit fournir chaque détenu. Je fus assigné à un travail de plein air qui se passait dans la cour. Je devais transporter de la terre au jardin dans une brouette.

Ce travail physique me fortifia énormément. Il m'aida aussi à retrouver l'équilibre intérieur que j'avais perdu.

Je demeurais toujours sur le qui-vive avec des moments d'anxiété. Je percevais très bien la solidarité qui reliait entre eux les membres des bas-fonds de la pègre aux national-socialistes.

Deux incidents qui m'arrivèrent me renforcèrent dans le bien-fondé de mes craintes. Un jour que je montais du deuxième au troisième étage avec une caisse sur les épaules, soudain s'abattit une lourde barre de fer derrière moi. Derrière moi un belge grimpait à ce moment, également chargé d'une caisse, lequel, comme il s'avéra plus tard, était connu dans la prison comme indicateur. Il est probable que la barre lui était destinée.

Bientôt se produisit le deuxième incident qui m'incita encore à une plus grande vigilance.

Un jour, au moment du repas, j'étais assis par hasard à côté d'un détenu que je ne connaissais pas ; celui-ci me demanda tout d'un coup si je connaissais les Mendelssohn et si je m'y connaissais en tableaux de maîtres. Je répondis en souriant : « comme tout le monde ». Il ne faisait aucun doute qu'il était parfaitement renseigné sur les détails de mon affaire. Je pris des informations sur lui. Par la suite, je sus qu'il avait été jugé pour avoir falsifié un chèque et qu'il était condamné à cinq ans de prison.

Je le trouvais louche. Il était toujours entouré de détenus italiens de la catégorie des tueurs professionnels. Involontairement, la peur s'empara de moi. Il me semblait que cet individu qui m'avait parlé des Mendelssohn avait des instructions spéciales en ce qui me concernait. Cependant, il fut bientôt transféré dans une autre section et je me tranquillisais.

Quelques portraits de prisonniers

Je fus ensuite affecté pour travailler à la bibliothèque de la prison. Petit à petit je me familiarisais avec la vie du centre de détention et celle de ses détenus.

Les prisonniers condamnés à de longues années de détention sont considérés avec un respect mêlé de crainte. Quand arrive un novice n'ayant que deux ou trois ans de prison à purger, on lui dit en plaisantant : « tu peux te coucher sans te déshabiller ». Ceci étant une allusion au fait que le temps de détention passe si vite que le prisonnier a à peine le temps de se retourner, qu'il est libéré. Beaucoup de prisonniers étaient condamnés à vingt, trente, quarante ans de prison, certains voire même à la détention perpétuelle.

Les condamnations à de longues peines assomment tout d'abord les prisonniers, mais lorsqu'ils arrivent en prison et qu'ils voient la durée de celles des autres, leur propre condamnation leur semble moins épouvantable. Les détenus ont la principale préoccupation d'améliorer leur existence à l'intérieur des murs de la prison. Pour cela, eux et leur famille dépensent toutes leurs économies.

Quelle vie étrange règne en prison ! Dans l'espérance d'adoucir leur sort d'une façon ou d'une autre, les détenus utilisent la ruse. L'un essaye de disposer les chefs des surveillants en sa faveur par une conduite exemplaire, un autre par de l'espionnage et de la dénonciation, enfin, un troisième – avec sincérité ou non – recherche la consolation dans la religion, en assistant régulièrement aux services religieux.

Les criminels, qui « travaillaient », lorsqu'ils étaient en liberté, pour de gros « gangs » reçoivent de l'extérieur des colis avec de l'argent et de la nourriture, qui proviennent de leurs amis. Ils vivent ainsi sans rien se refuser. Les voleurs et les affairistes professionnels font preuve d'un particulier savoir-faire pour s'installer confortablement et s'adapter aux conditions du mode de vie carcéral. C'est la composante la plus ingénieuse et la plus habile de cette population. Les tueurs professionnels se sentent en prison comme chez eux. C'est là, dans cette oisiveté forcée, qu'ils dressent les plans de nouveaux crimes. Parmi ces tueurs, il y en a dont le souvenir s'est durablement gravé dans ma mémoire. Il s'agit d'un jeune homme au visage blême qui louchait légèrement.

Malgré sa jeunesse, il était toujours concentré, tranquille et méthodique dans ses mouvements. Il était impossible de déchiffrer sur son visage ce qui se passait dans son cœur. À l'observer, je pouvais facilement me représenter comment il se comportait dans son horrible activité. Ayant accepté une « commande » de meurtre, il sortait de chez lui tranquille et soigné comme à l'habitude. S'il pleuvait, il se munissait d'un parapluie et pour ne pas s'enrhumer, il s'enveloppait dans une écharpe. Méticuleusement, d'une façon naturelle, il tordait en arrière les bras de la victime désignée, lui collait du sparadrap sur la bouche, puis lui mettait une balle dans la nuque. Après l'exécution de sa victime, il rentrait chez lui en se dépêchant, pour éviter d'être en retard pour le dîner. Ce n'était pas un individu, mais un horrible automate à tuer. Une fois, il s'approcha de moi et m'interrogea sur la durée de ma détention. Je lui répondis et le questionnais à mon tour sur le temps de détention qu'il avait. Il balbutia confusément : « Encore dix-huit ans ! »

Puis, il commença à me questionner sur mon pays et sur Lénine. Il était clair qu'il voyait en la Révolution un espoir de libération.

« En Union soviétique, lui dis-je, les criminels de droit commun sont fusillés, et vos espérances sont erronées ».

Les assassins qui l'ont été fortuitement produisent une impression pénible. Il s'agit de ceux qui ont tué sous l'emprise d'un état passionnel, par exemple lors d'une querelle ou sous l'influence de la jalousie. Dans la plupart des cas, ce sont des personnes paisibles, frappées par le sort et qui aspirent à trouver un réconfort dans la religion.

Les incendiaires

La catégorie des prisonniers les plus agitée, est celle des incendiaires. Leur crime ne peut jamais être prouvé d'une façon précise et irréfutable. Usant de cette circonstance, beaucoup d'entre eux essayent de toutes leurs forces de prouver qu'ils ont été victimes d'une erreur judiciaire. Pendant leur incarcération, ils s'efforcent des années durant de convaincre d'une façon ou d'une autre qu'ils sont innocents. Dans la plupart des cas, les incendiaires ressemblent fort peu aux criminels endurcis, à ceux qui le sont par nature. Bon nombre d'entre eux gagnaient honnêtement leur vie avant d'accomplir leur forfait. Ce sont des circonstances matérielles difficiles qui les ont poussés à commettre leur crime. Ayant perdu leur fortune à la bourse et tous leurs dépôts ayant été engloutis dans les innombrables krachs des différentes banques, ils furent acculés au désespoir et au crime.

Parvenir à toucher la prime d'assurance représentait pour eux la seule issue ainsi que la seule manière de retrouver l'argent si laborieusement gagné, et perdu de manière si soudainement inattendue.

Parmi les incendiaires détenus à la prison, l'un d'entre eux, un Prussien condamné à quinze ans de prison pour incendie criminel retenait spécialement l'attention.

Ce personnage pitoyable, au visage triste et aux traits tirés, ne semblait pas normal. Tout son temps libre, il le passait à raconter ses malheurs, en essayant de démontrer son innocence. Si quelqu'un l'écoutait attentivement, il considérait tout de suite cet interlocuteur occasionnel comme un ami et s'accrochait à lui. Néanmoins, il est bien difficile en prison de trouver de la compassion ! Les détenus ont le cœur endurci et le malheur des autres ne les touche ni ne les concerne vraiment. Un jour, ce malheureux se mit à raconter à un codétenu combien il souffrait, tout en étant innocent. L'autre l'écouta avec compassion, hocha la tête et dit au prisonnier, en lui tapant l'épaule :

« Je suis bien content, mon ami, que le sort t'ait été favorable et que tu t'en sois sorti tellement à bon compte ».

« Pourquoi à bon compte ? » interrogea le Prussien étonné.

« Mais oui, répondit l'autre, le juge t'a condamné à quinze ans pour l'incendie, mais il ne t'a pas condamné pour les allumettes. »

Vexé, il ne vint plus jamais rien raconter à ce compagnon d'infortune. Aucun prisonnier, en dehors de cet incendiaire, ne priait aussi ardemment à la chapelle.

Les kidnappeurs

Parmi les détenus il y avait pas mal de ravisseurs qui se livraient au rapt de personnes. Le kidnapping est un forfait très compliqué à accomplir, qui nécessite de l'intelligence, une grande adresse, de l'expérience et beaucoup d'habileté. Les criminels expérimentés, purgeaient leur peine de prison, en repérant souvent parmi leurs compagnons de détention, ceux qui étaient particulièrement déterminés, énergiques et forts, les préparant progressivement à devenir des membres utiles à une bande de malfaiteurs. À leur sortie de prison, les personnes ainsi « instruites », et ayant reçu une préparation théorique étaient volontiers acceptées par les gros gangsters dans leurs bandes. Dans la prison, j'avais rencontré un jeune homme très sympathique. Malgré sa jeunesse, il était complètement chauve. Il s'avéra que, libéré après avoir purgé sa peine de cinq années de détention, il se lia avec des codétenus qui étaient de vieux criminels endurcis. Un mois après sa libération, il retourna en prison, ayant été mêlé au « kidnapping » d'une femme. Cette fois-là, il écopa de trente-cinq ans. Les gros caïds du milieu étaient souvent tentés par le « kidnapping ». Les familles avaient peur de demander de l'aide à la police, le plus souvent elles préféraient payer la rançon demandée par les ravisseurs. C'est pourquoi cette pratique considérée comme juteuse par la pègre faisait partie de ses activités.

La dérive de la jeunesse des milieux pauvres

Il y avait un grand nombre de jeunes parmi les détenus. Dans la majorité des cas, cette jeunesse, élevée par la rue, est complètement inconsciente de la portée de ses actes. Un jeune homme de dix-neuf ans, avec de beaux yeux azurés, avait été condamné à vingt ans de prison pour vol à main armée. Il m'avait raconté sa triste histoire. Ses parents étaient ukrainiens, lui était né en Allemagne. Son père travaillait à l'usine. Un jour sa mère lui confia un million de Reichsmark pour les porter à la banque. Un camarade l'entraîna dans un bouge clandestin et le convainquit de tenter sa chance aux cartes avec cet argent. Il perdit tout, et du coup, il n'osa pas revenir chez ses parents. Dans ce même bouge un type l'aborda et lui offrit refuge. C'est là que commença sa perte. Quelques jours plus tard, le type en question lui promit plusieurs millions de Reichsmark pour qu'à un endroit précis, aux limites de la ville, il guette un camion transportant de la marchandise de contrebande. Il devait tirer sur ce camion. S'il refusait de s'exécuter, il serait tué. Effrayé, il consentit à tout. Peu après, il reçut une importante somme en billets pour avoir accompli cette « mission » avec succès. Il y prit bientôt goût. Ayant économisé un peu d'argent, il commença à « travailler » à son propre compte. Bientôt, il fit la connaissance d'une jeune fille qui travaillait chez un grand joaillier du Kurfürstendamm. Il apprit par elle les heures où il y avait peu de monde dans le magasin et l'entreprenant jeune homme conçut avec deux camarades un audacieux plan de cambriolage. L'un des comparses attendait au coin de la rue dans une automobile, tandis que l'autre complice et lui pénétraient dans le magasin, ligotaient le patron et la jeune fille qui avait eu le temps de pousser un cri. Les jeunes cambrioleurs leur collèrent du sparadrap sur la bouche puis mirent la main sur tous les objets de valeur. Mais dans le bureau voisin un employé avait entendu le cri de la jeune fille et avait appuyé sur le signal d'alarme. Aussitôt toutes les portes de l'immeuble se fermèrent automatiquement et les malfaiteurs se trouvèrent pris au piège jusqu'à l'arrivée de la police.

À la tête de beaucoup de grosses organisations de gangsters se trouvaient des Prussiens et des juifs parmi les vauriens de toutes nationalités, dépourvues de conscience et d'honneur, dont regorge le monde des bas-fonds. La question des différences nationales est la chose qui préoccupe le moins les prisonniers, cependant, là aussi se manifestait les répercussions de l'état d'esprit dont s'était emparé l'humanité contemporaine. Quelques détenus disaient : « Il est étonnant que si peu de juifs se trouvent en prison, alors qu'il est parfaitement établi que presque tous les gros raquetteurs sont des juifs ou des Prussiens. Du reste tout le monde sait que tous les procureurs juifs sont au service des gangsters et que les avocats juifs sont des traîtres. Hitler leur fera à tous la peau ! »

Ainsi s'exprimaient beaucoup de détenus voulant voir dans les autres les responsables de leurs propres malheurs.

Il y avait dans chaque cellule un appareil radio pour écouter les discours enflammés du Führer. Ils produisaient sur ses auditeurs une impression explosive et une recrudescence de haine : « Des évènements terribles menacent notre pays. Mes ennemis essaient de m'obliger à me taire en me calomniant, mais j'accomplirais mon devoir jusqu'au bout ! ».

Les détenus écoutaient les diatribes racistes d'Hitler en retenant leur souffle. Dans ses paroles surexcitées qui dénonçaient la cupidité des juifs, il leur semblait entendre les premiers grondements d'une révolution qui se préparait. Beaucoup de prisonniers croyaient que seule une révolution leur apporterait la liberté et la possibilité de se faire justice contre ceux qui les opprimaient. En les observant, je me souvenais involontairement de Gabriel dans la cellule de la Tcheka et de ses paroles remplies d'une haine sourde : « Je ne viendrai pas vers les bourgeois avec des fleurs et des chansons. Ma fleur c'est le revolver et mes chansons, les gémissements de ceux que je ne suis pas parvenu à tuer sur le coup. »

Beaucoup de détenus s'intéressaient énormément à la Révolution russe et à la vie chez les Soviets. Ils m'interrogeaient souvent, mais ils se représentaient les Soviets d'une façon étrange. Lorsque j'essayais de dissiper leurs illusions, ils disaient entre eux à mon sujet : « C'est une bonne personne, il n'est pas bête, mais c'est un bourgeois. Cela ne lui a pas plu de vivre là-bas sans privilège, c'est pourquoi il est venu faire des affaires ici, en Allemagne ».

CHAPITRE XXXV
NOUVELLES ÉPREUVES DE DÉTENTION

En prison, les gens perdent leur identité et deviennent anonymes, marqués du sceau de l'infamie et du mépris par la société. Chacun des détenus reçoit un numéro de matricule qui devient à la fois son nom et son sobriquet. Sur les listes carcérales, son identité spécifique est ainsi effacée.

La monotonie et l'uniformité de la vie en captivité transforme tout individu en machine qui remplit automatiquement les tâches que lui attribue la direction de la prison. Mais dans l'âme du détenu se produit un processus intérieur compliqué. Sous l'influence de la réclusion, se manifeste involontairement, chez certains d'entre eux, l'éveil spirituel de leur être intime. C'est ainsi que de jour en jour les souvenirs du passé resurgissaient de plus en plus fortement en moi. Dans ma mémoire réapparaissaient des tableaux du passé, jalonnant les années écoulées. Par instants, un involontaire et coupable sentiment de destruction, qui se cachait dans mon cœur, montait en moi en me consumant d'une haine impuissante. Mais ces instants pénibles une fois passés, une humble soumission au destin s'emparait à nouveau de ma personne.

Je me rappelais involontairement les paroles de ma sœur religieuse Véra : « Tu ne trouveras pas le bonheur que tu cherches chez le diable. J'ai trouvé mon bonheur auprès de Dieu, derrière la clôture monastique, dans le travail et l'amour du prochain ! »

Je méditais sur ces paroles simples et en compris petit à petit le sens caché. Alors se produisit une *métanoïa* profonde en mon âme laquelle naquit et se développa un sentiment de compassion et de pitié envers mon prochain. En chacun, je voyais un frère d'infortune et tout soulagement que je pouvais lui apporter, me procurait une consolation. C'est ainsi que je trouvais la paix de l'âme.

Je travaillais à la bibliothèque de la prison et en même temps j'étudiais l'allemand dans un cours spécial réservé aux détenus.

Tous les mois paraissait le mensuel de la prison. Un jour, j'avais écrit pour ce journal un petit article sur la vie dans les prisons soviétiques pendant la période révolutionnaire. Cet article était rédigé en russe. Je le traduisis en allemand avec l'aide d'un dictionnaire et le secours de deux détenus. L'article ne fut pas imprimé, car le professeur qui enseignait en prison jugea que son contenu ne convenait pas aux prisonniers. Mais bientôt ce professeur fut remplacé par son assistant, le très gentil M. Müller, qui devint pour moi un véritable ami autant qu'un précepteur. Il avait très bien compris ce que je ressentais intérieurement. Il me proposa un jour d'écrire des séquences de mon passé et se déclara prêt à m'aider pour la traduction. Cela me servit de premier coup de pouce pour la rédaction de mes mémoires. J'écrivais mon livre en russe et le traduisais en même temps en allemand à l'aide d'un dictionnaire. Deux camarades de détention corrigeaient mon allemand et tapaient le manuscrit à la machine à écrire. M. Müller relisait tout ce que j'avais rédigé. Les détenus qui m'entouraient et auxquels je faisais part de mes réflexions, tombaient insensiblement sous mon influence. À chacun, j'essayais d'inspirer l'idée que tout ce que nous avons de plus cher et de plus proche dans la vie est notre mère.

Quel cœur, même le plus cruel ne s'adoucira au mot mère ? Le plus horrible et le plus endurci des criminels tressaille involontairement en entendant ce mot si cher et si proche.

Par le souvenir aimant de notre mère, nous lui vouons un culte et un amour qui nous purifie moralement et nous fait accéder à un bonheur authentique. Lorsque je m'entretenais de ce sujet avec mes camarades d'incarcération, je voyais dans leurs yeux qu'ils comprenaient et prenaient de l'intérêt à mes paroles. Derrière le dos de chacun d'entre eux, je percevais involontairement la silhouette recourbée de sa mère en pleurs.

Après une année de travail assidu, j'achevais d'écrire mes mémoires en novembre 1934. L'idée de propager le culte maternel s'était emparée de tout mon être. Dans cette perspective, je voyais le salut et la renaissance de l'humanité, sa purification morale et spirituelle. Un jour, un geôlier de prison entra avec sa belle-mère, sa femme et sa petite fille dans la bibliothèque où je travaillais. J'avais devant moi trois générations de femmes. Deux d'entre elles achevaient déjà leur chemin de vie alors que la troisième ne faisait encore que se préparer au sien. Ce tableau simple et touchant me bouleversa profondément.

Exécutions capitales

Pendant la durée de ma captivité, deux tristes évènements se produisirent, qui imprégnèrent mon être d'une impression terrible et ineffaçable. Semblable au son du glas qui trouble les gens dans leur cœur, leur rappelant que la vie d'une personne s'est éteinte, de même fus-je un jour bouleversé jusqu'au fond de mon âme après avoir entendu dire qu'il allait, entre les murs de Spandau, être procédé à l'exécution d'une femme nommée Heike. Peu de temps après fut exécutée une autre femme du nom d'Anna. Cette femme avait été condamnée à la pendaison en même temps que son amant, pour un meurtre commis dans le but de toucher une prime d'assurance. L'exécution avait été pendant longtemps reportée de jour en jour. Anna, elle-même avait espéré jusqu'à la dernière minute que sa vie serait épargnée. Elle croyait que personne ne lèverait la main sur une femme. La vie ou la mort de cette femme se trouvaient entre les mains du juge de Berlin, monsieur Obermeister, devant lequel j'avais comparu. Pendant de longues heures, mes regards restaient fixés sur la photographie de cet homme, que l'on pouvait voir dans tous les journaux. Un visage sévère, sec, froid et sans passion. Malgré tout, je concevais dans mon cœur un léger espoir que ce juge n'oserait pas faire exécuter une femme et qu'il commuerait sa condamnation à la pendaison en détention perpétuelle. Je proposais donc aux détenus d'écrire au juge pour lui demander d'adoucir le sort d'Anna, une lettre que nous aurions tous signés. Mes compagnons de détention me dissuadèrent de le faire.

« Notre pétition ne servira à rien », me dirent-ils.

« Vous oubliez qu'Obermeister est lui-même actionnaire de cette société d'assureurs que voulait escroquer cette femme ! »

Anna fut exécutée.

Que peut-il exister de pire que la peine capitale ? Nous nous étonnons de la cruauté et de la noirceur des révolutions déchaînées, qui tuent et anéantissent tout sur leur chemin, mais nous-mêmes, en toute tranquillité de conscience, nous condamnons un être humain à la mort... Nous condamnons à la pendaison une femme faible et sans défense, même si elle est criminelle.

Femmes de tous les pays, nous n'avons pas le droit de vous juger, ne serait-ce qu'en mémoire de nos mères. La nature vous a donné en partage une structure complexe du corps et de l'esprit. Dans la vie sociale, vous n'avez presque aucun droit ! Celui qui lève la main sur vous est en vérité un vulgaire animal à face humaine !

Rencontre avec le Christ

C'est dans la nuit du 28 avril 1935 que se produisit dans ma cellule un événement incroyable qui bouleversa le sens de ma vie. Je me réveillais cette nuit-là en voyant un homme assis au pied de mon lit. Il portait sur la tête une couronne lumineuse et tenait dans la main, posée sur la poitrine, une croix, elle aussi lumineuse. Je me redressais dans mon lit et je sus immédiatement, à cause du visage, des longs cheveux et de la barbe, que le Christ était venu me visiter dans ma cellule.

Bouleversé, je m'écriais : « Oh mon Seigneur ! » et je tombais en état d'extase. La lumière électrique et des coups frappés à ma porte me firent revenir à moi. Derrière la porte j'entendais du bruit et des voix. Je m'approchais de la porte et demandais : « Que voulez-vous ? »

L'un des deux surveillants me demanda avec inquiétude : « Qui est dans votre cellule et pourquoi le judas est obturé par un drap ? » je retournais à mon lit, rejetais la couverture et répondis :

« Il n'y a personne ici et le judas est ouvert » Lorsque les surveillants s'en furent allés, je notais tout ce que le Christ m'avait dit :

« Je vous ai donné mon nom pour le partage d'un amour réciproque. Vous l'avez utilisé pour la haine. Ne troublez plus mon nom. Je vous ai donné un objet de vénération, ce sont vos mères. Chantez donc leurs louanges dans vos sanctuaires. À travers elles, vous trouverez l'amour et la paix. Après cela, je disposerai à nouveau mon nom dans vos cœurs purifiés ainsi que sur vos lèvres. Celui qui accomplira et prêchera ma parole, sera béni de moi ! ».

Demeurant sous l'impression ineffaçable de cette merveilleuse vision, je racontais à M. Müller tout ce qui s'était passé. Cependant dans la prison se répandit des bruits sur cet événement extraordinaire. Un état d'esprit d'exaltation et d'excitation régnait parmi les observateurs. À des heures inhabituelles, en dehors des heures de visite, des femmes, en grand nombre, commencèrent à se montrer dans la prison, venant de l'extérieur.

Toutes mes pensées se tournaient involontairement vers le Christ et le contenu de ses paroles que j'avais vu comme s'il était vivant. Et bientôt je fis ce songe qui était pour moi l'expression de la volonté de Dieu qui me montrait toute la mission de ma vie après ma sortie de prison.

Croix traditionnelle lituanienne, Kaunas

À ce moment, l'instant de ma libération s'approchait. Le 10 juillet 1935, on m'appela à la commission spéciale de la prison. Elle m'informa que les Mendelssohn, dans leurs négociations à distance avec Hitler, avaient obtenu ma libération en échange de plusieurs tableaux. Ce jour-là, j'écrivis à M. Müller une lettre dont voici le contenu :

« 10 juillet 1935. Mon Cher Monsieur Müller !

Aujourd'hui, j'ai pris connaissance du jour précis de ma libération. Je vous offre ainsi qu'à tous ceux sous les ordres desquels je me suis trouvé, ma plus grande gratitude. Pendant ma détention, je suis devenu le prisonnier n° 633, mais malgré cela, ma dignité humaine n'a jamais été rabaissée. J'ai gardé dans mon cœur un sincère amour pour votre magnifique culture. En même temps, j'estime de mon devoir de vous communiquer de manière détaillée ce qui s'est passé pour moi le 28 avril 1935. Je le fais dans le seul but d'empêcher les commérages et les légendes. Je me tiens toujours à la disposition des pouvoirs civils et confessionnels qui désireraient me questionner. Sincèrement à vous.

Arcady Lavretsky »

Chapitre XXXVI
Retour au pays natal

Le jour tant espéré de ma libération arriva enfin. Je la devais à mes patrons qui étaient conscients de m'avoir fait courir beaucoup de risques alors qu'eux-mêmes s'étaient mis à l'abri de la dictature nazie. Après de longues et difficiles tractations par personnes interposées, ils étaient parvenus à m'échanger contre un tableau de Van Dick. Celui-ci était particulièrement convoité par le maréchal Goering. Je me préparais à être expulsé vers la Pologne. Le 1er septembre, je quittais l'Allemagne à bord d'un train.

En 1935, Eleonora et Francesco étaient partis tous les deux pour New York. Compte tenu du climat de terreur et d'arrestations croissant dont j'avais été victime à mon tour, je ne pouvais qu'approuver leur décision qui était particulièrement sage. Mieux valait fuir que d'être arrêté. Je ne les revis malheureusement pas mais je leur étais profondément reconnaissant d'avoir négocié ma libération.

En quittant ce pays, je pensais : « Adieu, Allemagne ! Me sera-t-il encore donné de revenir un jour en ces lieux où j'ai trouvé la souffrance et en même temps le but et la mission de toute ma vie ? »

Ma route passait par Varsovie. Dans le tohu-bohu de cette nouvelle vie quotidienne qui s'offrait à moi, j'oubliais petit à petit les jours passés sous la férule des règlements de la prison.

Seulement, dans mon âme brûlait toujours la flamme brillante et inextinguible, des paroles du Christ :

« Je vous ai donné une divinité terrestre, ce sont vos mères. »

Le 3 septembre 1935, j'arrivais dans ma région natale de Vilnius. Peu de temps avant mon arrivée dans cette ville, le malheur national s'était abattu sur la Pologne. Le 12 mai 1935 s'était éteint le fondateur de la Pologne indépendante – le maréchal Joseph Pilsudski. Bien que polonais, il était d'une famille noble de Lituanie. Il était considéré comme le promoteur de l'indépendance et de la reconstruction de la Pologne et de la Lituanie. En 1919, alors que le Traité de Versailles accordait l'indépendance à la Lituanie, la Pologne voulut rétablir l'État polono-lituanien ou la République des Deux Nations, qui avait existé de 1569 à 1795. C'est pourquoi, en octobre 1920, des troupes polonaises investissaient Vilnius et proclamaient l'indépendance d'une République de Lituanie.

Le maréchal Joseph Piludski fut un acteur principal de la vie politique, en tant que chef d'État, Premier ministre, inspecteur général des forces armées. En 1920, il remporta une victoire mémorable sur l'Armée rouge, préservant ainsi l'indépendance de Varsovie.

À l'ossuaire Sainte Thérèse de Vilnius est conservée l'urne contenant le cœur du Maréchal. Ce cœur qui battait encore il y a si peu de temps, brûlant d'amour et de foi en la puissance de son peuple, est désormais dans le silence de l'ossuaire pour son dernier repos. Toute la beauté intérieure et la pureté d'âme de l'homme qui avait ressuscité par la force de son génie la Pologne s'exprimaient dans sa dernière volonté : « Enterrez mon cœur auprès de ma mère ! »

Ces paroles devaient être un viatique pour nous.

Après nous être inclinés avec respect au-dessus de la tombe de l'homme qui voua toute sa vie, corps et âme, au service de son peuple, promettons que nos cœurs seront toujours reliés à ceux de nos mères, que nous devons entourer de nos soins et de notre amour en allégeant leur chemin parsemé d'épines. Nous leur construirons une vie nouvelle et heureuse en veillant à leur bien-être.

Vision apocalyptique, sombres prémonitions

Une nuit terrible, une nuit sinistre est descendue sur le monde et sur l'humanité. Dans ces ténèbres horribles et sans issue, il me semble entendre les sanglots sourds de la gravité d'une marche funèbre.

Dans une inquiétante obscurité s'avance lentement une procession de morts-vivants. Chacun ira y prendre place, lorsque surviendra la fin de son aventure terrestre. Nous trouverons la paix éternelle, après avoir laissé derrière nous tout ce qui détruit le bonheur de l'homme et nous être détachés de l'inutile.

J'ai appris à reconnaître et à apprécier la puissance de l'homme et sa force d'âme. Les souffrances que j'ai dû traverser ont involontairement amélioré, perfectionné et purifié mon âme. Et j'ai compris dès lors la signification et la grandeur du rôle que joue toute mère dans la vie humaine. Une femme qui donne la vie à un enfant doit l'élever, l'éduquer et l'instruire. Nous partons dans la vie au sortir des bras maternels. Aux instants douloureux, nous recherchons la consolation de nos malheurs dans le souvenir de leurs soins et de leurs caresses. Le cœur le plus dur et le plus cruel se radoucit involontairement à la pensée de sa mère. La voix de Gabriel, dans la geôle de la Tcheka, retentit encore à mes oreilles, ce criminel, ce tueur froid et cruel, me faisant ses adieux avant d'être exécuté : « Tu m'as rappelé ma mère ! ». Chaque mère dépose dans l'âme de son enfant tout ce qu'il y a de meilleur, de pur et de généreux au monde. Et si nous restons fidèles aux conseils de nos mères, nous nous les rappellerons éternellement. Si nous conservions dans notre cœur l'image de notre mère, nous traverserions notre chemin terrestre dans la pureté et le bonheur.

Durant mon incarcération et après une pénible lutte intérieure, mon « moi » physique se soumit à mon « moi » intime. Au début de ma détention, désespéré et rempli d'une haine impuissante, j'appelais dans ma mémoire l'image du juge, que je considérais être l'un des responsables de mon infortune. Ayant concentré toute la force de ma volonté sur cet homme, j'essayais de me souvenir des traits de son visage et d'entrer en contact spirituel avec lui. Petit à petit sa physionomie commença à se dessiner devant moi, comme dans un brouillard. Par un effort de volonté intense je parvenais à donner à l'image du juge un relief et des contours de plus en plus nets ; je le voyais comme s'il était en chair et en os. Je renouvelais plusieurs fois cette tentative pour éprouver ma force spirituelle. Un jour, à mon propre étonnement, apparut à côté de l'image du juge la silhouette tremblante d'un chien. À ma sortie de prison, j'appris qu'il était mort d'une morsure de chien.

Avec le temps, mon esprit purifié par les souffrances et les épreuves devint encore plus lucide et déterminé.

La vision que j'eus du Christ dans la nuit du 28 avril 1935 semble le résultat de ce que toutes mes pensées étaient tournées vers lui. Ses paroles divines m'avaient bouleversé et avaient profondément pénétré mon âme. J'essayais de toute ma volonté de comprendre et de m'expliquer leur sens. Bientôt je fis un songe :

Le Christ entrait dans ma cellule. Je m'approchais de lui et disais :

« Seigneur, tu m'as donné une mission à accomplir, mais je suis fatigué de vivre. »

« Ne crains pas la souffrance, c'est ta voie, répondit-il. Tu es l'un de ceux qui furent crucifiés avec moi. Tu dois trouver des femmes de mérite, chrétiennes ou non. Douze d'entre elles me verront séparément. Tu en auras connaissance. Ces douze femmes seront choisies comme messagères. Elles annonceront au monde l'arrivée d'une nouvelle ère favorable à la reconnaissance de l'œuvre maternelle. Elles ouvriront une voie qui conduit vers moi, à travers le cœur de leur mère. Chacune des femmes élues en choisira douze autres et leur transmettra leur mission. Celles-ci auront le droit d'élire encore douze autres femmes messagères. Cette possibilité doit se perpétuer pour d'autres femmes dignes de remplir cette fonction ».

J'étais pris par l'extase. Je compris alors le sens de ma mission et la signification des ordres divins du Christ. Lecteur ! Je ne veux pas troubler ta tranquillité avec le mystère des visions qui se sont révélées à moi et qui sortent du cadre de l'imagination sensée des sceptiques. J'ai reçu l'apparition du Christ et ses paroles comme une expression de la haute volonté divine. Tu peux considérer cela comme le résultat d'une puissante concentration des forces de mon esprit, trempé par les souffrances et ayant appris l'humilité. Dans mon âme, les paroles du Maître divin brûlent en lettres de feu sur la signification et le rôle des mères dans le monde. Indifférent comme beaucoup après avoir traversé un océan de souffrances et de chagrins, j'ai ouvert ma conscience et mon entendement à l'essentiel. Au nom du bonheur et de l'amour auxquels nous aspirons tous, il est à souhaiter que les générations futures honorent leur mère, car en elles se trouvent le chemin du Salut et de la purification des maux de toute l'humanité. Lecteur, j'espère que tu entendras et comprendras mon message.

Chapitre XXXVII
Climat de terreur

22 décembre 1941. D'interminables et funestes nuits se sont abattues sur le monde, l'étouffant d'une chape de plomb. Dans ces ténèbres angoissantes, inquiétantes, sans issue, allongé sur mon matelas, je songe à ma pénible détention en la prison de Lukiskiu depuis quatre mois. Je me remémore mes derniers actes d'homme libre où j'ai fait mon devoir en m'opposant à la haine et la cupidité de mon propriétaire.

Voici qu'à Vilnius, je louais une chambre chez un habitant très aisé, dans un immeuble faisant le coin des rues Podgórne Sierakowski et Jasinski. Depuis le début de l'occupation allemande, mes voisines, deux sœurs juives, ont laissé à la garde de notre propriétaire leurs bijoux et autres objets de valeur.

Dans la nuit du 25 août 1941, quand mes voisines sont venues rechercher leurs effets de valeur, celui-ci a nié les connaître et a voulu les expulser violemment. Alors que je me reposais dans ma chambre, j'entendis la violence de leur dispute. Je sortis aussitôt prendre la défense de ces deux femmes en attestant qu'elles disaient vrai. J'eus alors une très vive altercation avec notre propriétaire sans scrupule qui menaçait de faire arrêter ces deux malheureuses. Elles profitèrent de notre explication musclée pour s'enfuir. Ce sinistre personnage, voulant se venger de leur fuite sur moi, alla aussitôt me dénoncer à « la police de sécurité allemande » pour avoir osé protéger deux juives. Il me livra sous ce prétexte. Je fus aussitôt arrêté et détenu à la prison de Lukiskiu, pour y être interrogé puis torturé. Chaque jour, je m'attendais à être exécuté et à être une nouvelle victime de la barbarie ambiante.

Des lueurs blafardes d'une aube affligée se signalaient au travers de l'espace ajouré des barreaux de ma cellule, alors qu'envahi d'un redoutable pressentiment, je venais d'achever une lettre destinée à mes trois filles auxquelles je songeais avec nostalgie, privé de leurs présences depuis si longtemps. Cette lettre leur faisait mes adieux.

Mes Très Chères Filles Regina, Diana et Veronica,

Depuis bien longtemps, je n'ai pu vous donner signe de vie alors que vous êtes chacune mariée depuis peu.

J'aurai tant aimé vous voir grandir, suivre vos progrès, partager vos rêves, vos soucis et vos espoirs, essuyer vos larmes, vous consoler de vos chagrins ces quinze dernières années où j'ai été privé de votre présence sauf à de rares moments où j'ai pu me rendre auprès de vous.

Mes visites qui se déroulaient sous l'œil suspicieux de votre grand-mère, m'étaient rendues pénibles malgré la joie de vous retrouver.

Je me souviens avec émotion lors de mon arrivée en France, de nos premières années passées d'abord à Nice, puis à Colombes où j'étais parvenu à vous acheter une maison. Malheureusement votre maman qui vivait au-dessus de ses moyens l'a hypothéquée après s'être trop endettée. Les trois petites filles insouciantes et joyeuses que vous étiez ravissaient mon âme. Mon cœur s'est déchiré d'être séparé de vous alors que vous n'aviez respectivement chacune que trois, cinq et sept ans... Puis, accroissant mon malheur, votre grand-mère qui vous élevait vous interdisait de parler russe pour vous faire oublier la langue avec laquelle je vous chantais des berceuses et vous racontais des histoires. Tout fut fait pour que vous vous détachiez de moi, que vous oubliiez votre papa. Sachez cependant que vous êtes toujours restées présentes dans mon cœur telles des soleils qui éclairent et soutiennent mon âme. Je constate objectivement que les efforts conjugués de votre grand-mère et de votre oncle m'ont séparé de votre maman et de vous mes chères colombes. Après avoir subi les tourments de la prison de la Tcheka puis ma fuite rocambolesque de déportation à Vologda, j'aspirais à partager des jours paisibles en famille. Nos différentes sensibilités latine, britannique et slave ne sont jamais parvenues à trouver un terrain d'entente et vous, mes chères enfants, avez du coup été privé de votre père et moi de votre présence.

Tant que je vivais en France, je pouvais venir vous voir de temps en temps et vous voir grandir. Puis je suis parti à Berlin travailler pour Francesco et Eleonora Mendelssohn qui m'ont confié la gestion de leur collection de peintures. Tout allait bien jusqu'en 1933 où la terreur s'est répandue sur la ville avec l'oppression nazie. N'ayant pas mesuré l'étendue du danger, j'ai été arrêté et condamné à passer deux ans de prison dans les geôles berlinoises. J'ai cru ne jamais en sortir vivant. J'ai été utilisé pour servir de monnaie d'échange auprès de hauts responsables nazis qui convoitaient plusieurs tableaux de mes bienfaiteurs. Ces derniers avaient quitté le pays au moment de l'autodafé où les nazis brûlèrent en place publique un grand nombre de chefs-d'œuvre de nos écrivains qu'ils considéraient comme décadents. Ayant une ascendance juive par leur père, les Mendelssohn s'attendaient à être arrêtés et spoliés de leurs biens. Ils partirent à temps alors que je restais sur place comme mandataire. En 1935, j'ai retrouvé ma liberté et été expulsé vers ma ville natale de Vilnius. Que d'années passées sans pouvoir vous serrer tendrement contre mon cœur. Après avoir écrit mes mémoires en prison, je vous en ai adressé un exemplaire à chacune pour que vous sachiez qui est votre père. Non pas un repris de justice, mais un homme éprouvé par les vicissitudes politiques et l'adversité des aléas de la roue de fortune dont l'exil et le déracinement m'ont été les plus cruels. Revenu là, dans ma terre natale, exerçant une activité d'homme de plume, j'y vivais tranquillement malgré l'inguérissable blessure de votre absence.

Puis, je fus de nouveau confronté à l'oppression nazie, à la haine et à la ségrégation lors de l'envahissement de mon pays. À la suite d'une querelle avec mon logeur, j'ai été arrêté. Je croupis maintenant depuis cinq mois dans la prison de Lukiskiu. Je sais que désormais mes derniers jours sont comptés. Tous les prisonniers sont exécutés les uns après les autres. Bientôt mon tour viendra. Je n'aurai pas la même chance qu'à Saint-Pétersbourg et à Berlin où j'ai pu sauver ma vie. Ce n'est pas la perspective prochaine de ma mort qui me préoccupe, mais celle de ne plus pouvoir vous revoir, vous embrasser. Votre maman m'a fait parvenir quelques photos de vous. Vous êtes toutes les trois très belles, des soleils rayonnants qui illuminent mon âme meurtrie. Moi, votre papa, je demeurerai toujours avec vous en pensée, bien après ma disparition.

Vous m'avez probablement oublié toutes les trois, ce qui aura l'avantage de vous préserver de tout chagrin lorsque la nouvelle de ma mort vous parviendra.

Mes derniers mots sont pour vous dire combien je vous aime et vous souhaite une vie heureuse de bonheur et de joie.

Avec mes plus affectueux baisers.

Votre papa qui vous aime tendrement.

Arcady.

Soudain, un soldat ouvrit brutalement la porte de la cellule N° 53, interrompant mon chapelet de souvenirs. Armé et menaçant il me hurla : « Lève-toi, habille-toi vite et sors. » L'issue de cette journée me parut déterminante. Rapidement, je rejoignis cette foule martyrisée, exténuée qui se dirigeait, à pas lents, inexorablement vers un repos éternel. Serions-nous encore vivants au soir de ce jour ? Cette question sans réponse relevait du secret de notre destinée et du mystère de notre dernier jour. Nos chances de survie étaient infimes. Nos visages blêmes, nos corps amaigris, dénutris et effrayants de délabrement ainsi que nos yeux éteints, privés d'espérance étaient un cauchemar. Nous étions tous devenus égaux dans cette foule de condamnés : riches et pauvres, bons et méchants, beaux et laids. La colonne s'ébranla péniblement. Les soldats armés, nous traitaient comme du bétail, beuglant des invectives pour nous forcer à rester groupés et à marcher deux par deux. Résignés, affamés, anéantis, nous n'étions plus en état d'opposer la moindre résistance. De plus, nous étions épuisés et transis de froid par ce matin d'hiver glacial. Nous ignorions notre destination mais nous ne pouvions pas aller bien loin. Plusieurs fois, j'entendis murmurer avec effroi le nom de « Paneraï ». C'était le nom de notre destination finale, celle d'une forêt à dix kilomètres de Vilnius, devenue le théâtre de crimes abominables et d'exterminations systématiques depuis peu. Aucun de nous n'était plus en état de marcher dix kilomètres. À quoi bon tant d'efforts pour être fusillé au bout de la route ? L'ultime torture par l'espérance, que nous réservait nos bourreaux, était cette marche interminable vers une destination dont nous préférions taire le nom, autant par peur que par pudeur. La fin de notre vie terrestre semblait s'approcher inexorablement. Environnés de haine, nous ne devions attendre aucune clémence, ni pitié.

Notre procession de morts vivants s'avançait lentement et chacun d'entre nous, résigné, marchait péniblement. Nous nous apprêtions consciemment ou non à partir en quête de la paix éternelle, après avoir abandonné du monde l'avidité, la cupidité, la haine, l'envie, la jalousie, la vanité, la volonté de domination et la trahison, tout ce qui détruit le bonheur, la joie de vivre et la sérénité de l'être.

En ces temps d'égarement et de folie aveugle, de haine fratricide entre les peuples, nul ne pouvait échapper à ce chemin douloureux dans les ténèbres de cette longue nuit macabre, funeste et sinistre qui accablait et affligeait l'ensemble des peuples. L'humanité s'enfonçait progressivement de plus en plus dans un abîme sanglant d'oppression, d'asservissement et de tyrannie empêchant toute expression de bienveillance et de compassion. Une folle machine à exterminer s'était mise en marche. Des foules s'opposaient, fanatisées par la parole de haine et de rejet de l'autre alors qu'il était en leur pouvoir d'arrêter ce plan infernal d'extermination en reconnaissant en chacun de leurs frères humains leur semblable.

Personne ne choisit de naître dans telle ou telle culture, d'avoir telle ou telle religion. Chaque être, qu'il soit garçon ou fille, subit dès sa naissance une détermination culturelle et spirituelle qui le marque au fer rouge jusqu'à sa mort. Dès que nous déclinons notre identité et notre appartenance communautaire à une culture ou à une religion notre interlocuteur s'empresse de nous étiqueter, de nous encager, de nous emprisonner aussitôt dans quelque stéréotype.

Pourquoi porterions-nous une quelconque culpabilité héritée du comportement de nos ancêtres ? Rien ni personne ne peut justifier le génocide d'un peuple par un autre au nom de l'illusion d'une prétendue supériorité sortie d'un cerveau délirant. Ne sommes-nous pas tous les enfants d'un même père que nous pourrions nommer Grand Horloger de l'Univers ?

Des révolutions et des troubles sociaux bouleversent le monde au nom d'un bonheur à venir, au nom d'un allégement des souffrances des indigents. L'espérance permet de faire patienter et d'étouffer toute velléité de révoltes. Mais les années s'enchaînent et se succèdent semblables. Voici que ceux-là mêmes qui ont lutté jadis avec détermination contre les injustices sociales, y voyant la raison des souffrances de l'humanité, se transforment eux-mêmes en despotes et en oppresseurs. Ayant traversé le chemin sanglant de la Révolution, ayant enjambé des montagnes de cadavres et accédé au pouvoir le plus élevé, le nouvel homme était devenu semblable au tyran du passé contre lequel il s'était battu, il y avait peu. Telle est la loi terrible et implacable de l'évolution de l'âme humaine et de ses faiblesses coupables.

Après avoir trempé mon âme dans les souffrances et les épreuves, traversé le douloureux chemin du déshonneur, connu la richesse et la pauvreté, dans le silence de la prison, je me suis interrogé sur le destin de l'humanité. En captivité, l'homme s'habitue à égrener avec soumission sa vie, jour après jour, il apprend l'humilité. Le coupable et haineux esprit de révolte et de destruction qui bouillonnait dans mon cœur avait fait place au cours du temps à l'acceptation de nos épreuves et au sort funeste qui m'était réservé.

Et à ce qu'il semble, il n'est désormais plus possible d'échapper à ce chemin de douleurs dans les ténèbres de la nuit sinistre qui s'est abattue sur le monde ! L'humanité s'agite vainement à chercher la clarté alors qu'elle s'enfonce de plus en plus profondément dans l'abîme.

Après avoir traversé un océan de tourments et de larmes à mon tour, j'invite au nom du bonheur des générations futures à vénérer et honorer toute mère, car en elle se trouve le chemin du salut et de la purification des maux de toute l'humanité. Chaque femme porte son enfant durant neuf mois, elle connaît le prix de la vie avec son lot de souffrance, de temps et de patience en accompagnant les pas de son enfant. Il faut bien peu de temps à un homme pour transmettre la vie : c'est bien pourquoi il en fait si peu de cas et qu'il part faire la guerre et tuer son semblable avec légèreté. Une femme et un homme n'accordent pas le même prix à la vie. Une femme veille, éduque et instruit son fils pendant vingt ans, alors qu'un soldat lui hôte la vie en un instant.

Dès l'enfance nous sommes conscients de notre mort. Nous avons toute une vie pour nous y préparer qu'elle soit courte ou longue. L'appréhension de mon état actuel était de chercher à deviner la manière dont ma fin s'exposait à être brusque et violente par le fer et par le feu.

À 57 ans, j'espérais encore survivre, revoir une dernière fois mes trois filles chéries, la chair de ma chair. Un sursaut d'énergie envahit mon âme. Il me fallait seulement encore trouver la force de marcher dans le froid glacial jusqu'aux abords de la forêt où je tenterais de m'enfuir… »

Quelques pas précipités dans la neige, hors de la cohorte des damnés de la terre, puis le sifflement de plusieurs balles, une nouvelle flaque de sang parmi d'autres sur le blanc de la neige et un nouveau cadavre gisant là, auquel plus personne n'aura d'égards… Un cadavre parmi tant d'autres… Mort en Juste… sans sépulture sur la terre de ses ancêtres.

Arcady fut une des victimes, parmi des milliers, fusillées quotidiennement sur la route de Paneraï.

C'était mon grand-père…

La haine aveugle de l'oppression et de la tyrannie me l'ont enlevé et m'ont empêché de le connaître, pensa Tatiana avec une profonde tristesse.

S'il y avait eu une tombe, j'y aurais fait inscrire : « ci-gît un juste engagé à la défense des femmes opprimées et des plus hautes valeurs de l'humanité. »

Chapitre XXXVIII
Une aiguille dans une meule de foin

Soixante-huit ans plus tard, les archives commencent à parler et à dévoiler le secret de la fin d'Arcady.

Correspondance entre Karolina et Tatiana

16 septembre 2009

Ma Chère Tatiana,

Oui, durant les deux jours de ton séjour tout ce qui s'est passé était bien extraordinaire.

J'ai écrit au musée du Génocide, ils auront probablement des informations sur le lieu d'enterrement de ton grand-père, sinon je poursuivrai les recherches avec la communauté juive. Ils auront peut-être des indices. Comme je te l'ai dit, il y a de fortes chances que ce soit à Ponar.

Mille bonnes pensées à toi !

18 octobre 2009

Ma Chère Karolina,

Il est très émouvant que tu puisses accéder au dossier des fusillés. Il est probable qu'Arcady le fut contre un mur et non contre un arbre. Il est possible que la mémoire de sa fille cadette, dernière survivante, mélange un peu les choses. Les informations qui ont circulé dans la famille ont toujours été par « ouï-dire ». Ma tante aura bientôt 90 ans. En tous les cas, je te remercie d'allumer une bougie en la mémoire d'Arcady. Notre intervention pour trouver la vérité lui permettra de retrouver son honneur. C'est très généreux de ta part de prendre tant de temps pour faire cette recherche si compliquée. C'est si horrible de mourir de mort violente.

Bien à toi.

Tatiana

Ma Chère Karolina,

Bonsoir, Karolina, ça y est ! J'ai retrouvé la trace d'Arcady Lavretsky qui a été arrêté, donc jugé, etc. Est-il possible qu'il ait été fusillé contre un arbre ? Dans les Archives rue Milosw des prisonniers tués à la prison de Lukiskiu ou à Ponar se trouvent des cartes rayées ; comme celle-ci que j'ai trouvée du professeur du Conservatoire Vytautas Juodka, fusillé pour avoir caché deux femmes juives.

Bonne chance.

Votre Dalia.

28 octobre 2009

Ma Chère Tatiana,

La Toussaint approche. Sois certaine que j'irai allumer une bougie pour Arcady. Je ne sais pas encore où j'irai avec mon amie juive aux archives la semaine prochaine.

J'ai écrit au musée du Génocide, pour obtenir des informations.

On m'a recommandé de m'adresser directement au directeur des Archives du Centre du Génocide (victimes des nazis et des staliniens). Le directeur est historien et spécialiste de la question des méfaits liés aux différentes occupations. Je viens de lui faire une lettre pour lui expliquer ta longue recherche et pour l'interroger s'il a une idée sur le lieu de la sépulture de ton grand-père. Je lui ai demandé aussi si les nazis tenaient des archives de leurs « expéditions ».

Je souhaite vraiment qu'il nous mette sur une piste. J'ai mis une petite phrase comme quoi votre famille à l'approche de la Toussaint aurait bien aimé que je puisse déposer une bougie sur la tombe d'Arcady… Normalement cette évocation accélère le processus de recherche chez un Lituanien.

Karolina

5 novembre 2009

Ma Chère Tatiana

Hier, nous sommes allés consulter les archives et nous y avons trouvé Arcady dans la liste des prisonniers détenus à la prison de Lukiskiu à Vilnius. Il est mentionné dans une liste du 23 décembre 1941 qui porte comme en-tête : « Livré à la police de sécurité allemande ». Nous l'avons aussi trouvé sur une liste d'un registre qui s'appelle : « Listes et informations sur personnes arrêtées en 1942 », archivées pendant les années soviétiques.

Il est sur une liste sans date, parmi d'autres listes, datées des mois de février et d'avril 1942.

Cette liste porte comme en-tête :

« *Eingeliefert von der Sicherheitspolizei* »

« *Livré par la police de sécurité* »

Nous ne parvenons pas à en déduire si cela signifie qu'il a été tué dans la forêt de Ponar ou dans un autre endroit. Il faudra l'avis d'un historien compétent.

Quoiqu'il en soit à la Toussaint, j'ai été lui mettre une bougie à Ponar. Quel endroit sinistre !

Dimanche dernier, je me suis rendue chez une amie voyante pour lui montrer la photo d'Arcady et lui demander si elle pouvait voir quelque chose. Elle a mis beaucoup de temps avant de percevoir Arcady, puis elle l'a vu descendre un escalier d'une maison assez sombre et parler avec un homme de forte corpulence qui portait un tablier blanc de cuisinier ou d'une personne qui tient une boutique d'alimentation. Elle m'a dit : il s'appelle Jan… Je l'ai interrogé : ce n'est pas Marian ? Elle a précisé : je vois aussi une femme…

Je lui ai demandé si Arcady avait été tué à Ponar, elle a mis très longtemps avant de me répondre après s'être beaucoup concentrée, elle a dit : ce sont les Allemands qui l'ont tué, des officiers mais je ne vois pas Ponar, après un temps elle a ajouté : peut-être qu'on ne me laisse pas voir… (Ponar et une vision de l'enfer) c'est très difficile, je vois une femme blonde près de lui, elle s'en est occupée, est-ce une parente ? Peut-être qu'elle l'a enterré ? Je vois un tumulus, une tombe avec quelque chose qui ressemble à une croix. J'ai demandé : est-ce que sa tombe n'est pas dans le jardin de la Kenessa ? Elle m'a répondu « non ». Elle a ajouté : pour la mort, je vois plutôt fin 1942 début 1943… Après elle était fatiguée, elle m'a demandé de lui poser des questions précises la prochaine fois.

Je ne peux pas te promettre qu'elle acceptera de faire encore ce retour dans le passé très éprouvant mentalement et physiquement.

D'après les registres, la mort de ton grand-père remonterait plutôt à fin 1941 ou début 1942…

En découvrant ces documents, j'espère que tu ne seras pas trop remuée. Pour ma part, je sens Arcady comme très sympathique, clair et optimiste. Il est comme amusé et intrigué qu'on s'occupe de lui. Je suis sûre qu'il te protège.

Bien à toi.

Karolina.

10 novembre 2009

Chère Karolina,

Je suis toujours profondément touchée de ton aide. C'est une bien curieuse histoire qui, à notre échelle de grain de sable, démontre une fois de plus que l'être humain est capable du pire comme du meilleur.

Avec mes cordiales pensées.
Tatiana

11 novembre 2009

Chère Tatiana,

À l'occasion de la journée internationale du souvenir de l'Holocauste, le récit de Kazimierz Sakowicz, publié en plusieurs langues, vient de paraître en lituanien. Tu devrais être intéressée par ce témoignage qui correspond à l'époque d'Arcady. Elle se situe du 11 juillet 1941 au 25 octobre 1943. Kazimierz Sakowicz fut un journaliste officier de l'armée polonaise résistant dans l'« Armée Krajowa ». Il vivait à Ponar, près de Vilnius. Il fut le témoin oculaire du génocide de milliers de personnes par les Allemands et leurs collaborateurs lituaniens. Il fournit un récit édifiant de tout ce qu'il voit. Son journal de bord très détaillé témoigne de l'étendue de l'horreur des crimes et du génocide qui se déroule à proximité de son habitation. Il écrit : « Pour les Allemands, 300 Juifs sont 300 ennemis de l'humanité ; pour les Lituaniens, ce sont 300 paires de chaussures, de pantalons et autres. »

Voici ce qu'il avait noté pour décembre 1941 :

« Il y eut six interventions, les dernières de la première grande vague de meurtres, qui avait commencé avec l'Occupation de la ville, furent menées dans Vilnius en décembre 1941. Dans la nuit du 3 au 4 décembre, les polices allemandes et lituaniennes cernèrent le ghetto avec une liste des noms de 157 hommes qu'ils enlevèrent. La police accompagna les milices lituaniennes qui exécutèrent les arrestations. Les prisonniers furent emmenés à Ponar et fusillés. Il semble plausible que ce groupe soit à ajouter aux Juifs attrapés et arrêtés pour différents crimes et maintenus à Lukiskiu, comprenant femmes et enfants. » Le 15 décembre, des juifs qui avaient rendu différents services à la police allemande de sécurité furent extraits des maisons spéciales où ils habitaient dans le ghetto et emmené à la prison de Lukiskiu. Après une sélection d'un total de 200 personnes, travailleurs et leurs familles, ils furent conduits au ghetto cependant que 300 autres furent envoyés à Ponar pour y être fusillés.

Le 22 décembre des policiers lituaniens et allemands ratissèrent le ghetto. Ils attrapèrent 400 personnes qu'ils emmenèrent à Ponar où ils furent exterminés. »

Soit forte en lisant ces lignes, si Arcady a été emmené à Ponar, c'est à ce moment-là qu'il a dû être fusillé.

En attendant d'en savoir davantage.

Bien à toi.

Karolina

12 novembre 2009

Ma Chère Karolina,

J'ai trouvé ton courrier mardi soir en rentrant chez moi. Je ne sais comment te remercier pour cette recherche qui permet de lever des zones d'ombre. Arcady aurait donc été arrêté fin 1941 et exécuté au printemps 1942, peut-être en avril ? Contrairement au légendaire familial, Arcady n'a pas été fusillé juste après son arrestation.

Compte tenu des pratiques de « justice » expéditive de cette époque pourquoi a-t-il été gardé si longtemps en détention ?

Il y a probablement un dossier d'accusation quelque part. Qu'en penses-tu ? Pourrais-tu essayer d'en savoir plus auprès de ton amie ? Je te remercie de me faire connaître le livre de Kazimierz Sakowicz qui est un précieux et poignant témoignage de cette époque. Beaucoup des corps des fusillés auraient été brûlés à Ponar pour effacer toutes les traces des exactions nazies.

C'est vraiment extraordinaire que tu aies pu retrouver tout cela, j'en suis très émue et t'en remercie très chaleureusement.

Bien à toi.

Tatiana

13 novembre 2009

Ma Chère Tatiana,

Je me doutais bien que ces informations seraient très émouvantes pour toi. L'enquête va se poursuivre. Évidemment, je vais chercher aussi des gens qui puissent interpréter ces informations. Je vais me rendre au musée de l'Holocauste. Hier, j'ai appris que des listes existaient. En ce moment, a lieu le shabbat. Cela va prendre encore un peu de temps, mais je dois te dire qu'Arcady pour moi aussi est devenu quelqu'un d'important. D'ailleurs les gens à qui je demande des renseignements finissent toujours par oublier la première partie de ma phrase ; « le grand-père de mon amie en France ». Ils finissent par dire « votre grand-père ». Le chemin à l'air de s'ouvrir favorablement. Poursuivons notre recherche.

Bien à toi.

Karolina

10 janvier 2010

Ma Chère Tatiana,

Tous mes vœux en ce début d'année 2010, je souhaite que tu obtiennes un dénouement apaisant dans ta recherche de la fin de vie d'Arcady.

Si je me souviens bien, il revenait d'Allemagne après avoir séjourné en France. Je me suis rendue au musée du Génocide ou un historien de la période a regardé des extraits d'Archives.

Le deuxième document (eingeliefert von der Sicherheitspolizei) signifie qu'Arcady est revenu en prison après son interrogatoire. En effet les interrogatoires n'avaient pas lieu au même endroit mais étaient assez proches quand même. Si les recherches à venir ne donnent rien, on peut imaginer qu'étant dans la colonne de prisonniers, Arcady a essayé de fuir et les nazis lui ont tiré dessus. Mais peut-être aussi qu'il est retourné après en prison.

Cet historien m'a conseillé de continuer mes recherches, comme tu le disais pour voir s'il n'avait pas un dossier de procès.

Au cas où nous ne le trouverions pas, il m'a conseillé de regarder dans les dossiers de police de Vilnius de 1941, 1942 et 1943 où sont consignés tous les évènements sur la voie publique. Ce sera un immense travail, car il y a des milliers de pages.

Le hasard a voulu, (mais y en a-t-il vraiment un ?) que j'ai été amené par un ami à faire un don personnel aux archives. Il s'agit de photos historiques que je conservais de mon oncle, diplomate lituanien en poste à Berne au moment de l'entrée des Soviétiques en Lituanie. Le directeur m'a pour ainsi dire « déroulé le tapis rouge » pour me remercier. Ce sont des photos importantes pour l'histoire de la Lituanie, et il a ajouté : « si jamais je peux vous être utile »... Tu penses bien que j'ai mis ton grand-père sur le tapis !

Il va faire des recherches sur Arcady.

As-tu pu obtenir une traduction française de la partie de l'article polonais qui mentionne l'endroit où Arcady habitait en 1940 (Podgorne et Jasinskio) ?

L'aventure continue. La suite au prochain épisode !

Bien amicalement à toi.

Karolina

20 janvier 2010

Ma Chère Karolina,

Je suis désolée de te répondre avec quelque retard.

Pour commencer, je t'adresse mes vœux les plus chaleureux pour 2010 pour toi et les tiens. Je suis toujours profondément émue de ton aide fidèle pour connaître la vérité sur la mort de mon grand-père.

Pour répondre à tes questions :

Je ne suis toujours pas parvenue à avoir une traduction française de l'article en polonais, néanmoins il y est dit qu'Arcady habitait dans un immeuble qui faisait le coin de la rue Podgorne et de la rue Jasinsky ou Jasinskio. Je n'ai pas de plan détaillé de la ville de Vilnius pour retrouver l'endroit. Avec un peu de chance, il doit être possible de retrouver encore un des noms d'une des deux rues.

Arcady est revenu d'Allemagne en 1936. Il y a alors publié en russe ses mémoires écrits à Berlin et une de ses sœurs qui était à Vilnius lui aurait financé son édition. Il avait sept sœurs, j'ignore laquelle. Selon le récit familial, lorsque sa famille de Vilnius a appris qu'il avait été fusillé (Où ? Quand ? Comment ?), une de ses sœurs se serait rendu chez le logeur d'Arcady qui lui aurait déclaré qu'il ne détenait pas ses affaires car il était parti avec elles. Ce propriétaire a donc été aussi malhonnête pour Arcady qu'il l'avait été pour les deux sœurs juives. Donc ma famille n'a pas jamais pu récupérer ses affaires personnelles.

Sa vie ayant été profondément perturbée par la Révolution, il n'avait plus de biens. Il vivait de ses transactions d'œuvres d'art. Revenu en Lituanie, il s'est mis à écrire. Ses mémoires prouvent qu'il était généreux, qu'il aidait souvent des personnes dans le besoin surtout des femmes pauvres.

Hélas, je n'en sais pas davantage.

S'il a subi un interrogatoire, nous pouvons espérer en trouver la trace dans les archives. Ce document serait important pour pouvoir le faire reconnaître un jour comme Juste.

Les conditions de sa mort restent encore mystérieuses, ce qui est étonnant.

En te remerciant très chaleureusement, bien à toi.

Tatiana

1er février 2010

Chère Tatiana,

Les sept sœurs d'Arcady… C'est le conte des sept cygnes !

Dans le dossier de la Gestapo, j'ai retrouvé une simple enveloppe avec son nom biffé au trait bleu que je t'envoie.

Bien à toi,
Karolina

31 mai 2010

Bien Chère Karolina,

Je découvre ton message ce matin qui me bouleverse profondément. C'est extraordinaire que tu sois parvenue à retrouver Arcady dans cette masse de documents des victimes de la barbarie nazie. Je t'en suis profondément reconnaissante.

Le terme mentionné dans son acte d'accusation « commerce avec des juives » prête à confusion et il n'est malheureusement pas significatif pour que la communauté juive de Lituanie le reconnaisse comme « Juste »... et on ignore l'identité de ces deux jeunes femmes. Il me paraît difficile d'en savoir davantage maintenant.

As-tu une idée du lieu de l'exécution ?

Tout arrive à qui sait attendre. Au cours de russe que je suis toutes les semaines, j'ai rencontré une dame polonaise qui maîtrise bien les deux langues. Mercredi, elle devrait me transmettre la traduction de l'article en polonais qui a été le point de départ de nos recherches.

J'attends avec impatience d'en savoir davantage.

En te remerciant, je t'embrasse de tout cœur.

Tatiana

4 juin 2010

Ma Chère Tatiana

J'ai été hier au musée juif du Gaon de Vilnius. J'y ai rencontré la responsable qui instruit les dossiers des personnes honorées du statut de Juste. Je te joins la carte de madame Danute.

Elle va constituer un dossier sur Arcady pour qu'il soit mis à disposition du public. Elle dit que quelquefois des miracles se produisent et que des personnes sont retrouvées. Beaucoup de gens passent durant l'été et s'intéressent à ces archives. Elle va aussi faire une lettre au mémorial de « Yad Vashem » à Jérusalem. Elle pense que peut-être ces deux femmes Juives ont pu laisser des traces ou témoigner de ce qu'Arcady a fait pour elles, même s'il y a très longtemps. Il faut essayer, dit-elle.

En attendant, elle va faire aussi un dossier pour la Communauté juive de Vilnius. Elle va proposer Arcady au Conseil pour qu'il soit au moins nommé et honoré en Lituanie comme bienfaiteur. Comme nous n'avons pas encore l'identité des deux sœurs, c'est difficile de le proposer pour la médaille des Justes, mais elle donne de l'espoir au moins pour la Lituanie. En cela, l'article donné par tes cousins de Trakaï est fondamental. Si tu pouvais m'en redonner la référence, le numéro et le nom du magazine ainsi que le nom de la personne qui a témoigné, je le lui transmettrai. La commission se réunira en fin d'année ou début de l'année prochaine (preuve qu'il y a sans cesse de nouveaux Justes retrouvés). Je lui ai laissé une traduction à la main en lituanien de l'article polonais. Elle était étonnée de tous les documents que nous sommes parvenus à rassembler : l'acte de décès du père d'Arcady prouvant sa filiation, son acte de naissance, son dossier d'exécution avec le motif et quatre extraits de registre de la prison Likisky, l'article qui rapporte son arrestation et sa photo. Elle a soigneusement rangé tous ces documents dans un dossier de son bureau. Elle avait un calendrier des exécutions à Ponar et « il y en a eu peu avant Noël », m'a-t-elle dit.

Je partirai de Lituanie le 21 juin. Je voudrais avant mon départ pouvoir te décrire le lieu où Arcady a vécu et été arrêté.

Bien à toi !

Karolina

20 juin 2010

Ma Chère Karolina,

J'ai enfin obtenu la traduction de l'article en polonais. Le mieux est que je te le poste en début de semaine.

Je suis particulièrement touchée de ta persévérance dans tes recherches rendues si ardues par la quantité astronomique de victimes. Si le courage de mon grand-père pouvait être reconnu soixante-dix ans plus tard, ce serait inespéré. Je me surprends à en rêver.

Encore merci pour tout ce que tu fais pour lui. C'est vraiment formidable.

Je t'embrasse de tout cœur.

Tatiana

29 août 2010

Ma Chère Tatiana,

J'ai trouvé ta carte de Vilnius à mon retour de vacances. Je vois que tu es parvenue à bien faire avancer le dossier. Je m'en réjouis. J'avais lu avant l'été *Une Vie* de Simone Veil. Elle dit : « il ne faut retenir de ces périodes terribles que ceux qui ont risqué leurs vies pour en sauver d'autres, car c'est grâce à eux que l'humanité a pu continuer, ce sont eux qui sont l'espoir. »

À l'occasion, j'aimerais en savoir davantage sur la vie d'Arcady, comprendre quelles étaient ses préoccupations et la nature de son idéal pour avoir connu une fin si dramatique. Il est fort probable qu'il a encore aidé beaucoup de gens, je veux dire en prison. Il a peut-être été un soutien pour d'autres dans la détresse. C'est ce que je ressens de lui.

En fait, je remarque que tu as été drôlement inspirée, et intuitive concernant ton Arcady. Je n'ai eu qu'à suivre ce que tu me disais de faire. Tout a très bien marché. C'était une question de patience et de persévérance.

Il le fallait très certainement. Le temps est venu pour que la vérité émerge au grand jour pour qu'il puisse retrouver son honneur, sa dignité et l'estime des siens.

Bien amicalement à toi.

Très bonne rentrée !

Karolina

3 septembre 2010

Ma Chère Karolina

Notre voyage à Trakaï a permis de réunir toute la famille en vacances alors que d'habitude les enfants fuient « leurs vieux parents » et partent chacun de leur côté explorer de nouvelles contrées. Cela ne s'était pas produit depuis bien des années que nous vivions ces vacances d'été tous les quatre ensemble.

Nous avons été bien accueilli par mes cousins karaïmes. Ils sont merveilleusement polyglottes et parlent plusieurs langues avec une telle facilité que cela nous donne des complexes. Nous avons été logé dans une maison typique karaïme. Je me suis demandée quelles étaient les générations successives qui l'avaient habitée. Peut-être des Lavrestsky ?

À l'entrée de la rue qui traverse tout le village de Trakaï se dresse le bâtiment moderne de la poste. J'y ai reçu un cadeau incroyable de la Providence. Peu avant notre retour à Paris, je m'y suis rendue avec un important paquet de cartes de correspondance, cachetées sous enveloppes, à affranchir pour la France. Au guichet, je fus confrontée à une dame revêche avec laquelle je m'expliquais en russe. Elle était agacée d'avoir une telle quantité de courrier à affranchir pour lequel je réclamais des beaux timbres de collection qui étaient à coller. Le choix des timbres et les quantités demandées prirent du temps. La queue des personnes en attente s'allongeait derrière moi. Le compte pour régler la note fut laborieux. Je ne compris pas bien le total à payer aussi pour éviter de me tromper, je tendis généreusement un billet de 50 litas.

Le mécontentement de la postière allait sensiblement croissant. Son énervement était perceptible. Elle ouvrit brusquement un grand tiroir dans lequel elle avait une importante quantité de petites monnaies. Elle en prit une grosse poignée qu'elle me lança au travers du guichet pour mettre fin à notre tractation. J'avais le sentiment que le compte n'y était pas, mais j'étais impuissante à faire la moindre réclamation ne parlant pas la langue de mes ancêtres. Revenue à la maison, après avoir remonté la rue Karaïme, je me mis à examiner les pièces avec curiosité. Une jolie pièce dorée attira mon attention. Face avers, je reconnus le profil de Napoléon III tourné vers la droite, surmonté de l'inscription du nom du personnage et de sa fonction « empereur ». Face revers, il était inscrit que cette pièce était de 10 francs français, datée de 1867 avec la mention « Empire français ». Incroyable mais vrai, la postière de Trakaï m'avait transmis une pièce d'or française du Second Empire !

Comment ne pas y voir un signe affectueux d'Arcady !

Bien à toi.

Tatiana

1er octobre 2010

Ma Chère Tatiana,

Quelle aventure incroyable à la poste de Trakaï. C'est sans aucun doute un cadeau d'Arcady qui t'est destiné.

Une nouvelle fois, je me suis rendue aux Archives nationales. Un concours de circonstances inhabituelles m'y a conduite de nouveau.

Sois forte, nous savons maintenant que l'exécution de ton grand-père ne fait aucun doute. J'ai reçu de l'aide pour retrouver son dossier.

C'est dans le fonds portant le titre « Police de sécurité et chef du département de Sécurité en Lituanie, département principal de Vilnius. »

Le dossier comprend 340 pages. Il contient les cartes des personnes arrêtées et fusillées par la police de Sécurité allemande 1941-1943. J'y ai retrouvé son dossier. Comme celui de tous les autres prisonniers, il se résume à deux petites cartes. Sans procès, ni jugement. Il fut victime d'une exécution sommaire au milieu de la tuerie de masse. Tu verras que le motif de l'arrestation relaté par les nazis est écrit en allemand est digne de la barbarie de l'époque…

Cette sinistre barre au crayon bleu sur l'original, est à interpréter selon le directeur des archives comme preuve que l'exécution a bien eu lieu. Je te joins les photocopies des deux cartes. Sur une fiche, il est polonais et sur l'autre, lituanien. Comme tu sais de 1919 à 1939, Vilnius fut polonais.

L'adjointe du directeur des archives m'a dit que selon d'autres documents, il était répertorié comme français. Nous apprenons qu'il a probablement été exécuté le 22 décembre 1941. Ce qui confirme les éléments fournis par l'article reçu de Pologne par tes cousins.

Karolina

21 octobre 2010

Ma Chère Karolina,

Hier, j'ai adressé un courrier à madame Danuté avec de très belles photos que j'ai fait tirer d'Arcady, de sa femme Lina et de leurs trois filles. Lors de notre passage en juillet, elle m'avait demandé des photos pour son dossier. Sa fiche de la Gestapo barrée d'un trait bleu signifie bien, selon elle, l'exécution du prisonnier. Le trait bleu était aussi expéditif que la balle du fusil.

En 2011, il y aura exactement 70 ans qu'Arcady a été fusillé, à l'âge précisément que je vais avoir l'année prochaine.

J'y vois un signe très fort pour que son courage soit reconnu à ce moment-là. C'est une question posthume d'honneur.

En ce qui concerne ce noyau de résistance de la cantine qui était proche de chez lui, il y a probablement des archives quelque part.

Et ce malheureux Marian qui tenait une soupe populaire, arrêté et torturé pour avoir témoigné de ce qui était arrivé à mon grand-père a forcément laissé des traces.

J'ai de plus en plus l'intime conviction qu'Arcady a aussi été torturé. Ce blanc dans les dates des archives ne peut que s'expliquer ainsi.

Te renouvelant mes chaleureux remerciements pour ce que tu fais pour ma famille. Bien amicalement à toi… et fais-moi signe quand tu passeras par Paris que nous puissions nous voir.

Tatiana

1er juin 2011

Ma Chère Tatiana

Formidable !!! Bien sûr, je serai présente ! Je suis aussi très émue. Mais c'est toi, sa petite fille qui l'a sorti de l'obscurité et a révélé à ta famille la grande noblesse et le sacrifice d'Arcady.

Dès que cette officialisation aura eu lieu, les journaux de la diaspora juive en feront écho et qui sait nous les retrouverons peut-être ces deux femmes qu'Arcady a sauvées.

Bon, c'est ainsi que cela devait être.

Vive Arcady ! Vive sa petite fille Tatiana !

Karolina

22 août 2011

Ma chère Karolina,

Je viens d'être informée de la date officielle du jour de la cérémonie de remise de médaille des Juste où mon grand-père sera officiellement honoré de ce titre. Après ce moment solennel nous nous retrouverons pour partager un repas en sa mémoire. Il ne pourra qu'être heureux et convivial. Je pense que cette cérémonie et cette manifestation seront libératrices pour lui et ira clore un cycle d'épreuves et d'injustices. Il serait souhaitable que nous puissions faire un pèlerinage dans le passé en visitant la prison de Lukiskiu et en nous rendant à Ponar.

Avec toute ma reconnaissance, je t'embrasse de tout cœur.

Tatiana

Chapitre XXXIX
Frère et Sœur

Soixante-dix ans après l'exécution d'Arcady, ses descendants sont réunis pour partager un déjeuner familial autour de son siège vide et prier pour la paix, la sérénité et la libération de son âme, qu'elle soit enfin délivrée de toutes les souffrances de ses épreuves terrestres. Au-delà de la personne d'Arcady, c'est aussi toute la communauté de ses ancêtres en Lituanie qui est honorée ce jour-là.

Tatiana avait informé son frère Rodolphe que leur grand-père était reconnu comme Juste, mais n'avait pas souhaité qu'il soit présent à la cérémonie. Depuis la mort de leur mère qui remontait à plus de dix ans, elle ne l'avait pas revu et cela correspondait à l'époque où elle avait découvert la noirceur de ses agissements. En ce temps-là, il avait conforté leur mère dans ses démarches pour que, elle, Tatiana soit déshéritée. Ce n'était pas pour la vente d'un modeste appartement où il se distingua pourtant une fois de plus en leur faisant perdre à chacun d'eux plusieurs milliers de francs par son agence immobilière qui prélevait sa commission sur le vendeur, contrairement à l'usage.

La trahison de Rodolphe, liée à l'héritage de leur mère, avait ouvert les yeux de Tatiana sur son frère et dès lors elle l'avait perçu comme étant indigne de son estime et avait cessé de le considérer comme un des siens. Cet acte officiel établi pour déshériter Tatiana témoignait à la fois d'une volonté de la couper de sa filiation et de sa fratrie. Après toutes les épreuves de sa vie passée, Tatiana était une fois de plus rejetée des siens comme aux pires heures de son enfance. C'était particulièrement douloureux à vivre.

Pendant longtemps, pourtant Tatiana avait eu l'illusion que ses premières années malheureuses partagées avec Rodolphe avait tissé entre eux un lien indéfectible de confiance et d'affection authentique. Elle était incapable de concevoir que des questions « d'avoir » puissent être le ferment d'une discorde entre eux. Elle connaissait bien l'instabilité psychique de leur mère Regina qui, perturbée mentalement, manifestait des sentiments contradictoires. Celle-ci détestait avec virulence le lendemain ce qu'elle avait idolâtré la veille. En raison de ses nombreuses dépressions et hospitalisations, elle avait gâché la jeunesse de Tatiana qui dut s'en occuper seule pendant des années. Durant les hospitalisations en psychiatrie à répétition de leur mère, Rodolphe téléphonait de temps en temps pour prendre des nouvelles mais ne s'investissait guère pour soigner sa mère, prétextant qu'il devait s'occuper de sa propre famille. Regina avait toujours divisé pour régner. Ainsi du vivant de son mari, elle s'était employée à éloigner ses enfants de leur père en noircissant davantage ses excès de comportements. Regina avait d'abord porté aux nues les mérites de son gendre Octave, très manuel, attisant ainsi la jalousie de Rodolphe qui ne l'était pas du tout. Une maladresse d'Octave, généra un malentendu, qui arrangea bien les affaires de Rodolphe. Un jour, Octave passant à proximité de l'appartement de sa belle-mère, au retour de son travail, eut l'idée malencontreuse de lui rendre visite. Après avoir sonné, et attendu un certain temps sans réponse, il utilisa la clé que Regina leur avait confiée. Il la surprit en tenue d'Ève. Déstabilisée, alors qu'elle vivait avec un fort sentiment de persécution, elle fut convaincue que son gendre en voulait à sa vertu de top modèle du 3e âge. Malgré les excuses d'Octave, elle lui voua dès lors une haine profonde.

Durant quatre ans, en bonne grand-mère, Regina avait gardé, sa petite fille Stella qui depuis peu avait un petit frère. Elle n'avait aucune sympathie pour son nouveau petit-fils qu'elle considérait comme un intrus. Regina reproduisait ainsi le même comportement d'exclusion que sa grand-mère Josepha vis-à-vis de ses sœurs. Un jour, Regina se rendit chez Tatiana et son mari sous le prétexte fallacieux de venir voir son petit-fils. En réalité, elle venait récupérer la clé de son appartement par ruse. Elle leur fit un tel scandale, qu'à bout de patience Octave fut contraint de mettre sa belle-mère à la porte en lui donnant sur le trottoir sa clé qu'elle réclamait en trépignant comme une furie. À partir de ce moment-là, Regina eut la volonté obsessionnelle de se venger de cette humiliation.

Tatiana put réaliser combien Rodolphe s'était laissé manœuvrer par leur manipulatrice, affabulatrice et schizophrène de mère jusqu'à avaler tous ses mensonges. Elle réalisa par la suite qu'il était assez fourbe pour apparemment les cautionner car ainsi, il retrouvait pour lui seul toute sa place filiale aux yeux de sa mère sans plus être désormais en concurrence avec son beau-frère.

Rodolphe n'avait jamais guéri des plaies et bosses tant morales que physiques de son enfance. Bien qu'il prétendait avoir du sens critique, il incarnait une personnification grinçante et grimaçante du passé qu'il avait lui-même qualifié de « cris et dérision ». En fait, sa vie était jalonnée d'une succession d'échecs. Très imbu de lui-même, il avait l'art de se mettre en lumière et de valoriser ses agissements de « looser ». Alors qu'il n'avait aucun sens pratique des réalités matérielles, il s'était mis à son compte comme graphologue considérant, une fois de plus, qu'il allait par son approche personnelle révolutionner cette discipline.

Par l'analyse des écritures de ses clients, Rodolphe pouvait disséquer les âmes comme un médecin légiste et exercer un pouvoir qu'il avait cherché à obtenir sans succès dans ses précédentes activités. Cette incursion dans l'intimité de ses clients lui donnait un ascendant sur eux sans dévoiler les replis personnels de son âme.

Rodolphe n'exprima jamais de véritables regrets vis-à-vis de sa sœur. Sa trahison était le résultat de sa jalousie, de sa lâcheté et de sa duplicité.

Tatiana aurait aimé que Rodolphe, en dépit des manigances maternelles d'autrefois, puisse guérir de son emprise et discerner combien il s'était laissé manipuler. Prisonnier de sa mauvaise foi, il craignait de perdre la face. C'était la pire des choses pour lui. Il avait trop peur d'une explication avec sa sœur, même si c'était le prix à payer pour rétablir la complicité et l'amour fraternel des premières années de leur enfance.

Lors de l'enterrement de leur mère dans un cimetière éloigné de banlieue, Rodolphe exprima le désir d'être enterré avec ses parents. À cette occasion, Tatiana n'opposa aucune objection, pensant en elle-même combien pour certains il est difficile de rompre avec leurs bourreaux.

Dans cet état d'esprit, Rodolphe montra qu'il avait de la suite dans les idées. Il voyait probablement toujours en sa petite sœur une servante docile sur laquelle il croyait toujours faire prévaloir son droit d'aînesse. C'est ainsi qu'à la suite de tous les événements évoqués, il eut l'outrecuidance de lui demander d'aller régulièrement entretenir la tombe de leurs parents, maintenant qu'il était parti habiter en Auvergne.

Tatiana lui répondit vertement :

« Je n'ai plus remis les pieds au cimetière où sont nos parents depuis l'enterrement de notre mère. Je pense que cela ne t'a pas échappé. Je n'ai pas de raison d'aller sur sa tombe alors qu'elle a voulu me déshériter avec mes enfants par un testament fallacieux. Je suis suffisamment occupée au quotidien par les vivants au point de ne plus avoir le temps de rendre un culte aux pierres de nos morts. Le meilleur de leur souvenir demeure vivant dans mon cœur. À mes yeux, c'est l'essentiel.

Notre grand-père n'a pas de tombe car il a été fusillé après une longue marche dans la neige un 22 décembre, puis jeté comme un chien dans une fosse commune pour avoir pris la défense de deux femmes juives spoliées par leur propriétaire sous l'occupation nazie.

Je trouve particulièrement savoureux que tu oses me demander d'aller entretenir la tombe de nos parents alors que tu as quitté définitivement la région parisienne sans chercher à me revoir pour que nous puissions mettre les malentendus du passé à plat et parvenir à nous réconcilier. Tu n'as jamais eu le courage de chercher à t'expliquer avec moi durant toute cette période. »

Tatiana pensait : il s'est lui-même exclu par sa lâcheté et par un ensemble de comportements qui le rendent indigne d'assister à la cérémonie de Vilnius, dans la mesure où à aucun moment il n'a manifesté le moindre regret ou la moindre excuse concernant ses agissements clivant à mon égard.

Tatiana constatait que même après toutes ces années, les manigances de Regina triomphaient encore, post mortem, en perpétuant la division qu'elle était habilement parvenue à instiller dans le cœur de ses enfants.

Tatiana avait beaucoup souffert de cette situation et en avait été profondément chagrinée. Maintenant, elle préférait oublier les regrets et l'amertume du passé et laisser doucement cicatriser ses blessures. Désormais, chacun continuait sa route en étranger qu'ils étaient devenus à cause de la « bienveillance » empoisonnée de leur mère. Le recul pris, Tatiana réalisait que son pseudo-frère avait eu et conservait encore un comportement toxique vis-à-vis d'elle en cherchant toujours à la rabaisser et qu'il restait enfermé dans des évaluations de jugements négatifs du haut de sa prétendue supériorité jupitérienne. Elle avait un jour retrouvé dans la maison parentale des petites fiches de bristol jaunes couvertes de son écriture, sur leur père et sur elle-même alors adolescente… et Tatiana avait frémi en lisant des jugements de valeur à l'emporte-pièce, comme buriné dans le marbre de son cœur, alors qu'elle était de cinq ans la cadette de son frère. Quel orgueil olympien pour oser juger de manière définitive une jeune fille en quête d'identité et de cohérence dans un monde qui lui était particulièrement hostile ! Rodolphe n'avait rédigé aucune fiche sur leur mère Regina, ce qui était significatif.

Les générations se succèdent mais ne partagent ni ne perpétuent forcément la noblesse de sentiments et les vertus altruistes des générations précédentes.

La présence de son frère Rodolphe à Vilnius pour la remise de médaille du Juste aurait été incongrue, pensait à présent Tatiana. Elle se sentait libérée par son absence et heureuse de vivre cette cérémonie émouvante en symbiose avec tous les participants invités, sans fausse note. C'était pour elle la conclusion inespérée de nombreuses années de recherches comparables à une enquête policière. Si Rodolphe avait été présent, il aurait fait selon son habitude de l'esbroufe pour faire croire qu'il avait participé à cette aventure alors qu'il ne s'était jamais soucié de restaurer l'honneur de leur grand-père, ni de l'énigme de sa fin tragique.

Chapitre XXXX
Célébration du Juste racontée par Tatiana

À l'image de toutes les guerres civiles qui surviennent à chaque génération dans un pays, la Révolution russe a irrémédiablement dispersé, disséminé et éclaté les membres d'innombrables familles dont celle de Tatiana. Ainsi les descendants d'Arcady sont lituaniens, polonais, français, anglais, américains et même australiens. Cet éparpillement a progressivement distendu les relations familiales. Seul un événement de nature exceptionnelle pouvait réunir quelques éléments épars de cette diaspora familiale, le temps d'une cérémonie. Il est probable que plusieurs de ces personnes assemblées en ces instants quasi sacrés ne se reverront jamais plus, quels que soient les liens ancestraux qui les unissent. La violence des aléas de l'histoire a fragmenté la cellule familiale originelle en différenciant leur langue et leur culture. Ils sont maintenant devenus des étrangers prisonniers de leur tour de Babel. Les uns et les autres ont dû s'adapter à la vie et aux usages d'un autre pays, apprendre une nouvelle langue qu'ils parlent entachée parfois de l'intonation de leur langue maternelle, ce qui les fait immédiatement repérer comme « étranger », ce mot redoutable qui fait considérer la personne concernée comme un intrus, un paria.

La cérémonie de remise de médaille au palais présidentiel de Vilnius terminée, tous les assistants se rendirent en voiture au restaurant karaïme de Trakaï, tenu par de lointains cousins d'Arcady.

Une table joliment préparée attend l'ensemble des convives. De petites lampes de couleur, suspendues, éclairent agréablement ce repas de fête qui va être partagé et présidé par le Sage de la communauté karaïme. Ce « repas du défunt » est partagé en son honneur, soixante-dix ans après son exécution. Douze couverts sont préparés et pourtant seuls onze convives sont physiquement présents. Le douzième est invisible aux yeux de chair bien qu'il en soit le principal invité autour duquel se retrouvent ses proches. À sa place, en haut de table, Tatiana a déposé le diplôme et la médaille du Juste pour matérialiser le symbole essentiel de sa présence.

Le Sage de la communauté karaïme siège au centre de la table rectangulaire. Malade et profondément fatigué, il a courageusement rassemblé toute son énergie pour être présent afin d'honorer la mémoire d'Arcady et dire les ultimes prières au défunt. Tatiana est assise en face de lui.

Karolina, dont la pugnacité, le dévouement et l'audace, ont permis cette réunion des lointains descendants d'Arcady qu'aucun des assistants n'a connu, est en bout de table, faisant face à la chaise vide, présence immatérielle du défunt, invité à ce repas donné en sa mémoire par sa petite fille Tatiana, ses arrière-petits-enfants Stella et Henry, ses cousins Milla et Magnus, le Sage, son épouse Alena et leur fille Diana…

Le moment venu le Sage interroge Tatiana sur le vrai nom d'Arcady, celui qu'il reçut à la naissance, jamais porté de son vivant, l'intime secret de son identité, qui permet de clore le dernier feuillet du livre de sa vie au moment dire les ultimes prières. Son vrai nom fusa immédiatement des lèvres de Tatiana qui se rappela ce verset de l'Apocalypse : « À celui qui vaincra, je donnerai la manne cachée et je lui donnerai un caillou blanc, et sur ce caillou est écrit un nouveau nom, que personne ne connaît, excepté celui qui le reçoit ».

Un bonheur simple, partagé, préside à cet étrange déjeuner. Tatiana intervient pour exprimer sa joie et remercier chaleureusement tous les assistants de leur soutien et de leur aide, notamment le Sage et sa famille.

À la fin du repas, au dessert, le restaurateur offre généreusement une grande brioche confectionnée spécialement à cette occasion.

Croix du Juste

La forêt des suppliciés

L'après-midi de cette journée d'hommage à Arcady, une partie du groupe décide de se rendre en pèlerinage dans la forêt de Ponar sur les traces de tous les suppliciés. L'endroit est particulièrement oppressant. Ici, une terre sinistre, tombeau de plus de cent mille innocents ne s'est jamais remise d'avoir été un lieu d'holocaustes. Les arbres sont décharnés, maladifs et sinistres tels qu'ils sont décrits par un des chants des déportés, sous la plume de Johann Esser :

« Loin vers l'infini s'étendent
De grands prés marécageux
Et là-bas nul oiseau ne chante
Sur les arbres secs et creux
Ô terre de détresse
Où nous devons sans cesse
Piocher, piocher, piocher. »

Pas un oiseau n'est visible, ni ne chante. Leur accompagnatrice, dont la famille fut victime du génocide lituanien, leur indique que tous les oiseaux désertent cet endroit inhospitalier resté meurtri à jamais par le déluge quotidien des balles sifflantes qui foudroyaient aveuglément tout être humain, qu'ils soient femmes, vieillards ou même enfants, au seul crime d'être nés juifs.

Les visiteurs de cette forêt observèrent une manifestation hideuse de la nature en apercevant quelques fourmis de taille phénoménale et des champignons vénéneux géants. Plus de soixante-dix ans se sont écoulés. La nature violentée, gorgée du sang de milliers de victimes subit encore le traumatisme de ces quatre années d'horreurs. Ce lieu sanglant d'exactions, où se perpétua cette boucherie d'innocents reste marqué du sceau de l'infamie pour l'éternité.

Pourra-t-elle s'en remettre un jour ? C'est très improbable. Jadis, avant les exactions nazies, cette forêt était réputée et particulièrement prisée des botanistes comme lieu d'étude en raison de la beauté de ses arbres, de la richesse de leurs essences rares et de la diversité de ses plantes. Désormais, elle porte pour toujours l'empreinte sinistre des assassinats en masse dont elle fut le théâtre. Des crimes irréparables ont marqué sa mémoire de manière indélébile, traversant le temps et les générations... Cette forêt dans laquelle les oiseaux se sont tus, dont les arbres, tels des spectres à l'agonie se meurent, rappelle que cette terre est à jamais frappée d'ignominie, en raison de la détresse sans nom provoquée par le génocide aveugle d'innocentes victimes, uniquement parce qu'ils furent porteurs d'une étiquette estampillée : « JUIFS ».

Visite à la prison

Le lendemain matin Karolina, Tatiana et sa fille Stella se rendirent à la prison de Lukiskiu à Vilnius, si tristement célèbre pour les exactions commises entre ses murs durant la période nazie puis au cours de la répression stalinienne. C'était la première fois que les trois femmes franchissaient le seuil d'une prison. Elles passèrent sous un dôme de barbelés menaçants suspendus au-dessus du portail d'entrée. Une imposante église se dressait d'un côté de l'entrée et de l'autre se trouvait un poste d'accueil. Sur ce site de détention, tout y est gigantesque et écrasant. Les briques beiges, teintées de gris, en carré, renforcent les sentiments d'enfermement et d'inhospitalité. Karolina exhiba son laissez-passer qui fut pris en considération par un gardien de la prison. Tatiana la regarda avec une affectueuse admiration. Quelle femme incroyable ! C'était vraiment une bonne fée ! Quels que soient les obstacles, elle en triomphait. À peine Tatiana avait-elle exprimé le souhait de visiter la prison où son grand-père avait été détenu, que Karolina avait écrit au ministère et obtenu qu'un gardien de prison leur serve de guide. Après avoir déposé leur téléphone portable dans des casiers, elles franchirent une autre grille menaçante qui leur donna accès à la cour.

Toute prison est imposante et écrasante par sa taille, sinistre par la couleur de ses pierres. L'atmosphère qui s'en dégage rappelle à chacun qu'il se trouve dans un lieu où il n'y a ni joie, ni gaîté mais que contraintes et privation de liberté.

D'après les archives, Tatiana savait que son grand-père avait été emprisonné dans la cellule numéro 53. Elle espérait la visiter comme si le prisonnier de 1941 avait pu lire dans les étoiles que soixante-dix ans plus tard ses descendantes lui rendraient visite alors que son voyage interstellaire était commencé, depuis longtemps. Il s'agissait de voir, de comprendre, de communier… Le gardien accepta aimablement de leur ouvrir la cellule, jadis occupée par Arcady. Triste, mais propre avec un lit, un lavabo et de quoi faire ses besoins. Karolina fouilla dans sa poche y trouva un bonbon de chocolat qu'elle déposa sur le lit de l'actuel occupant condamné à perpétuité, absent parce qu'employé quotidiennement aux cuisines de la prison.

Les trois femmes sortirent de la cellule et se trouvèrent dans le couloir circulaire du premier étage chargé de grilles entourant de lourdes portes hermétiquement fermées. Elles percevaient un univers clos animé de bruits de trousseaux de clefs, de serrures ouvertes et fermées, de grincements de lourdes portes qui donnent ou refusent un accès, des bruits de pas, des interpellations vocales, des vociférations et des cris de prisonniers, une atmosphère morne, obsédante et monotone par sa répétitivité où toute ouverture d'un judas ou d'une porte est irrémédiablement sanctionnée par sa fermeture.

En ce lieu carcéral, Tatiana songea : « toute personne contrainte de rester cloîtrée entre quatre murs dans cet enfermement doit nécessairement pouvoir accéder à la liberté intérieure pour supporter de ne pas être réduit qu'à un numéro qui ne peut plus aller et venir à sa guise ».

Des prisons de Petrograd, aux prisons de Berlin et de Vilnius, Arcady avait forgé avec courage son âme confrontée aux épreuves et à l'injustice. Il avait fait sienne cette parole de Marc-Aurèle : « Nulle retraite n'est plus tranquille ni moins troublée pour l'homme que celle qu'il trouve dans son âme. »

Table des matières

Imprimé en France
ISBN 979-10-284-2897-6
Dépôt légal : 3e trimestre 2023

Imprimé en France
FRHW010858031123
36884FR00014B/144